嘲笑鸟

MOCKINGJAY

SUZANNE COLLINS

【美】苏珊·柯林斯 著　耿芳 译

目录

第一篇 备忘

1 劫后归来

　　我低头俯视着自己的鞋子，一层细密的灰尘正缓缓地落在磨旧的皮革上。此时，我正站在原来放着我和妹妹波丽姆的床铺的地方，旁边不远是放饭桌的地方。烟囱已经塌了，烧得焦黑的碎砖头堆成了一堆，靠这个我还勉强能认得出原来房间的位置，不然的话，在这茫茫灰海中，我靠什么来辨认方向？

　　十二区的一切几乎已荡然无存。一个月以前，凯匹特的火焰炸弹摧毁了"夹缝地带"贫苦矿工的房子、镇子里的商店，甚至司法大楼。在这场火海中唯一幸免的是胜利者村的房子。我说不清这究竟是为什么。也许是给那些迫不得已从凯匹特来十二区办公事的人留个合适的落脚地，他们或许是一两个来采访的记者，或许是到矿井视察的工作人员，或许是稽查返乡难民的治安警小分队。

　　事实上并没有任何难民返乡，而我回来也只是短暂的逗留。十三区当局不同意我回来，认为我这么做既冒险又没有意义。他们为了保障我的安全，至少要派十二架隐形飞机在我头

顶不停地盘旋，而我回来也不会得到有价值的情报。可是，我必须要回来看一看。我把此行当做和他们进行任何意义上合作的先决条件。

普鲁塔什·海文斯比——此次反抗凯匹特运动的组织者、饥饿游戏组委会主席——最后举手表示赞成。"让她去吧，赔上一天总比浪费一个月强。也许让她回十二区看看，她就相信我们是站在同一条战线上的了。"

同一条战线。我左侧太阳穴一阵刺痛，我赶紧用手压住，就是在这个位置，约翰娜·梅森用线圈击中了我。每当我试图分辨事物的真假时，这段记忆便从我的脑海里闪过。究竟是怎样的一系列事件导致我现在身处于家乡的一片废墟之中？我想不明白，约翰娜撞击我头部所产生的脑震荡还没有完全消失，我的思维仍不时地处于混乱之中。另外，我觉得他们给我吃的止痛抑制药片也让我出现幻觉。一天晚上医院房间的地板上爬满了扭动的毒蛇，但我仍不愿相信这是幻觉。

我采纳了一位医生给我的建议，尽量理清头绪。我从最简单的事实开始，慢慢地思考更复杂的问题。让一连串的事件在自己的头脑里展开……

我叫凯特尼斯·伊夫狄恩，我今年十七岁，我家住十二区，我参加了饥饿游戏，我幸免于难，凯匹特恨我，皮塔被抓了，据信他已亡故，很可能他已亡故，也许亡故对他来讲是最好的……

"凯特尼斯。要我下来吗？"耳边传来了我最好的朋友盖尔的声音，十三区的反抗者坚持让我戴耳麦，这声音是从那里传来的。他现在正坐在飞机里，正密切关注着我的一举一动，万一有情况他会立刻下来。这时我才意识到自己已经蹲了下来，胳膊肘支在大腿上，双手紧抱着头。我的样子看上去肯定像要崩溃了。不行，不能在快给我断药的时候让他们看见我这样。

我站起身，向他挥挥手，示意我没事。"不，我很好。"为了使对方确信我没事，我离开自己旧家的位置，朝城里走去。盖尔曾要求跟我一起来，但我拒绝了，他也没再坚持。他明白，今天我不想让任何人陪着，甚至是他。这事只能由我一个人来做。

今年夏天，天气酷热干燥，几乎滴雨未下，因而炸弹袭击后留下的成堆灰烬也不曾有过任何的改变。我的脚踏过的地方腾起了灰尘，也没有一丝风将它们吹走。在我的记忆中，这里应该是一条路，我刚从飞机上落到"牧场"时，不小心踢到一块岩石上。事实上，这并不是一块岩石——而是一颗人头骨。它滚了出去，最后脸朝上停了下来。我禁不住死死地盯着这颗头骨的牙齿看，心想这究竟是谁的头骨呢？换了我，在同样的情况下，看上去也是一样的吧？

我习惯性地沿着这条路走，可这个选择真是糟透了，路上到处都是逃命的人留下的尸骸。一些人已经彻底烧焦了，另外一些人，兴许一开始从浓烟和烈焰中逃了出来，但终究难逃一死，横尸旷野，发出浓烈的腐臭味，上面爬满了苍蝇，成了食腐动物的美餐。我经过一堆尸体时内心激烈地翻卷着，心想，**是我杀死了你，你，还有你。**

这一切都因我而起，是我的箭射向了竞技场上方的电磁力场，是它招致了凯匹特的报复性袭击，是它使十二区变成了一片火海，是它使整个帕纳姆国陷入混乱。

我的耳边又回响起斯诺总统在胜利巡演开始的那天上午说

过的话，"**凯特尼斯·伊夫狄恩，燃烧的女孩，你点燃了一颗火星，任其蔓延，也许这颗火星会变成地狱之火，将整个帕纳姆国摧毁。**"事实上，他的话并非恫吓我的夸大之语。他当时也许真的是在寻求我的帮助。可现在木已成舟，一切都已无可挽回。

燃烧，还在燃烧。我木然地想着。远处矿井处仍在吐着黑烟。可是已经没人管它了，十二区百分之九十以上的人都已葬身火海。侥幸生存下来的八百来人成了十三区的难民，在我看来，他们无异于永远失去了家园。

我知道我不该这么想，他们当时伤病缠身，饥肠辘辘，一文不名。十三区接纳了他们，我应该心存感激。可我还是转不过弯来，觉得十三区对十二区的毁灭也起到推波助澜的作用。当然，我自己也难辞其咎。可不管怎么说，没有他们，我不可能参与到推翻凯匹特的计划中来，根本不可能。

十二区的公民没有组织抵抗运动，他们根本没有发言权。不幸的是，十二区出了我这样的人。但是，一些幸存下来的人觉得自己很幸运，他们终于逃离了十二区，逃离了永无尽头的饥饿和压迫，逃离了危险的矿井，逃离了治安警长斯瑞德的鞭刑，一些人觉得自己还算幸运。能够在一个新的地方安身立命已经算是个奇迹了，要知道，就在不久前，他们根本不知道十三区的存在。

这次能从十二区逃出来全仗着盖尔，可盖尔并不肯把功劳都揽到自己身上。当时的情况是，世纪极限赛刚结束，也就是我从竞技场被救出来的时候，十二区突然断电，电视屏幕变得漆黑，"夹缝地带"一片死寂，人们甚至能听到怦怦的心跳声。

对竞技场发生的一切，人们没有采取任何行动，既没有表示反抗也没庆贺。然而，在不到十五分钟的时间里，天空骤然间布满了黑压压的直升机，之后炸弹就如雨点般落了下来。

是盖尔首先想到了"牧场"，在十二区，只有包括"牧场"在内的少数几个地方没有被煤尘满布的木头房子挤满。他尽可能招呼大家朝那个方向跑，妈妈和波丽姆也在。他领着大家穿过隔离网——这个时候隔离网已断电，它不过是一道没有危险的铁丝网——来到林子里，把他们带到他所知道的唯一的藏身之所，就是我小时候爸爸带我去的那个湖边。也就是在那里，他们眼睁睁地看着远处的大火把他们熟悉的一切吞噬。

到了拂晓，直升机早已离去，火势也不那么凶猛了，最后的一些幸存者也聚集到这里。妈妈和波丽姆设了一个临时医护点，用她们在林子找到的一切尽力为受伤的人处理伤口。共有八百多人逃了出来，他们惊魂未定，惶恐不安。盖尔找到了两把弓箭，一把打猎刀，一张渔网，靠这些工具，他尽量给八百多惊恐的人们弄到吃的。一些还能动的人也来帮忙，大家勉强挨了三天。意想不到的是，在这艰难的时刻，十三区的直升机出现了，把他们撤离到十三区。十三区有干净洁白的住处、充足的衣物和一日三餐。虽然他们居住在地下、衣服式样单一、食物味道也并不太好，但对于十二区的人们来说，这算不上什么，重要的是他们安全了，活了下来，得到关照，还受到热情的欢迎。

大家都觉得十三区的热情款待是出于他们的善良的本意。但一个几年前靠步行从十区逃到十三区的名叫道尔顿的人向我透露了其中的玄机。"他们需要你，需要我，需要我们。不久前，这里闹了场瘟疫，好多人命丧黄泉，还有不少人落下了不育症。在他们的眼里，我们就是一群生育者。"这个人以前在十区的养牛场干活，养牛场把长期冷冻的牛胚胎植入牛体，以保持基因的多样性。他对于十三区的猜测兴许是对的，因为这里的孩子的确不多。可那又怎样？我们没有被圈在围栏里，我们受到培训，孩子们也受到教育，十四岁以上的孩子还可以参军，穿上体面的军装，成为一个"战士"，每个难民也都获得了十三区公民的合法身份。

可是，我还是憎恨他们。当然了，现在我几乎谁都恨，最恨的是我自己。

脚下的地面开始变硬了，我似乎踩到了埋在厚厚灰尘下面的广场的石块。环绕广场四周的低矮的废墟，是原来的商店倒塌后留下的。高高的司法大楼也坍塌了，留下了一大堆黑色瓦砾。我走到皮塔家的面包店的大概位置。这里除了被融化的烤炉，几乎没剩下什么。皮塔的父母，还有他的两个哥哥都没能逃到十三区。那些十二区的富人，只有十来个从火海中逃生。就算皮塔回到家也见不到亲人了，除了我之外……

我从面包房的废墟向后退，不小心踩在什么东西上，一下子失去平衡，一屁股坐在一堆被太阳晒得滚烫的金属物体上。我正纳闷这是什么东西，突然想起来斯瑞德对广场改造后留下的东西——监禁栏，鞭刑柱和绞刑架，这堆应该就是绞刑架了。真糟糕，太糟糕了。这东西又把我内心日夜纠缠不休的痛苦景象一股脑地带回到我眼前。皮塔遭到各种折磨——他被水淹、被烧伤、被割伤、被恫吓、被伤残、被鞭打——凯匹特不断折磨他，为了得到他并不知晓的情报。我紧闭双眼，想象着触摸到千里之外的他，把我的意念传递给他，让他知道他并不孤独。但事实上，他是孤独的，我并帮不上他。

跑吧，逃离这个广场，跑到唯一未被火舌吞噬的地方。我经过市长家的废墟，马奇就住在这里。最近我们没有她和她家人的任何消息。凯匹特是否因为马奇的爸爸是市长而帮助他们从十二区撤离，抑或他们已经葬身火海？灰尘在我的四周腾起，我把衬衫领边拉起来，把嘴捂住。我并不怀疑吸进体内的是什么，而是怀疑是谁要让我窒息而死。

胜利者村的草坪被烧焦了，落在上面的雪变成了灰色，可这里的十二所房子却完好如初。我走进去年居住了一年的房子，把门关上，靠在门上。这里的一切似乎都没人碰过，干净，安静，感觉怪怪的。我为什么要回到十二区？此行又将如何帮我回答一直困扰着我的问题？

"我该怎么办？"我对着墙壁轻语。可我真的不知道。

各种各样的人轮番找我谈话，谈话，谈话，还是谈话。普鲁塔什·海文斯比、他精明的助理富尔维亚·卡杜、一大堆辖区的头头，还有军界的要员。可是十三区的总统阿尔玛·科恩却没有发话，她只从旁观察。她大约五十来岁，灰色的直发一直垂到肩头。不知怎的，我对她的头发很着迷，她的头发是那么的光洁而完美无瑕，没有一丝打绺，也没有一点开叉。她的眼睛是灰色的，可是和"夹缝地带"的人的灰色不同，那是一种很浅淡的颜色，好像所有的颜色都从她的眼球里被吸走了，是那种似乎会融化掉的浅浅的泥灰色。

他们希望我成为象征反叛的嘲笑鸟，那是早已为我设计好的角色。这还不够，我曾在饥饿游戏中蔑视凯匹特、曾经几乎让所有的"贡品"联合起来，鉴于我过去所做的一切，他们希望我现在成为真正的领袖。我的面孔、我的声音都将成为革命的象征，我必须成为各区反抗者的领头人——大多数辖区现在已公开反抗凯匹特——我要成为他们可信任的人，一路带领他们走向胜利。我并非孤独一人，整个一个团队会帮扶我，给我设计服装、写讲演稿、为我公开露面进行策划——好像这套做法我还不够熟悉——我所要做的一切就是扮演好自己的角色。有时我会认真听他们说话，有时我只观察科恩完美的头发，琢磨着那究竟是不是假发。最终，一切以我的离去而告终，原因是我又开始头疼，或者到了吃饭时间，或者因为我在地下室太憋得慌，又想大声叫喊。我不需要多说什么，只是站起身，走出去就是了。

昨天下午谈完话，大门在我身后关闭时，我听科恩说道："我告诉过你我们应该先救那男孩。"她说的是皮塔。对于这一点，我举双手赞成。他本来可以成为一个完美的传话筒的。

可事实上从竞技场救出来的人是谁呢？我，一个不合作的人。比特，三区的一个老发明者。我几乎没再见到他，因为他身体刚有所恢复，仅仅能坐起来，就被拽去参加武器改良工作了。事实上，是他们把他的病床推到高级机密区域的，现在，只是在吃饭时偶尔会碰到他。他聪明异常，并且非常乐意参加到这项事业中去，可他并不是一块组织反抗运动的料子。被救出来的人还有芬尼克·奥迪尔，从渔业为主的三区来的性感偶像，在竞技场我没能救皮塔时，是他救了皮塔一命。十三区当局也曾试图将芬尼克改造成一个反抗领袖，可他们首先要让他意识清醒的时间超过五分钟。即使在他意识清醒的时候，人们也需要把话重复三遍，才能让他最终明白。医生说，那是因为他在竞技场遭到电击，可我清楚事情要比这复杂得多。芬尼克无法专注于十三区的任何事情，因为他一直挂记安妮，那个他在这世上唯一爱着的疯女孩，关注着凯匹特对她采取的一举一动。

尽管对于此次逃离竞技场的计划，芬尼克一直对我严守秘密，可我还是不得不原谅了他。至少，他了解我所经历的一切，同时，对于一个如此伤心哭泣的人，我也很难生起气来。

我像打猎时一样轻手轻脚地走下楼梯，不愿发出一点声音。我找到一些有纪念意义的物品：父母在结婚当天照的照片，波丽姆的一条蓝色发带，我家祖传的关于医药和可食用植物的书籍。这本书翻开着，在打开的那一页上面画着黄色的花朵。我赶快把它合上了，因为这花是皮塔画的。

我该这么办？

我做什么或不做什么还有意义吗？妈妈、妹妹和盖尔一家终于平安了。对于十二区的其他人，已经死去的，任何人都无力回天，活下来的人在十三区受到保护。剩下要考虑的就是各辖区的反抗者。当然，我对凯匹特也心怀仇恨，可是我成为嘲笑鸟就能帮助他们推翻凯匹特的统治吗？我没有信心。我每次采取行动，都会带来痛苦和死亡，我又怎么可能帮得了他们呢？十一区那位老人因为吹口哨而被枪毙，在我介入盖尔的鞭刑后带来十二区当局的镇压，我的设计师西纳于饥饿游戏开始前在地下室被打得血肉模糊，失去知觉。普鲁塔什的内线认为他在审讯时已经身亡。聪颖、神秘、可爱的西纳因我而死。我不敢再想下去了，这痛苦的记忆会使我对自己目前的处境失去最起码的掌控能力。

我该怎么办?

成为嘲笑鸟……我这么做所带来的好处会大于伤害吗?我可以信任谁?由谁来回答我的问题?当然,十三区的人不行。可以肯定的是,现在我的家人和盖尔已经脱离险境,我可以跑了。只有一件事还让我挂念,那就是皮塔。如果我能确定他已经死了,我可以径直消失在林子里,不再回来。但在采取最后行动之前,我还要坚持一段时间。

这时我听到咻咻的声音,于是赶快转身。这世界上最丑的猫弓背垂耳站在厨房门旁边。"毛茛花。"我说。成千上万的人已经死亡,而这只猫却活了下来,甚至还吃得挺肥。它靠吃什么活着?餐具室的一扇窗户常开着,它可以从那里自由进出,原来它一直靠吃老鼠活着。我不愿相信还有其他的可能。

我蹲下来,向它伸出手。"过来,孩子。"它并没有挪身子,它还为自己遭到遗弃而生气。再说,我手里也没吃的,给它吃动物内脏一直就是我做出补偿的主要方法。有一段时间,我们会在原来的旧家相会,因为我们都不喜欢这个新家,那时我们似乎还稍微亲近些。可那段时间显然已经过去了。它不开心地眨眨它的黄眼珠。

"想见波丽姆吗?"我问。听到她的名字它立刻精神起来。除了它自己的名字,这三个字对它而言是这世上最有意义的字眼。它扯开沙哑的喉咙,喵了一声,然后走到我身边。我把它抱起来,抚弄着它的毛,一边走到橱柜旁找出我的猎物袋,胡乱把它塞了进去。要把它带上直升机,也没什么别的东西好拿它,而它对我的妹妹而言,是这世上最珍贵的东西。妹妹养的羊"夫人"倒是很有实用价值的动物,很不幸,它没有出现。

　　耳机里传来盖尔的声音，告诉我，我们现在必须离开了。但猎物袋子使我想起了还有另外一件宝贵的东西要带走。我把袋子往椅背上一搭，快速上楼来到我的卧室。在衣橱里挂着爸爸打猎时穿的夹克。我在世纪极限赛之前把它从旧家拿到了这里，心想，如果我过世了，这件夹克可能会给妈妈和妹妹一些安慰。谢天谢地，幸好我把它拿了过来，不然它早被烧成灰了。

　　柔软的皮革给人一种温馨舒适的感觉，刹那间，我沉浸在对过去美好时光的回忆当中，内心感受到一丝安慰。可不知为何，我的手心沁出汗来，一种莫名的怪异感爬上我的心头。我赶紧转身，仔细打量着这个房间，房间空空如也，一切都井然有序。四周一片寂静。那么，是什么感觉？

　　我耸起鼻子。啊，是一股味道，很呛人的人造香精的气味。我的目光不由得落到梳妆台的花瓶上，瓶里插着的一束花已经干枯，在干枯的花瓣中间隐隐显露出一点白色。我小心翼翼地走近它。原来如此，在一把干枯的花朵里，藏着一朵新鲜的白玫瑰。这是一朵完美无比的花朵，如缎面般柔软的花瓣，嫩绿的玫瑰花刺。

　　我一看便知是谁送来了这枝花。

　　是斯诺总统。

　　花朵散发出的香气非常刺鼻，我赶快后退，走出了房间。这花在这里放了多长时间？一天？一个小时？在我来之前，十三区的反叛者已提前做了安全检查，查看房间内是否有炸弹、窃听器和任何其他不正常的物品。可这朵玫瑰在他们看来也许并无特别之处，只是在我的眼里不同寻常罢了。

　　来到楼下，我抓起放在椅背上的猎物袋，拖着往门外走，过了一会儿才想起来里面还有一个活物。在门外的草坪上，我拼命地给直升机示意，毛茛花却在袋子里拼命地翻腾。一架直升机出现了，从飞机里放下了一个软梯。我踏上梯子，立刻被电流固定在上面，之后梯子上升，把我带入机仓内。

盖尔扶着我从梯子上下来。"你没事吧？"

"是的。"我说着，一边用衣袖擦掉脸上的汗。

他给我留下了一枝玫瑰！我想大喊。但我内心很清楚，我不能把这事告诉普鲁塔什那帮人。首先，他们会以为我疯了，又在胡思乱想，这也完全有可能；或者以为我神经过敏，这样他们又会给我重新服药，使我重新陷于意识模糊的状态，而这是我一直以来想避免的不幸遭遇。没人能够完全明白这枝玫瑰的意义——它不仅仅是一枝玫瑰，甚至不仅仅是斯诺总统送来的一枝玫瑰，它预示的是必将到来的报复——这是因为在胜利巡演前他在书房里威胁我时，没有任何其他人在场。

这枝出现在我梳妆台上的洁白如雪的玫瑰是给我个人的暗示，它表明一切还没有结束。这枝玫瑰似乎在轻声说，*我能找到你，能抓到你，兴许我此时正在注视着你。*

2 ◎▶ 我要做嘲笑鸟

凯匹特的直升机会不会突然出现，把我们炸飞？当我们在十二区上空飞行时，我焦急地观察四周，看是否会遭到突袭，可是没有飞机跟踪我们。几分钟后，我听到普鲁塔什与飞行员的对话，飞行员报告说前方一切正常，这时我才略松了口气。

盖尔听到我猎物袋子里发出猫的叫声，说："现在我明白你为什么非要回来了。"

"只要还有一线希望，我就要把它找回来。"我把猎物袋扔到座椅上，这讨厌的家伙随即发出低低的叫声。"噢，闭嘴。"我边在对面靠窗的一张暄软的座位上坐下，边对着袋子吼道。

盖尔坐在我身边，说道："那儿肯定很惨吧？"

"不可能更惨了。"我答道。我凝视他的眼睛，在那里看到了与我同样的痛苦。我们的手握到了一起，在这紧握的手中，有斯诺总统未能摧毁的十二区的坚毅。飞往十三区仅需约四十五分钟，在剩下的路途中，我们没有再说话。这里离十三区步行也只需一星期。去年冬天，我在林子里遇到了八区的逃难者邦妮和特瑞尔，她们当时离十三区也并不太远了。可显然，她们没能走到十三区。我在十三区时曾打听过她们的下落，但似乎没人听说过她们。我想她们可能死在林子里了。

从空中俯瞰，十三区和十二区一样毫无生气。到处是成堆的瓦砾，没有一缕炊烟。正像凯匹特在电视中播放的画面一样，地面上几乎没有生命迹象。自"黑暗年代"起的七十五年中——那时据称十三区已在与凯匹特的战争中完全被摧毁——几乎所有的新建筑都建在地下。事实上，几个世纪以来在地下早已建立了整套完备的设施，作为战时政府官员的秘密避难所，或者在地面条件不适宜人类生存时，作为地下避难处。对于十三区的人来说，最重要的是这里是凯匹特核武器研发中心。在"黑暗时期"，十三区的反叛者从政府那里夺取了这些设施的控制权，并将核武器对准了凯匹特。之后，他们提出条件：只要凯匹特不攻击他们，他们就可以假装已经被毁灭。凯匹特在西部还有一个核武器基地，可只要攻击十三区就不可能不遭到回击，因而凯匹特接受了十三区的条件，将地面的一切都摧毁了，并切断了外界与之的一切联系。也许那时凯匹特当局认为十三区没有外界帮助会自行消失。十三区也确实经历了一段艰难时期，几乎消亡了。但他们靠严格控制资源，建立良好秩序，加强对凯匹特的防范，终于渡过了难关。

现在，几乎所有的十三区公民都居住在地下，大家可以到户外锻炼或享受阳光，但必须在严格规定的时段内，绝不能超时。每天早晨，人们把右臂伸入一个精巧的装置内，它便会把时间表像文身一样印刻在人们光滑的小臂内侧，弄得大家的手臂都是难看的紫色印记。这个时间表是：7：00——早饭，7：30——清理厨房，8：30——17号房间，教育中心集合，等等。**紫色印记是擦不掉的，直到22：00——淋浴**时，它上面的防水涂层才会脱落，才能冲洗掉。22：30发出熄灯信号，除了上夜班的，任何人都要上床睡觉。

一开始我住院时，不必在手臂上印时间表。但后来我和妈妈、妹妹一起住到307房间之后，也要按例行事。可除了吃饭时间，我并不遵守那个时间表。其他时间我要么回到住处，要么在十三区瞎溜达，要么找个僻静的地方，比如废弃的通风管道、洗衣房水管后面或者别的什么地方，眯上一觉。在教育中心有一个大壁柜，那是个打盹的好地方，好像从来就没人去那里拿过东西。十三区的人极为节俭，浪费就是犯罪。好在，十二区的人一向也勤俭持家。可有一次富尔维亚·卡杜在一张纸上写了几个字就把它揉成了一团，恰巧被我看到。看她的样子就像刚要了什么人的命，脸涨得通红，肥嘟嘟的脸蛋上所文的银色花朵更加抢眼了。从她的外表就可以看出她过着衣食无忧的生活。在十三区，我的乐事之一就是看那些脑满肠肥的"反抗者"们蠕动自己的肥胖身躯，挤进狭窄的座位里的样子。

我不知道什么时候才能完全摆脱东道主严格的时间限制，但至少现在他们不管我，我被认定为"精神恍惚"——在我的塑料医疗手环上赫然写有这样的字样——每个人对我四处游荡都要加以容忍。可这种状况不可能永远持续下去。他们对嘲笑鸟计划的耐心也不可能永无止境。

我和盖尔从停机坪下来，左拐右拐走了好多级楼梯才来到307房间。我们本来也是可以坐电梯的，可电梯总让我想起进竞技场之前的情景，一直以来，我对于生活在地下难以适应。但自从与那朵玫瑰不期而遇，我第一次觉得深入地下是很安全的。

在307房间门口，我踌躇着，预料到家人肯定有一大堆问题在等着我。"十二区的事，我该怎么跟她们说呢？"我问盖尔。

"我想她们不会问得那么详细，她们亲眼看到十二区着了火，兴许她们更担心的是你会有什么反应。"盖尔用手抚摸着我的脸颊，"我也和她们一样。"

我把脸靠在他的手上，"我要活下去。"

之后我深吸了一口气，推开了房门。妈妈和妹妹此时在家，*18：00——思考时间*，这是吃饭前休息的半小时时间。从她们脸上的关切表情，可以看得出她们很担心我回来后有什么反应。没等她们开口，我就把猎物袋打开，于是出现了*18：00——爱猫时间*。波丽姆激动得热泪盈眶，抚摸着那个丑陋的毛茛花，那猫发出咕噜咕噜的声音，偶尔也对我喵地叫一下。当波丽姆把蓝色丝带拴在它脖子上时，它向我递来得意的一瞥。

妈妈把结婚照紧紧地捧在胸前，之后和那本植物书一起，放在政府配发的五斗柜上。我把爸爸的夹克搭在椅背上。现在，这地方看上去还真有了点家的味道。那么，这次的十二区之行，还是有所收获的吧。

18：30——晚饭时间，我们正准备去饭厅吃饭，盖尔的腕式卡米特却嘀嘀地响了起来。腕式卡米特看上去就像一块大号的手表，能显示文字信息。这是一项特殊待遇，只有对反抗事业极为重要的人才有资格配备它。盖尔因救援十二区百姓有功而获得了这一殊荣。

"通知我们俩去指挥部。"他说。

　　我走在盖尔身后，离他几步远。在投入到另一场注定是无情的"嘲笑鸟战斗"前，我要尽量打起精神。来到指挥部门口，我迟疑着没有马上进去。指挥部是一个高科技会议中心兼作战指挥中心，四面墙壁布满了配备语言系统的电子屏幕，上面的电子地图显示着各区军队的部署情况，屋子里还有一张带控制板的长方形大桌子，这控制板我可不能碰。我走进去时，没人注意我，他们都聚集在屋子最里侧的电视机前，正在看全时播放的凯匹特电视节目。身材魁梧的普鲁塔什正好背对我挡住了电视屏幕。我正想溜号，普鲁塔什却看见了我，他急切地向我挥手，让我过去。于是我很不情愿地慢慢往前蹭，心想电视上又会有什么有趣的事呢，反正凯匹特的电视节目千篇一律，一成不变，战争场面、政治宣传、轰炸十二区、斯诺总统发布坏信息。所以，当化着浓妆、身着华丽礼服、正准备采访的凯撒出现在电视上时，这个画面简直可以说是赏心悦目。当镜头向后拉时，我才看到他采访的对象竟然是皮塔。

　　我一时惊得说不出话来，就像被闷在水底，想呼吸却透不过气来，周围的氧气一下子被抽空了，憋得肺里生疼。我急忙把周围的人推开，挤到电视机前，站在电视上的皮塔面前，手扶着电视机屏幕。我在他的眼神里拼命地搜寻着，想从那里看出他是否受到伤害、是否遭受痛苦。没有。皮塔看上去很健康，甚至可以说很结实。他的皮肤光洁亮泽，好像全身皮肤做了抛光。他神态安宁，表情严肃。我不能把眼前的皮塔和日日夜夜在梦中折磨我的那个挨了打、浑身是血的皮塔联系起来。

　　凯撒坐在皮塔对面的一张椅子上，调整到更舒适的位置，然后意味深长地看着皮塔，说："那么……皮塔……欢迎回来。"

皮塔微微笑了一下，"凯撒，我敢说，上次的采访你一定以为是最后一次吧。"

"我承认，是的。"凯撒说，"世纪极限赛前的那次……是啊，谁能想到我们又见面了？"

"可以肯定地说，这也不在我的计划之内。"皮塔皱着眉头说。

凯撒身子向前探了探，"我想当时大家都很清楚你的计划是什么，你打算牺牲自己，好让凯特尼斯·伊夫狄恩和你们的孩子活下来。"

"确实如此。简单明了。"说话时，皮塔的手不停地在沙发软垫上摩挲着，"可其他人也有他们的计划。"

是的，其他人有他们的计划。我想。皮塔已经猜出来我们被人利用了吗？他是否猜出从一开始他们就筹划好了我的救援计划？他是否猜出我们的指导老师黑密斯·阿伯纳瑟已经为了他装作不感兴趣的所谓事业而背叛了我们两个？

接着是一阵沉默，我看到皮塔紧锁的眉峰里深刻着皱纹。他已经猜出来了，或者有人已经告诉了他。但凯匹特并没有杀死他，甚至没有惩罚他。目前的情况已远远超出了我的想象。他毫发无伤、身体健康、思维清晰，我感到无比庆幸。一种释然的强烈感觉传遍全身，就像在医院注射的吗啡的感觉，抚平了我过去几周来所不断遭受的伤痛。

"你能不能跟我们谈谈在竞技场最后一晚发生的事情，以便帮助我们理清头绪？"凯撒提出了建议。

皮塔点点头，但却没有急于回答，他慢声说道："最后一晚……最后一晚发生的事情……嗯，首先，你必须要想象一下在竞技场里的感受。那感觉就像一只昆虫被困在充满热腾腾的

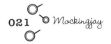

水蒸气的碗里。在你的四周都是丛林……绿色的、活生生的、嘀嗒作响的丛林。一只大钟分分秒秒都在计时，生命也在慢慢流逝，每个小时都必定会出现新的恐惧。你要知道，在过去的两天中已经有十六个人丧命——有些人是在与你的搏斗中死去的。而情况就会这样发展下去，到第二天早晨，除了一个人，最后的七个人也会死去。只有胜利者能活下来，而按计划，活下来的那个人却不是你。"

竞技场的回忆让我浑身冷汗津津。我的手从电视屏幕上滑落下来，无力地垂在身边。皮塔不仅能用画笔描画竞技场的情形，他用语言也一样能达到同样的效果。

"人一旦身处竞技场内，外部的世界就变得极为遥远。"他接着说，"你所爱的、所关心的一切人和事都几乎不存在了。粉色的天空、丛林里的怪物，还有那些想要你命的'贡品'就成为了你现实世界里的一切，唯一能影响你的一切。更糟的是，你也要杀人，因为在竞技场，人们只有一个愿望，一个要为之付出昂贵代价的愿望。"

"它要你付出生命。"凯撒说。

"噢，不。它要你付出的不仅是生命。你要去杀死无辜的人，你要付出所有的一切。"皮塔说。

"付出所有的一切。"凯撒轻声重复着皮塔的话。

整个房间陷入了一片寂静，我感觉这寂静正传递到整个帕纳姆国的每一个角落，整个国家的人肯定都在电视机前静静地听着，因为以前从没有人提过在竞技场的感受。

皮塔继续往下说："那么，你要坚守着自己的信念。而那最后一晚，是的，我的愿望是救凯特尼斯。但即使对叛乱一无所知，整个事情也让人感觉很蹊跷，当时的情况太复杂了。我很后悔早晨她提议我们离开时没有听她的话。可那时候谁也看不出事态会发生怎样的变化。"

"也许你对比特电击盐水湖的计划太过专注了。"凯撒说。

"光顾着和他们结盟了。我绝不应该让他们把我们分开！"皮塔突然提高了嗓音，"也就是在这个时候我失去了她。"

"也就是你留在闪电树旁，而她和约翰娜·梅森拿着电线往湖边走的时候。"凯撒进一步描述当时的情形。

"当时我也不想那样！"皮塔因为气愤，脸涨得通红，"可要是我跟比特争执就暴露了我们要离开他们的企图。当电线被隔断时，一切都全然失控了。我对那时发生的事依稀只记得一些。我设法去找她，我看到布鲁托杀死查夫，我自己又杀死了布鲁托。我知道她在叫我的名字。接着，闪电击中大树，然后竞技场四周的电磁力场……就爆炸了。"

"是凯特尼斯把它打爆的，皮塔。你已经看过录像了。"凯撒说。

"她当时并不明白自己在做什么。我们都不明白比特的计划。你也可以看到她当时想弄明白电线是干什么的。"皮塔争辩道。

"是的，当时的情况确实很令人生疑，好像她一直都参与了反叛计划。"

说到这儿，皮塔站了起来，他把脸凑近凯撒，双手扶在凯撒的椅子扶手上，"是吗？难道约翰娜把她打得半死也是她的计划？那电流把她击伤也是她的计划？轰炸也是她的计划？"此时他已经在大喊了，"她并不知情，凯撒！我们俩当时除了

责交战的双方。目前，反抗方只取得了小小的胜利，如果停火，就意味着我们要回到从前的状态中去，甚至比以前更糟。

在我身后，已经传来对皮塔的一片谴责声。**叛徒，骗子，敌人**，这些词语从四壁反射到我的耳朵里。我既不能加入反抗者愤怒的谴责，又不能加以反对，因此我觉得现在最好走掉。刚走到门边，就传来了科恩的声音，"你现在还不能走，伊夫狄恩战士。"

话音未落，科恩的一个手下就用手拉住了我的胳膊。这不算一个具有进攻性的举动，真的。但在经历了竞技场的一切之后，我对任何不熟悉的人触碰我都会做出过激的反应。我挣脱了他的手臂，抬腿就朝着大厅外跑。我身后传来一阵嘈杂的声音，可我并没停下来。我边跑，边在脑子想着自己一连串古怪的藏身之处，最后我跑到学校的大壁橱里，蜷缩在一堆粉笔盒子里。

"你还活着。"我一边小声说着，一边用手掌捂住脸颊，我觉得自己正咧着大嘴笑，看上去一定傻得很。皮塔还活着，他现在成了叛徒。可眼下，我并不在乎。我也不在乎他说什么、对谁说，我在乎的是他还能说话。

过了一会儿，门开了，一个人溜了进来，是盖尔。他倚靠在我身边，鼻子在流血。

"怎么回事？"我问。

"我挡住了博格斯的去路。"他说着，耸耸肩。我用袖口给他擦鼻子上的血，说："小心点！"

我尽量轻轻地给他擦拭，实际上用袖口蘸，而不是擦。"他是谁？"

"噢，你知道他，科恩的走狗，就是那个想把你拦住的家伙。"说着，他把我的手推开，"别弄了，你会让我流血而死的。"

这时，血流得不那么厉害了，我也就不再帮他蘸血。"你和博格斯打起来了？"

"没有，就是在你往外跑时，我拦住了他，他胳膊肘撞到了我鼻子上。"盖尔说。

"他们肯定会惩罚你。"我说。

"已经罚了。"他举起手腕，我茫然不解。"科恩把我的卡米特拿走了。"

我咬住下唇，尽量保持严肃的表情，可这一切真是太可笑了。"对不起，盖尔·霍桑战士。"

"没什么，凯特尼斯·伊夫狄恩战士。"他咧开嘴笑了，"戴着那玩意儿到处逛，我觉得自己像个傻瓜。"我们俩哈哈地笑了起来。"这下我可降职了。"

我又重新得到了盖尔，这也是来十三区不多的好处之一。随着凯匹特为我和皮塔策划的婚姻所带来的压力的消失，我和盖尔也开始重拾旧时的友谊。他也不再对我强求什么——比如吻我或跟我谈情说爱。也可能是我也对这些厌倦了，也可能是他也想给我一点空间，也可能是他觉得这对于落在凯匹特手心里的皮塔太残酷了吧。不管怎样，我又有了一个可以吐露心扉的人。

"那些是什么人？"我说。

"和我们一样的人，要是我们有核武器而不是煤疙瘩的话，我们和他们也没什么区别。"他答道。

"要是那样的话，我想在'黑暗年代'十二区的人是不会

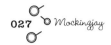

抛弃其他的反叛者的。"我说。

"没错，真要是那样，要么投降，要么来场核战争。可说实话，他们能生存下来也真不简单。"盖尔说。

也许因为身上十二区的烟尘还未散尽，我对十二区始终难以忘怀。但此时，我第一次感觉应该给予十三区一直以来我所不愿意给予的评价，那就是赞叹。赞叹他们排除一切困难生存下来的本领。起初，在城市被炸成一片焦土之后，他们挤在地下狭小的防空工事里，一定无比艰难。在全国范围内，百姓正遭到无情杀戮，他们没有同盟，没有人可以求助。在过去的七十五年中，他们学会了自给自足，把自己的人民变成了一支军队，在无人援助的情况下，建立了新的社会体系。如果不是那场瘟疫影响了他们的出生率，迫使他们需要寻找新的人口来源的话，他们会变得更加强大。也许他们是军人治国，也许他们过于严谨苛刻，也许有时还缺乏幽默感，但他们却顽强地生存下来，并毅然肩负起推翻凯匹特的重任。

"可他们用了很长时间才表明自己的存在。"我说。

"这可没那么简单，他们要在凯匹特建立反抗组织，还要在其他各区建立地下活动组织。而最后，他们需要有人组织最后的暴动。他们需要你。"盖尔说。

"他们也需要皮塔，可他们好像把这事给忘了。"我说。

盖尔脸上的表情黯淡下来，"皮塔今晚的话也许产生破坏作用。当然，大多数辖区的反抗者根本不在乎他说什么，可那些本来反抗的决心就不那么坚定的辖区就不好说了。停火肯定是斯诺总统的主意。可这话从皮塔嘴里说出来，好像还挺有道理似的。"

"你觉得他为什么这么说？"虽然我很怕听到盖尔接下来要说的话，可我还是问道。

"也许他受到了折磨，或者被人劝说。我猜想，他是跟他们做了某种交易来保护你。他提出停火建议，条件是斯诺允许他把你当做一个无辜而怀有身孕的女孩呈现在大家面前，你在被反叛者救走时对一切都毫不知情。这样的话，如果各辖区反抗运动失败，而你也做得恰如其分的话，你还有获得赦免的机会。"我看上去肯定还是一脸的迷惑，因此盖尔下面的话明显放慢了速度，"凯特尼斯……他仍在设法让你活下去。"

让我活下去？啊，我恍然大悟。游戏还没有结束。虽然我们已经离开了竞技场，但因为皮塔和我都还活着，因此他设法让我活下去的许诺仍然有效。他的想法就是让我保持低调，安全地禁锢在十三区，等着战争结束。这样，双方都没有理由杀死我。那么皮塔呢？如果反抗者取得胜利，那他的处境就惨了。如果凯匹特获胜呢？天知道。也许凯匹特允许我们两个都活下来——如果我做得恰如其分的话——去观看这场永无止境的饥饿游戏永远继续下去……

一幕幕可怕的景象浮现在我眼前：被长矛穿透了身体的露露，绑在鞭刑柱上、被打得奄奄一息的盖尔，尸横遍地的家乡。这一切都是为什么？为什么？对往事的回忆让我热血沸腾，一些其他的细节也涌上我的心头，我想起了在电视上第一次看到八区暴动时的情形，想起了在世纪极限赛举办前夜胜利者们手拉手的情形。我向电磁力场射出的那一箭并非出于偶然，那是我渴望已久的射向敌人心窝的一箭。

我唰的一下站了起来，满满的一大盒足有上百支铅笔让我

给撞翻在地，撒得到处都是。

"怎么啦？"盖尔问。

"不能停火。"我边说，边俯身摸索着，把散落一地的铅笔捡回盒子里，"我们不能再回到过去了。"

"我知道。"盖尔捡起一大把撒落在地的铅笔，在地上戳齐了。

"不管为什么，皮塔这么说都是错的。"那些该死的铅笔一直装不进盒子里，我一着急，撅折了几支。

"我知道。把笔给我吧，你都把它们撅折了。"他把盒子从我手里拿过去，用敏捷精确的动作把笔重新插进去。

"皮塔不知道凯匹特是怎样对待十二区的。要是他看到十二区的惨状……"我说道。

"凯特尼斯，我不是要跟你争。要是我一按按钮，就能送所有的凯匹特人上西天，我也会这么做的。毫不犹豫。"他把最后一支笔插进盒子，然后把盖合上。"问题是，现在你准备怎么做？"

是啊，这段时间一直令我极度不安的问题只有一个答案，然而还是在听了皮塔的话后我才醒悟过来。

我准备怎么做？

我深吸了一口气，轻轻地抬起胳膊——感觉好像插上西纳给我设计的黑白两色的翅膀——然后轻轻地把它们放下。

"我要做嘲笑鸟。"

 **火药桶**

　　毛茛花趴在波丽姆的臂弯里，门头上安全灯的光亮照在它的眼睛上，反射出微弱的光。它又担当起自己一贯的职责，在漆黑的夜里保护着波丽姆。波丽姆偎在妈妈的身边。她们熟睡着，看上去和去年抽签日的那个早晨一模一样，也正是在那一天，我决定代替波丽姆参赛。我自己单独睡在一张床上，因为我的身体尚在恢复期间，也因为没人能跟我一起睡，我常做噩梦，还会乱踢乱打。

　　我在床上辗转反侧，几个小时都没能入眠，最后我也不睡了，反正睡不着。我起身，在毛茛花眈眈的注视之下，蹑手蹑脚地走到梳妆台旁。

　　政府发的服装放在中间的抽斗。每个人都是一样的灰色裤子和衬衫，穿时，衬衫掖在裤子里。在这衣服下面还放着我在竞技场被救时随身带的几件物品，嘲笑鸟胸针、皮塔送的带有妈妈、波丽姆和盖尔照片的纪念挂坠，拴在银色降落伞上、从树上取水用的插管，还有在竞技场爆炸前几小时皮塔送给我的

珍珠。在医院时，十三区的人把我的皮肤外用药膏拿走用了，同时把弓和箭也没收了，因为只有保护军火库的警卫才能够携带武器。

在黑暗中，我摸索着找到降落伞，然后把手指伸进去，触到了那颗珍珠。我回到床上，盘腿坐在那里，用珍珠在嘴唇上反复摩挲着，珍珠的表面很光滑，散发出幽幽的光亮。不知怎的，用嘴唇触碰珍珠让我感到宽慰，感觉如同珍珠赠与者的凉凉的吻。

"凯特尼斯？"波丽姆轻声叫我，她已经醒了，正在黑暗中看着我，"怎么啦？"

"没什么。做了个噩梦。睡吧。"这完全是自然反应，对妈妈和波丽姆封锁一切信息，以使她们免受伤害。

波丽姆尽量不吵醒妈妈，轻手轻脚地从床上爬起来，抱起毛茛花，坐到我身边。她摸到了我那只捏着珍珠的手。"你冷吧？"她从床头又拉过一条毯子，把我们三个一股脑裹进去，把她身上的温暖，还有毛茛花身上的热乎气传给了我。"有事你可以跟我说，我准保不会说出去，连妈妈也不说。"

她真的长大了。那个衬衫从身子后面撅起来、像鸭子尾巴似的小女孩，那个够盘子都要人帮忙的小女孩，那个祈求带她去糕点店橱窗看糖霜的小女孩已经从我们眼前消失了。过去的苦日子以及生活中接连发生的悲惨事件已经迫使她以更快的速度长大了，至少在我的眼里如此。她已经长成了一个女人，一个给流血的伤口缝针的女人。她知道妈妈已经不能承受太多的精神负担。

"明天早上，我就同意做嘲笑鸟。"我告诉她。

"是你想去，还是被迫去呢？"她问。

我无奈地笑了笑，"都有吧，我想。噢，不，我想去，我必须去，只要这样做能帮助那些反抗者战胜斯诺。"我把珍珠在手心攥得更紧了，"只是……皮塔。我怕我们真的取胜了，反抗者会把他当做叛徒。"

波丽姆认真地想着这个问题，"我想你并不知道你对反抗事业有多么重要。重要的人通常总能得到他们想要的东西。如果你想让皮塔活着，你就一定能做到。"

我是很重要，我想。他们费了那么大劲去救我，他们甚至冒险让我回十二区。"你是说……我可以要求他们免了皮塔的罪名？而他们也必须同意？"

"我觉得你可以向他们提出任何要求，他们都会同意。"说道这里，波丽姆又皱起眉头，"只是，你怎么才能知道他们说话是不是算数呢？"

我回想起黑密斯为了摆布我和皮塔而说的那些谎话。怎样才能不让那些反抗者食言呢？在无人知晓的情况下所做的口头承诺，甚至写在纸上的协定都可能在战争结束后化为乌有，可能没人再承认它的存在。即使有当权者作为人证，也没有什么价值，说不定给皮塔判了死刑的正是他们。我需要更有利的见证人，任何能帮助我的人。

"这事必须公开。"我说，毛茛花也摇摇尾巴，表示同意。"我要让科恩在全十三区人面前公布这件事。"

波丽姆笑了笑，"噢，这太好了。虽然这算不上是什么承诺，但他们要想反悔也没那么容易啦。"

这办法不错，我松了口气，"看来我得常搅了你的好梦啦，

小鸭子。"

"我想也是。"她说。她吻了我一下，"睡会儿吧，好吗？"现在我可以睡了。

到了早晨，我看了我的时间表安排7：00——早饭，紧接着就是 7：30——指挥部。很好，我可以开始跟他们谈判了。在餐厅，我在传感器上扫描了我的个人信息，里面包含了身份号码，时间表。我推着餐盘，沿着餐柜前的铁支架向前走，发现早餐倒是一如既往，固定不变的——一碗热米饭、一杯牛奶、一勺水果和蔬菜。今天，还有芜菁甘蓝泥。这些食物都来自于十三区的地下农场。我坐在专为伊夫狄恩、霍桑和其他一些难民划出的就餐区，狼吞虎咽地吃下早餐。真想再来一份，可那是绝对不可能的。十三区有严格的营养配比，摄入的卡路里足够支撑到下一餐，不多，也不少。配餐的数量是按照每个人的年龄、身高、体量、健康状况和按时间表所需付出的体力劳动来决定的。十二区人的食物配给量已大于十三区的，这是为了让大家的体重尽快提升。大概瘦弱的士兵太容易疲劳了吧。这个办法很奏效。只有一个月的时间，我们看上去就健康多了，特别是那些孩子。

盖尔推着餐盘，紧挨着我站着。我尽量不去馋巴巴地盯着他的芜菁甘蓝泥，可我心里真想多来点。盖尔还是眼疾手快，趁我打开餐巾时，把一勺芜菁甘蓝泥舀到我碗里。

"你可不能老是这样了。"我嘴上说着，勺子已经把菜舀起来，这话也就不怎么作数了。"真的，这样做要么不合法，要么就违反了别的规定。"十三区对食物有严格的规定。例如，如果这顿饭的食物没吃完，想留着以后吃，你是不能把吃的带出去的。显然，以前发生过有人故意囤积食物的事。这种规定对于像盖尔和我这样多年承担养家重任的人却显得不合时宜。我们只知道挨饿的滋味，却从来没遇到过处理多余食物的情况。在某些方面，十三区的规定比凯匹特还要严格。

"他们还能把我怎么样？他们已经把我的腕式卡米特拿走了。"盖尔说。

我刷碗的时候，突然灵机一动，"嘿，他们让我当嘲笑鸟，也许我可以给他们提个条件。"

"允许我喂你吃芜菁甘蓝？"他说。

"不是，允许我们打猎。"听到这个他可来神了。"我们得把打来的东西都交给厨房。可就算这样，我们也可以……"我不用再说下去了，因为他也知道要打猎我们就必须得到地上去，在林子里，那样我们就享有自由。

"就这么办。"他说，"现在正是时候，就算你要月亮，他们也不会给你星星。"

他有所不知，我对他们提出赦免皮塔的要求就已经是在朝他们要月亮了。正当我犹豫是否应当把这事告诉他时，铃声响了，这铃声表示我们吃饭时间已经结束。一想到要独自面对科恩，我就感到紧张，"你的时间表是怎么安排的？"

盖尔查看他臂上的时间表，"是历史课，核能发展史。顺便说一句，你原来逃课已经被发现了。"

"我要去指挥部。跟我去吗？"我问。

"好吧，昨天跟他们打了一通，可能一见面他们就直接把我扔出去了。"在我们送餐盘的当儿，盖尔又对我说："我看你最好把毛莨花也算在你的条件内，在这儿，人们不能养没用的

宠物。"

"噢，他们可以给它找份工作，每天早晨在它的爪子上印上时间表。"我边说着，边在心里盘算着这事，为了波丽姆应该把它留下。

我们到指挥部时，科恩、普鲁塔什和其他人都已经到了。盖尔的到来引起一些人的侧目，但却没人赶他出去。我脑子里想着一大堆事，这会儿有点乱了，所以我要了一支铅笔，一张纸，准备把它们记下来。我对会议表现出的兴趣——来这里之后还是头一次——让他们感到很吃惊。有几个人交换了一下眼色，兴许他们为我准备了特别的讲演辞。可是相反，科恩亲手递给我会议文件，其他人静静地等待着。我坐在桌旁，在纸上草草列出了一个单子：**毛莨花、打猎、皮塔赦免、在公众场合公布。**

好了。也许今天是我唯一可以讨价还价的机会。**好好想想，你还想要什么？**盖尔正站在我身后，盖尔，我加到单子里。没有他，这事我肯定干不成。

头痛又来了，我的思维开始有些混乱。我闭上眼睛，开始在心里默念。

我叫凯特尼斯·伊夫狄恩。我十七岁。家住十二区。我参加了饥饿游戏。我幸免于难。凯匹特恨我。皮塔被抓起来了。他还活着。他是叛徒。但他还活着。我要设法让他活下去……

这张单子上列出的条件似乎太简短了。我应该想想更重要的事，眼下我是最重要的人，可将来也许根本微不足道。我难道不应该提出更多的要求吗？为了我的家人？为了还活着的人？我的身上落满了死人的灰尘。我仍能感觉到那颗头颅在我脚下滚动的可怕感觉。血腥和玫瑰的混合气味仍在我的鼻腔里飘浮着。

铅笔在纸上不由自主地划动，我睁开眼，看到上面歪歪扭扭写着几个字：我亲手杀死斯诺。如果抓住他，我要求亲手结果了他。

普鲁塔什小心地咳了一下，"准备好了吗?"我抬眼看了一眼钟表，我在这里已经坐了二十分钟了。看来思维不能集中的还不止芬尼克一个人。

"是的。"我声音沙哑，于是清了清嗓子，接着说，"是的，我同意做你们的嘲笑鸟。"

他们发出宽慰的叹息，互相拍肩膀表示祝贺，我默默地等着时机的到来。科恩仍像以往一样冷漠而面无表情地注视着我。

"可我还有一些条件。"我在心里又默想了一下单子上的内容，说，"我要求我的家人可以继续养那只猫。"我的这个小小的要求立刻引起了大家的争论。当然。凯匹特的反抗者认为这不是问题——我可以保留这只猫——但十三区的百姓会认为这会带来大麻烦。最后，大家商定让我们搬到顶层，那里有一个八英寸的地上窗户，作为毛茛花的出入口。它必须自己觅食。如果它错过了关门时间，就不得进入室内。如果它引发起安全问题，就立刻枪毙。

这听上去不错。除了枪毙那一条，其他的条件跟我们离开它之后的生存条件差不多。要是它太消瘦，我可以偷偷地给它点动物内脏，那就要看下我提的一个条件能否通过。

"我想打猎，跟盖尔一起，到林子里。"我说。一听到这个，大家都立刻不出声了。

"我们不会走远，使用自己的弓箭，猎物送到厨房。"盖尔说道。

趁他们还没来得及反驳，我赶紧说道："这里太闷……在这里我不能呼吸……要是……我能打猎……我会恢复得更快。"

普鲁塔什开始提出一些反对意见——那样太危险，要给我提供特殊保护，可能受伤——可是科恩打断了他，"不，让他们去吧，每天两个小时，减掉他们受训练的时间，活动范围不超过四分之一英里。要随身带着通讯工具和追踪器。下一个条件？"

我思索了一下单子的内容，"盖尔，我需要他跟我一起干。"

"怎么跟你一起？远离摄像头？所有时间都在你身边？你希望他作为你新的男友出现在公众场合？"科恩问。

她这么说的时候毫无恶意——相反，她只是实话实说。可我还是惊得张大了嘴，"什么？"

"我认为还是不要改变目前的浪漫故事，这么快就抛弃皮塔会失去公众对她的同情。特别是大家都认为她怀着他的孩子。"普鲁塔什说。

"同意，所以，在电视上公开露面时，盖尔还是战友。这样可以吗？"科恩说。我只是怔怔地看着她。她又不耐烦地重复了一遍刚才的话，又接着说："对盖尔来说，这样足够了吗？"

"我们可以一直把他当做你的表兄。"富尔维亚说。

"我们不是表兄妹。"盖尔和我异口同声地说道。

"是的，只是在电视镜头前如此。其他时间，他属于你。还有别的问题吗？"普鲁塔什说。

谈话突然转向让我感到一阵慌乱。他们话里包含的意思是我可以轻易地抛弃皮塔，我爱着盖尔，整个事件不过是一场表演，我觉得脸发烫。把我当做在目前情况下一心只想着谁是自己爱人的人，这个想法太卑劣了。我一气之下，进一步提出自己最重要的要求。"战争结束后，如果我们赢了，皮塔要被赦免。"

一片死寂。我感到盖尔的身体也紧张起来。我本该早点告诉他，可我不敢肯定在涉及皮塔时他会有什么样的反应。

"不能对他进行任何形式的惩罚。"我接着说。一个新的想法涌上我心头，"其他被抓的'贡品'也一样，约翰娜，伊诺贝丽。"坦率地讲，我并不在乎二区的"贡品"伊诺贝丽。事实上，我并不喜欢她，可把她丢下好像也挺不仗义的。

"不行。"科恩平静地说。

"行。"我反驳道，"你们把他们丢在竞技场，这不是他们的错。谁能知道凯匹特是怎么对待他们的？"

"他们将和其他战犯一起遭到审判，按照法庭的判决量刑。"她说。

"他们应该被赦免！"我从椅子上站了起来，声音洪亮有力。"您必须亲自在全体十三区人民和十二区幸存者面前公开承诺。尽快，就今天。要录音给以后的人听。您和您代表的政府必须对他们的安全负责，否则就再找一个嘲笑鸟吧！"

我的声音在空中久久回荡。

"她就是这样！"我听到富尔维亚悄声对普鲁塔什说，"就这样，一副貌不惊人的样子，背后藏着火药桶，你只能看到一点硝烟，可她的能量却很巨大。"

"是的，这正是我们想要的。"普鲁塔什压低了声音说。

我想瞪他们一眼，可我觉得此时把注意力从科恩那里移开是不利的。我可以看得出她正在心里掂量着我的最后通牒，思量为了我值不值得这样做。

"您认为怎样，总统阁下？"普鲁塔什说，"您可以在特定条件下发表一份官方赦免声明，说那男孩……还太年轻。"

"好吧。"科恩终于开口说道，"可你最好发挥你的作用。"

"您一旦发表声明，我就会尽职尽责。"我说。

"在反思时段召开一个全国安全会议。"她发布命令，"我发布声明。你的单子上还有别的内容吗，凯特尼斯？"

我的纸条已经在我的右手里捏成了一个纸团。我在桌子上把纸条展开，读出了那几个歪七扭八的字，"还有最后一件事，我要亲手杀死斯诺。"

还是第一次，我看到总统的脸上露出了一丝笑容，"到了那时候，我会亲自去叫你的。"

也许她说得没错。我不是唯一想要斯诺的命的人，我还要指望她一起来完成这个意愿，"很公平。"

科恩扫了一眼她的胳膊，她同样也有时间表，"那么，我就把她交给你了，普鲁塔什。"说完，和她的指挥班底人员一起走了，只剩下普鲁塔什、富尔维亚、盖尔和我。

"太棒了，太棒了。"普鲁塔什一屁股坐在椅子上，胳膊肘支在桌子上，用手揉着眼睛，"你知道我在这里想念什么？最想念什么？咖啡。我问你，什么东西和稀粥、芜菁甘蓝一起吃最不可思议？"

"我们以前没想到在这儿一切都那么严格。"富尔维亚一边揉着普鲁塔什的肩膀，一边说道，"至少在高层人士里不该有那么多规矩。"

"至少还有点通融的办法。我是说，即使十二区也还有个黑市呢，不是吗？"普鲁塔什说。

"是的，霍伯黑市。我们的买卖就在那儿做。"

"啊哈，你瞧瞧！你们俩看上去可是守法的好公民。多么诚实、正直。"普鲁塔什叹了口气，"噢，是啊，战争总有结束的一天。嗯，很高兴你们加入到这个队伍中来。"他伸出手，指着富尔维亚手里的一个黑皮大速写本，说："你大概知道我们想要你做什么吧，凯特尼斯。我知道参加这次行动你的心情很复杂。我希望这个能对你有所帮助。"

普鲁塔什把速写本推到我的面前。开始我怔怔地看着它，心生疑虑。但是，我还是忍不住好奇心，打开了它。里面有一张我的素描，穿着黑色的制服，笔直而坚定地站立着。只有一个人能设计出这样的制服。一眼看去功能性很强，再仔细看，会发现它仍不失为一种艺术品。边檐下垂的帽盔，胸甲美丽的曲线，宽松的袖筒下面隐约显露出白色褶皱。在他的手底下，我又成为了嘲笑鸟。

"西纳。"我轻声说道。

"是的，他要我保证在你自愿成为嘲笑鸟后再把这个本子给你。相信我，我可是要经过一番挣扎的哦。"普鲁塔什说，"翻翻看看。"

我慢慢地翻看着本子，仔细观察制服的每一个细节。一层层的铠甲经过精心设计，靴子、腰带里隐藏有武器，在心脏部位增加了强度。在最后一页我的嘲笑鸟胸针图下面，有西纳的一行字：**我还赌你赢**。

"他是什么时候……"我的声音变小了。

"我看啊，嗯，就在宣布举行世纪极限赛之后，也许在开赛前几周？这些不仅仅是草图，我们已经制作了服装。噢，比特在兵械厂也为你准备了特别的东西。噢，我可不想因为我的暗示把这份惊喜给毁了。"普鲁塔什说。

"你将成为有史以来穿得最精神的反抗斗士。"普鲁塔什笑着说。突然，我意识到他很长时间一直在耐心等候着我做出决定。正像西纳，他也一直希望我做出这一决定。

"我们计划在电视节目播放的黄金时间采取行动。"普鲁塔什说，"我们准备制作一个叫做'热点'的系列电视节目——'热点'取'热点人物宣传'之意——届时把你推出来，在整个帕纳姆国播放。"

"怎么做？凯匹特完全控制了全国的电视台。"盖尔说。

"可我们有比特。十年前，他基本上重新设计了转播电视节目的地下网络。他认为这计划完全行得通。当然，我们也需要播放的内容。所以，凯特尼斯，演播室正等待着你的光临。"普鲁塔什转向他的助手，"富尔维亚？"

"普鲁塔什和我一直在讨论如何操作这次行动。我们要从外形直至内在气质上把你塑造为我们的反抗领袖，这是最好的办法。也就是说，我们塑造最令人震撼的嘲笑鸟形象，然后再历练你的性格，使之与你的外在形象匹配！"她兴致勃勃地说道。

"她的服装已经有了。"盖尔说。

"是的，但是她是否还应有伤疤或血痕？她是否应该浑身散发出反抗者的光芒？我们要让她脏到什么程度才能不致引起观众的反感？不管怎么说，我们要让她看上去不同寻常。哦，这点是显而易见的。"富尔维亚说着，快速走到我身边，用手打成取景框，比在我的脸上——"不能剪辑"。我向后仰身，把头扭向一边，可这时她已经忙着收拾桌上的东西去了。"嗯，这是我们已经想好的，另外还有一个小小的惊喜等着你。来，来。"

富尔维亚向我们挥挥手。盖尔和我跟在她和普鲁塔什后面，来到大厅里。

"她倒是一片好心，可让人觉得受了侮辱。"盖尔附在我耳边小声说。

"欢迎来到凯匹特。"我用口型默示盖尔。富尔维亚的话对我并没有什么影响。我把速写本紧紧地抱在胸前，觉得心里热乎乎的。如果西纳希望我这么做，那这个决定也一定是正确的。

我们上了电梯，普鲁塔什查看他的记事本，"让我看一下，是3908房间。"他按下了标有39的按钮，电梯却没动。

"你得用钥匙。"富尔维亚说。

普鲁塔什从衬衫下拿出一把穿在细链上的钥匙，插到一个小孔里，这个小孔我以前从没看到过。电梯门马上关闭了。"啊，这下行了。"

电梯开始下行，十层、二十层、三十层，以前我真不知道十三区的地下有这么深。电梯门终于打开了，一个白色的宽阔走廊出现在面前，沿走廊是一个个红色的门，与上层灰色的房间相比，这里的房间看上去装饰得更漂亮。每个门上都有标号：3901、3902、3903……

走出电梯后，我看见身后的电梯门缓缓关闭，一个金属隔栅缓缓滑动，停在电梯门外。我回过头，看到一个警卫出现在走廊尽头的一个房间的门口，正向我们大步走过来时，他身后的一扇门无声地关闭。

普鲁塔什举起手，走上前去跟他打招呼，我们跟在普鲁塔什身后。这里有种诡异的感觉，电梯加了安全隔栅、房间深在地下，四周充满消毒水的味道，令人惴惴不安的似乎还不止这些。我瞥了一眼盖尔，看得出，他也有同样的感觉。

"早上好，我们要找——"普鲁塔什说道。

"您下错楼层了。"警卫生硬地说。

"是吗？"普鲁塔什再次查看他的记事本，"我这里明明写着3908，你能否打个电话——"

"恐怕您得马上离开，地址错误可以到总部查询。"警卫说道。

3908号房间就在我们面前，只有几步之遥。那扇门——事实上所有的门——似乎都不是正常的门，没有门把手。这些门肯定跟刚才警卫出来时的那扇门一样，是顺着一个门轴开合的。

"总部在哪儿？"富尔维亚问。

"总部在七层。"警卫说着，伸出手臂示意我们回到电梯旁。

从3908房间里传来奇怪的声音，是嘤嘤的哭泣声，就像惧怕挨打的小狗发出的呜呜哀嚎，可这是人声，而且很熟悉。我和盖尔交换了一个眼色，我俩马上心领神会。我啪的一声把西纳的速写本掉到了警卫的脚下。等他俯身去捡的时候，盖尔也俯下身去，故意和他的脑袋撞了个正着。"噢，对不起。"盖尔笑着说道，伸手扶住警卫的胳膊，把他转向一旁。

我趁着警卫的注意力被转移的当儿，一个箭步冲向前去，推开了3908号房间的门。几个人半裸着身体、浑身青紫、被铐在墙边。

他们是我的化妆师。

 协约

　　一股不洗澡发出的臭味、尿骚味、腐溃伤口的味道混合着浓烈的消毒水味扑鼻而来。要不是这三个人的时尚怪癖——维尼娅脸上的金色纹饰、弗莱维的橘红色鬈发、奥克塔维亚淡绿色的皮肤——我几乎已经认不出他们了。奥克塔维亚的皮肤已经松垂，好像她的身体是一只慢撒气的气球。

　　在看见我之后，弗莱维和奥克塔维亚靠在瓷砖墙壁上缩成一团，好像怕我打他们，我从未伤害过他们。对他们的最大伤害也不过就是瞧不起他们。而即使这些我也不曾对他们说过，他们为什么还要缩成一团？

　　警卫命令我出去，同时身后传来拉拉扯扯的声音，我知道盖尔正在阻止他。为了弄清情况，我走到维尼娅身旁，她一直是三个人中最勇敢的一个。我蹲下身子，拉住她冰凉的手，她立刻把我的手死死抓住。

　　"发生了什么事，维尼娅？你们怎么会在这儿？"我问。

　　"他们把我们抓来了，从凯匹特。"她用沙哑的声音说道。

普鲁塔什随后走了进来，"天哪，这到底怎么回事？"

"是谁抓你来的？"我接着问。

"一些人。"她含混地说，"就是你从竞技场逃走的那一天。"

"我们认为兴许你与原来的化妆师合作会更加满意。"普鲁塔什在我身后说道，"这是西纳要求的。"

"西纳要求这样？"我冲他大喊。就我对西纳的了解，他永远不可能让他们受到伤害，他对他们总是耐心而温文有礼。"怎么能像罪犯似的对待他们？"

"这个，我确实不知情。"从他说话的语气判断，他没有撒谎，富尔维亚脸色苍白，也证明了这一点。这时警卫出现在门口，盖尔跟在他身后，普鲁塔什转向警卫，"我只接到报告说他们的行动受到限制，可为什么要惩罚他们？"

"他们偷窃食物。他们因为偷面包而遭到拘禁。"警卫说。

维尼娅皱起了眉头，似乎她还是不明白这一切究竟是怎么回事。"没人告诉我们任何规矩。我们太饿了，她只拿了一小片面包。"

奥克塔维亚用她破旧的束腰衬衣袖口捂住嘴，开始不住地抽泣。以前发生的一幕映现在我眼前，当时我从竞技场活着出来后饥肠辘辘，还是奥克塔维亚从桌子底下偷偷地多递给我一个面包卷，因为她不愿看到我挨饿的样子。我慢慢地走近她，她还在不停地抽泣。"奥克塔维亚？"我把手伸向她，可她却畏怯地躲开了。"奥克塔维亚？没事了，我会带你们离开这儿的，好吗？"

"这好像太过分了。"普鲁塔什说。

"就因为他们拿了片面包？"盖尔问。

"之前还发生了几次违反规定的情况，他们曾受到警告，可却置之不理，继续拿面包。"警卫说到这里停了一下，好像对我们的疑惑感到不解，"面包是不允许拿走的。"

奥克塔维亚仍然捂着脸哭泣，我无法劝止。当她的脸微微抬起时，我看到她戴手铐的腕子上有斑斑血痕。"我会把你带到妈妈那里。"我又对警卫说："打开她的手铐。"

警卫摇摇头，"我没有得到命令。"

"打开！马上！"我大喊。

警卫慌了神。一般的公民没人敢跟他这样说话，"我没有得到释放他们的命令。你也无权去——"

"按我的命令去做。我们来这儿本来也是接他们三个的，他们需要到**特防部**工作，我会负全部责任。"

警卫赶紧去打电话了。他回来时拿了一大串钥匙。我的化妆师们已经蜷缩了很久，镣铐打开后，他们都佝偻弓背，难以行走。盖尔、普鲁塔什和我不得不搀扶着他们。正走着，弗莱维的脚被地上的一个金属隔栅绊住了，这个金属隔栅罩在一个圆孔上面。一想到这孔的用处，我不禁一阵反胃，是啊，人们排出的污泄物还要从这个孔里排掉的……

我在医院找到了妈妈，她是我唯一可以信任的人。妈妈检查了三个人的伤势之后很快进行了处理。可在处理伤口时，她始终是一脸的惊惧。我知道，在十二区时疗伤已经成了她日常工作的一部分，让她感到恐惧不安的不是他们的伤口，而是在十三区竟然也会发生这样的事情。

妈妈来医院工作是受到欢迎的。虽然她有多年的行医经验，可在这里大家都把她看成护士而不是医生。但她领着三个化妆师进诊室检查伤口时，也没人说什么。我在医院门外大厅里找了张凳子坐下，等着妈妈给他们检查受伤的情况。

盖尔坐在我身边，一只胳膊搭在我肩上，"她会处理好的。"我点点头，心想此时他是不是又回忆起自己在十二区遭到鞭打的经历。

普鲁塔什和富尔维亚坐在我们对面的长凳上，对于三个人目前的状况也没说什么。如果他们果真对三个人受虐的情况一无所知的话，他们对科恩总统采取的这一行动又作何感想？我决定帮他们把这个问题想清楚。

"我想，这是给我们所有人的警告。"我说。

"什么？不会吧。你什么意思？"富尔维亚问。

"惩罚我的化妆师是给大家的警告。"我对她说，"不仅仅是对我，也是对你们。这是为了告诉大家谁在这儿说了算，要是有人不听话会有什么下场。如果你对所谓特权还抱有幻想，我劝你最好放弃这个想法。明摆着，凯匹特血统在这里不能形成保护，甚至更容易带来麻烦。"

"那三个化妆师不能和普鲁塔什相提并论，他是暴动的策划者。"富尔维亚冷冷地说道。

我耸耸肩，"富尔维亚，你要这么说，我也没办法。但是，可要是科恩失败了怎么办？我的化妆师们是被绑架的，他们至少还可以期望有一天回到凯匹特。盖尔和我可以生活在林子里。可你们呢？你们俩能跑到哪里去？"

"也许我们在战争中所起的作用比你想象的要大。"普鲁塔什漫不经心地说道。

"那当然。'贡品'对饥饿游戏也很重要，可还是有一天他

们变得不再重要了。所以，人们就把我们抛弃了——对吧，普鲁塔什？"

谈话就到此结束了。我们静静地等着，直到妈妈来找我们。"他们没事，没有致命伤。"她汇报说。

"好啊，太好了。他们多久能开始工作？"普鲁塔什问。

"也许明天吧。"她回答说，"在受到伤害后，他们的情绪兴许还不太稳定，毕竟他们从凯匹特来到这里，没有足够的心理准备。"

"我们不也都一样吗？"普鲁塔什说。

也许是因为化妆师们还不能马上投入工作，也许是因为我内心烦躁不安吧，今天我的嘲笑鸟工作到此为止，普鲁塔什给我放了假。于是盖尔和我去吃中午饭，午饭是豌豆洋葱炖菜、薄薄的一片面包和一杯水。经历了维尼娅的事之后，面包总在我的喉咙里哽噎难下。我把没吃完的放到盖尔的盘子里。我们俩吃饭时都没什么话。吃完饭后，盖尔撩开袖子，露出里面的时间表，"下面我该训练了。"

我撩开袖子，放在他胳膊旁说："我也是。"我想起来在训练时间我们是可以打猎的。

我急切地想要躲到林子里去，哪怕只有两个小时，这种渴望超越了一切。林子里有绿色的树林和明媚的阳光，这肯定有助于我理清头绪。盖尔和我一走出楼道，就像学校军训的孩子般跑了起来。等我跑到林子时，已经头晕目眩、上气不接下气。这时我才意识到，我还没有完全恢复。警卫把原来的武器和刀子给了我们，还有一个粗布麻袋当猎物袋。脚踝上绑着追踪器，我得忍受，他们给我讲解手持对讲机的使用方法时，我也假装听着。可我真正牢记在心的却是时间表。我必须按规定时间回到十三区，否则我打猎的权限将被废止，这是我必须要严格遵守的规矩。

我们来到林子旁边被隔离网圈起来的大训练场。警卫也没多问就打开了润滑良好的大门。如果我们不遵守时间，就要完全靠自己越过这道隔离网。这是一道三十英尺高的铁丝网，全时通电，发出低沉的嗡嗡声。我们在林子里穿行直到隔离网在我们的视线里变得模糊起来。在一小片空地，我们停了下来，仰起头享受着阳光的照耀。我伸出臂膀，转动身体，但速度不快，免得眩晕。

像十二区一样，缺水少雨的天气同样也侵害了这里的植物。一些树已经枯萎，在地上撒下一层厚厚的干叶子。我们干脆把鞋脱掉。我的鞋一直很挤脚，在反对浪费的十三区，发给我的这双鞋是别人穿剩下的小鞋。看得出，我和鞋子原来的主人走路姿势都很滑稽，因为鞋子不该破的地方都破了。

像过去的日子一样，我们打猎时悄然无声，行动起来配合默契，我们总能知道彼此的行动意图，总为彼此观察身后的动静。我们已经有多久没享有这样的自由了？八个月？九个月？现在的一切已经和原来不大一样了，之前发生了那么多事，现在我脚腕上还戴着追踪器，而且体力不支，需要时不时地休息。可眼下，这就是我所能获得的最大的幸福了。

这里的动物并不十分警觉，它们还没嗅出陌生气味来自哪里就已丧命。仅用了一个半小时，我们就打到了几十只猎物——兔子、松鼠和火鸡。我们决定就此收工，到一个池塘边消闲。池塘的水清凉、甜美，下面一定有泉眼。

盖尔说要清理猎物，我也没反对。我把几片薄荷叶子贴在舌头上，闭上眼睛，靠在一块岩石上，静静地听着四周的虫鸣，让午后灼热的阳光晒着我的皮肤，真宁静啊。这时盖尔的声音打断了我的兴致。"凯特尼斯，你干吗这么在乎你的化妆师呢?"

　　我睁开眼睛，看他是否在开玩笑，可他眉峰紧蹙，眼睛盯着手上正宰杀的兔子。"我为什么不呢?"

　　"唔，我猜啊，是不是因为去年一年他们都忙着在你参赛前把你打扮漂亮?"他试着问道。

　　"原因要比这复杂得多。我了解他们，他们既不邪恶，也不残酷，甚至不聪明。伤害他们，就像伤害孩子。他们看不到……我是说，他们不知道……"我一时找不到合适的词语。

　　"他们不知道什么，凯特尼斯?不知道那些'贡品'是真正的孩子，而不是你说的那三个怪物——要被迫搏杀到死?不知道你去竞技场是为了给某些人取乐?这在凯匹特是个惊天的秘密吗?"

　　"不，可他们和我们看问题的方式不一样，他们一出生，这规则就已存在了，而且……"我说。

　　"你是在为他们辩护吗?"说着，他一使劲把兔子皮扒了下来。

　　这话刺伤了我，可我也的确是在为他们辩护，太可笑了。我试图找到一个合乎逻辑的理由。"我是在为因拿了一片儿面包而受罚的人辩护，这一下子让我想起你为了火鸡而挨打的事!"

　　也是，他说得没错。我对这些化妆师那么关心，确实令人

感到奇怪。我本应恨他们，很高兴看到他们受到惩罚。可他们很笨、他们属于西纳，而西纳站在我一边，不是吗？

"我并不想跟你争。可我觉得他们因为坏了规矩而受罚，这并不是说科恩要警告你什么，弄不好她还觉得这是在帮你的忙呢。"他把兔子塞进袋子里，站了起来，"要想不误点儿，我看现在咱们就该走了。"

他伸出手想拉我起来，可我没理他，而是自己吃力地站起来，"好吧。"一路上我们都没再说什么。等我们进到大门里时，我却突然想起一件事，"在世纪极限赛时，奥克塔维亚和弗莱维给我妆都没化完，因为我要重返赛场，他们一直哭个不停，维尼娅跟我道别时也难过极了。"

"当他们为你……重塑形象时，我会把这一点牢记在心的。"盖尔说。

"你一定要。"我说。

我们把猎物交给在厨房干活的格雷西·塞。虽然她觉得十三区的厨子们缺乏想象力，她还是挺喜欢这里。不管怎么说，对于一个会烹调美味的野狗肉、喜欢做大黄叶炖菜的人来说，在这干活多少有点施展不开。

打猎累了一天，又没睡够觉，我直接回到住处，却发现这里已经搬空了。这时才想起来，为了毛茛花，我们已经搬家了。我来到顶层的E房间，发现这里和307房间一模一样，但这里有一扇两英尺宽、八英寸高的窗户位于墙壁的中央，窗户上装着沉重的铁栅栏，此时却是开着的，而那只猫现在已不知去向。我平躺在床上，一缕午后的斜阳照在我脸上。等妹妹把我叫醒时，已是*18：00——反思时间*。

波丽姆告诉我从中午起就广播说要召开会议。除了上班的人，全体公民都要求参加。我们按指示来到可以轻松容纳数千人的**会议大厅**。这个大厅很大，看得出当时建造时是为了能容纳更多的人，也许在那次瘟疫大暴发时就曾经召开过大型会议。波丽姆悄悄地把受到核辐射的人指给我看——一些人的身上有疤痕，还有一些孩子身体略微畸形。"这里的人肯定遭了不少罪。"她说。

　　在经历了今天早晨的事情之后，我不再为十三区的人感到惋惜。"我们在十二区也一样。"我说。

　　这时我看到妈妈带着一群身穿病号服的人走了进来，这些人病情不重，还能走动。芬尼克也夹在他们中间。他看上去精神恍惚，但身体倒挺健壮，手里拿着一截不到一英尺长的细细的短绳，这种短绳即使像他那样的巧手也打不出什么有用的结。他四处张望，手里却快速不停地打着结，之后又把它们拆开。这也许是他治疗的方法之一。我走过去说："嘿，芬尼克。"他好像没注意，我用胳膊肘推了推他，"芬尼克！你怎么样？"

　　"凯特尼斯。"他说，一边抓住我的手。我想，他看到一张熟悉的面孔肯定也很高兴，"我们为什么要聚到这儿来？"

　　"我答应科恩做她的嘲笑鸟，但要她保证如果反抗者胜利了，要豁免所有的'贡品'。这事要公开宣布，要公众作为见证人。"

　　"噢，太好了。我还一直担心安妮呢，我真怕她无意中说出什么，被当做叛徒。"芬尼克说。

　　安妮。唷一噢。完全把她忘了。"别担心，这事交给我。"我用力握了一下芬尼克的手，然后径直朝大厅前方的主席台走

去。科恩正在看她的发言稿，她扬起眉毛看着我。"请把安妮·克莱斯加到豁免人员的名单中去。"我对她说。

总统娥眉微蹙，"她是什么人？"

"她是芬尼克·奥迪尔的——"什么？我不知道究竟应该叫她什么，"她是芬尼克的朋友，四区的，也是一个胜利者。在竞技场爆炸时，她也被凯匹特抓去了。"

"噢，你说的是那个疯女孩，这没有必要了吧。我们通常不会惩罚像她那样孱弱的女孩子。"她说。

这时，我回想起今早发生的一幕，想起奥克塔维亚蜷缩在墙根的可怜兮兮的样子，在科恩心里，所谓的孱弱肯定与我的想法大相径庭。可我只是说："不会吗？那把她加上也应该不成问题。"

"好吧。"总统说着，把安妮的名字也加了进去。"宣布时你是否要跟我站到台上来？"我摇摇头。她接着说："我也这么想。那你赶紧到人群中去吧，我马上要开始了。"我又回到芬尼克身边。

在十三区，说话也要言简意赅。科恩请大家注意，她宣布道，凯特尼斯已经同意成为嘲笑鸟，条件是其他的胜利者——皮塔、约翰娜、伊诺贝丽和安妮无论做出任何有害于反抗凯匹特事业的事情，都将获得豁免。人群中一片嘈杂，我听到人们中有人表示不同意。我想没人怀疑我愿意成为嘲笑鸟，所以在这种情况下还提出条件，豁免潜在的敌人，这令他们气愤。许多人对我投来敌视的目光，我却并不以为意。

人群骚动不安时，科恩总统静默了几分钟，之后继续按她一贯简约的风格讲下去，只不过下面讲的话我也是第一次听到。"作为对这一特殊条件的回报,伊夫狄恩战士承诺将献身于我们的事业。今后,如若其在动机或行为上不能履行诺言,将被视为违反这一协定,其他四名胜利者的豁免权也将被终止,他们的命运将由十三区的法律来决定,伊夫狄恩本人也包括在内。谢谢。"

换句话说,只要我不按规矩办事,我们都得死。

棋局变幻

又一种需要与之抗争的力量，又一个将我玩弄于股掌之上的当权势力，尽管这盘棋局始终风云变幻、臧否叵测。一开始，饥饿游戏的组织者把我塑造成他们的明星，继而又不得不狼狈不堪地试图挽回因毒浆果事件而造成的不良影响。接着是斯诺总统试图利用我来扑灭反抗的火焰，其结果却导致我反抗的火焰愈燃愈烈。反抗者用铁爪把我从竞技场抓走，把我设计成他们的嘲笑鸟，结果却吃惊地发现我根本不想做那鸟。现在的科恩，虽然手握核武器和精良的机械，却发现塑造一个嘲笑鸟比抓到她更难。不过她倒是最先发现我是那种自有主张、不可信赖的人，也是第一个在我身上打上"威胁者"标签的人。

我用手摆弄着浴缸里浓浓的泡沫。清洗沐浴是打造我新形象的第一步。我酸蚀过的头发、晒黑的皮肤、丑陋的伤疤都是我的化妆师需要首先改造的地方，之后，我会以更引人注目的方式重新被咬伤、被灼伤、被摔伤。

"把她重新整回到**基础美容状态**。"这是弗莱维今早发出的第一道指令。"我们要从这儿开始。"**基础美容状态**是指一个人清晨刚睡醒时的清爽而自然的状态，也就是说我的指甲光洁但却没有修饰、头发柔软光亮却没有做发型、皮肤光滑清洁却没有化妆。但似乎出现在电视镜头前的反抗者要有新的标准。

我冲掉身上的肥皂泡，奥克塔维亚正拿着一条毛巾等着我。与在凯匹特时相比，她的变化很大。她华丽的时装、脸上的浓妆以及玲珑的饰品都已不见。我记得曾有一天她头戴老鼠造型的闪闪发光的鲜粉色饰品出现在我面前。她告诉我家里养了几只老鼠宠物。当时我听了觉得很恶心，在我们眼里，老鼠只能做熟了吃，那是有害动物。可奥克塔维亚喜欢它们，也许是因为它们小巧玲珑、身体柔软，还会吱吱地叫，与她很相像。在她给我擦身的时候，我试图熟悉奥克塔维亚。她的头发原来是赤褐色，长相一般，但却十分甜美。她比我原以为的要年轻，也许只有二十多岁。在除掉三英寸长的华丽指甲后，她的手指看上去简直有些短粗，而且在不停地颤抖。我想告诉她没什么大不了的，我不会再让科恩伤害她了。可是她绿色皮肤下的片片青紫告诉了我，我的话语是多么的苍白。

同样，弗莱维除掉紫色唇膏，脱掉华丽的衣装后，看上去也苍白倦怠。他尽量保持自己橘色的发卷整洁服帖。只有维尼娅的变化最小。她淡绿色的头发已经放下来，而不像原来那样盘起来，可以看到发根已经长出了灰色的头发。然而，那文身是她最具特点的标志，它像以往一样是抢眼的金色。她走过来，接过奥克塔维亚手里的毛巾。

"凯特尼斯是不会伤害我们的。"她对奥克塔维亚说，声音语气轻柔但却很坚定，"凯特尼斯甚至不知道我们在这儿，一切都会好起来的。"奥克塔维亚轻轻点了一下头，但还是不敢看我。

让我回到**基础美容状态**可不是件容易的事。普鲁塔什已经很有预见性地从凯匹特带来了各种工具、化妆品、饰品，我的化妆师也使出浑身解数，但约翰娜从我胳膊上取追踪器而留下的那块伤疤却很难处理。当时为我缝合伤口的医生没有一个考虑到它的外观。现在我胳膊上有一个苹果大小的疙里疙瘩的疤痕。平时这疤痕被袖子遮住了，但是西纳设计的嘲笑鸟的服装袖口正好到胳膊肘部。事情很严重，不得不叫来富尔维亚和普鲁塔什商讨此事。我敢说，富尔维亚看到这疤痕一定会引起呕吐反应。对于一个与饥饿游戏组织者一起工作的人来说，她算是一个极为敏感的人，这也许是因为她看到的恐怖场景仅限于屏幕的缘故吧。

"大家都知道我这里有块疤。"我阴沉着脸说。

"知道和看见是两回事，这疤痕会引起人的反感。我和普鲁塔什吃午饭时好好想想这事。"

"没什么大不了的。"普鲁塔什无所谓似的挥了挥手，"可以戴个臂箍什么的。"

他们的话令我内心无比厌烦。我穿好衣服，准备去餐厅吃饭。我的化妆师们瑟缩在门边。"有人给你们送吃的吗?"我问。

"没有，我们得去餐厅吃饭。"维尼娅说。

一想到这三个人跟在身后进到餐厅的情形，我不禁暗暗叹了口气。可管他呢，反正总是有人盯着我看，这次跟以往也差不多。"我带你们去餐厅，来吧。"我说。

平时我所到之处总会引起人们窥视和窃窃私语，可这与外表古怪离奇的化妆师所引起的反应相比，真是小巫见大巫。所有看到他们的人都张大了嘴，指指戳戳，甚至还伴着惊呼。"不用理他们。"我对我的化妆师说。他们低垂着眼睛，木然地站在我身后的队列里，领了自己的午餐：一块颜色灰暗的鱼、一碗炖黄秋葵、还有一杯水。

我们坐在桌边，挨着"夹缝地带"的人，他们比十三区的人还显得略微克制些，也许只是因为太尴尬了。李维，十二区的邻居，小心翼翼地给我的化妆师们打了个招呼。盖尔的母亲黑兹尔肯定知道他们被囚禁的事，她举起一勺炖菜，说："别担心，这吃上去比看上去的要好。"

可最能缓解这种尴尬局面的是盖尔五岁大的小妹妹珀茜。她从长凳边蹭到奥克塔维亚身边，试探性地用手指摸了摸她的皮肤。"你是绿的，你生病了吗？"

"这是一种时尚，就像有人抹口红。"我说。

"这是为了好看。"奥克塔维亚说。我可以看到她的眼泪正在眼睛里打转。

珀茜想了想，实事求是地说："我想不管你是什么色都好看。"

奥克塔维亚的脸上浮上了一丝笑容，"谢谢你。"

"要是你想给珀茜留下深刻印象，你得把自己染成鲜艳的粉色。"盖尔说着，把他的餐盘推到了我旁边，"那是她最喜欢的颜色。"珀茜咯咯地笑着，倒在她妈妈的怀里。盖尔朝弗莱维的餐盘点点头说："要是我，就不会等菜凉了再吃，那样味道也不会更好。"

大家都开始埋头吃饭。炖菜味道还不错，可就是黏黏的，好像每吃一口都要咽三次才咽得下去。

盖尔一般吃饭时没什么话，可今天他努力找话题，他问起了嘲笑鸟造型的事。我知道他是试图缓和气氛。昨晚我们之间产生了激烈的争论，他责怪我逼得科恩别无选择，正因为我提出几个胜利者的豁免条件，为了平衡，科恩也只好开出她自己的条件。"凯特尼斯，她是这个区的统治者。她不能在公众面前显得事事听从你的安排。"

"你是说她不能容忍任何反对意见，即使这意见是对的？"我反驳道。

"我是说，你这么做让她处境不利，让她赦免皮塔和其他人，可谁也不知道他们造成多大破坏。"盖尔说。

"这么说我根本不该这么做，而让他们自己去撞大运？其实这么做也没什么了不得，反正我们都是在碰运气！"说到这里，我气冲冲地砰的一声把门关上，把他关在门外。我吃早饭时也没跟他坐在一块，后来普鲁塔什让他去参加训练，我也没跟他说上话。我心里明白，他是关心我才说的那些话，可我需要的是他站在我一边而不是科恩一边。他怎么可能连这个都不知道？

吃完中午饭，按照时间表的安排，我和盖尔要去**特防部**去找比特。我们坐电梯时，盖尔说："你还在生气？"

"你还不道歉？"我答道。

"我还是坚持我的看法，你想让我撒谎？"他问。

"不是啊，我想让你重新思考并得出正确答案。"我对他说。可听了我的话他只是哈哈大笑起来。没办法，随他去吧。拼命纠正他的想法也毫无意义。我之所以信任他，原因之一就是他能说实话。

特防部在很深的地下，几乎和关押化妆师的楼层一样深。

这里全是蜂窝似的小房间，里面布满了计算机、实验设备、研究设备和测试仪器。

当询问起比特在哪儿时，有人给我们指了路。我们穿过迷宫似的房间，最后来到一面巨大的玻璃窗前。透过窗子，我们看到了十三区最美的景色：一个大草坪，上面生长着真正的树木和缀满花朵的植物，蜂鸟在花丛里飞舞。比特正一动不动地坐在草坪中央的一张轮椅上，观察一只飞在半空、正从一只橘黄色的花朵里吮吸花蜜的翠绿色的蜂鸟。蜂鸟刷的一下飞走时，他的目光也追随着它，这时他也看见了我们，他热情地向我们挥挥手，示意我们进去。

这里的空气清新凉爽，不像我想象的那么潮湿闷热。蜂鸟扇动小翅膀的声音从四面传来，这要是在家乡，我会以为是一种昆虫的鸣叫。我真想知道究竟靠什么技术才创造出如此可爱的地方。

比特的身体仍在康复中，脸色苍白。他戴的眼镜并不合适，但在这一对镜片后的眼睛却闪着兴奋的光。"你不觉得它们很棒吗？十三区在这里研究空气动力学已经有很多年了。向前飞、向后飞，时速可达六十英里。凯特尼斯，我要是也能给你造出这样的翅膀就好了！"

"我怀疑我是否控制得了它们，比特。"我笑着说。

"它们一会儿飞到这儿，转眼又飞到别处，你能用箭把它射下来吗？"他问。

"我从来没试过，它们身上没多少肉。"我说。

"是啊，你也不会为了练习箭术而射杀它们。可我敢说，射中它们并不容易。"他说。

"倒是可以张网，把它们抓住。"盖尔说着，似乎又回忆起以前张网捕捉动物时的情形，"拿一张细网，罩住一片地方，留出一个几英尺见方的口子，在网子里放上有蜜的花朵。当鸟来吃食时，赶紧把口合上。它们听见声音想飞走，可网子正好把它们兜住。"

"能抓住鸟吗？"比特问。

"我不知道，我就是这么想想，也许它们不上这当。"盖尔说。

"有可能。你刚才说到它们逃生的本能。站在要捕猎的动物的角度思考问题……就能抓住它们的弱点。"比特说。

他的话勾起了我的一段不愉快的回忆。记得在世纪极限赛开赛前的准备阶段，我看到比特参赛的一段录像，那时他还是一个孩子。当时他把两根电线接在一起，导致那些追捕他的孩子触电身亡。那些扭动的身体、抽搐变形的脸庞仍映现在我的脑海里。许多年前的比特，在走向饥饿游戏胜利者的瞬间，眼睁睁地看着其他"贡品"的死亡。不是他的错，他只是出于自卫，我们也都是出于自卫……

突然，我特别想离开这里，在有人下网捕捉蜂鸟之前离开这里。"比特，普鲁塔什说你有东西要给我看？"

"是的，没错，你的新弓箭。"他按下了轮椅上的按钮，轮椅载着他出了玻璃房。当他在特防部的房间里拐来拐去时，他就自己坐轮椅的事跟我们做着解释："现在我也能慢慢走动，可就是很容易疲劳，这么着我来来回回方便些。芬尼克现在怎么样？"

"他……他很难集中精神。"我答道。我不想说他精神已经垮了。

"很难集中精神，嗯?"比特惨笑着说，"你要是知道芬尼克在过去几年是怎么过来的，就会觉得他现在还能和我们在一起简直就是奇迹。不过，你告诉他我在给他研究一个新鱼叉，好吗? 这样兴许能让他分分心。"分心似乎是芬尼克最不需要的事，可我还是答应帮他把信儿带到。

一个大厅的门上标有**特制军械库**，门口有四个警卫把守。他们检查了我们手臂上的时间表，这只是第一步，接着又扫描了指纹、视网膜和DNA，我们要穿过特殊的金属检测装置。比特需要把他的轮椅留在室外，安全检查完毕进入室内后，他们会再给他另一张轮椅。我觉得这安全检查真是奇怪，我想象不出在十三区长大的人怎么可能对政府构成威胁，为什么对他们还要加以防备。莫非这些防护措施是针对最近大批涌入的难民的?

穿过大厅来到军械库门口时，又进行了第二轮身份检查——好像在穿过二十码大厅的几分钟内，我的DNA会发生改变。一切安检进行完之后，我们终于被允许进入军械库。军械库内的武器弹药之多，确实让我吃惊，里面有一排排的轻型武器、运载火箭、炸药和装甲车。"当然，航空军械和这些是分开放置的。"比特告诉我。

"那当然了。"我说道，好像这是不言自明的事情。我真不知道一把简单的弓箭也会和这种高科技的武器装备放置在一起。不一会儿，我们来到一个地方，看到整个一面墙都摆放着致命的弓箭。我之前在参加凯匹特的训练时已经见识过各种武器，但那些都非用于军事目的。我的注意力集中到一个看上去

很具杀伤力的弓箭上去，这件武器上面有各种视镜和小装置。这件武器我肯定连举都举不起来，更不要说拿它射杀了。

"盖尔，也许你想试几件武器？"

"说真的吗？"盖尔问。

"当然，早晚有一件武器会发到你手上。如果你作为凯特尼斯的小分队成员，这武器看上去肯定更惹眼，我想你肯定想选一件适合你的吧。"比特说。

"是的，没错。"盖尔说着顺手拿起我刚才看上的那一件。他把弓举到肩上，通过透视镜，瞄准室内的不同方向。

"用这东西打鹿好像不太适合。"我说。

"这不是用来打鹿的，不是吗？"他回答道。

"我马上回来。"比特说。他按下一个控制板上的按钮，一扇小门随即打开了。我看着他坐轮椅进去，直到小门在身后关闭。

"喏，你觉得轻易就能使用这武器吗？用在人身上？"我问。

"我可没这么说。"盖尔把弓放下来，戳在他身旁的地上。"可要是我有一件武器能够阻止凯匹特对十二区的轰炸……要是我有件武器能让你远离竞技场……我肯定会用。"

"我也是。"我承认道。可我不知道怎样告诉他杀人之后的感觉，那阴影在大脑里挥之不去。

比特坐着轮椅回来了，怀里抱着一个笨重的黑色长方形大盒子，盒子的长度从脚蹬一直到他的肩膀。他到我面前停下来，把它斜过来递给我说："这是给你的。"

我把盒子在地上放倒，打开侧面的插锁，掀开盒盖。盒子里铺着栗色天鹅绒垫，里面赫然放着一把黑色的大弓。"噢！"我不无惊异地轻呼了一声，小心地把它举起来，这把弓设计精

美，平衡良好，弓身曲线优美，很像展翅飞翔的鸟翼。还有，我必须把它稳稳地抓在手里才能确定我并非产生了幻觉。不，这把弓是有生命的。我把它贴近脸颊，弓身传来轻轻的嗡嗡声。"这是什么？"我问。

"在跟你打招呼。"比特咧开嘴笑着，说道，"它已经听见了你的声音。"

"它听出了是我的声音？"我问。

"它*只认得*你的声音。"他告诉我，"你瞧，他们要求我设计一把外形漂亮的弓箭，作为你造型的一部分。可我一直在想，**这样多浪费啊**。我是说，万一你真的要用它呢？而不仅仅作为一个时尚的摆设？所以我把外形设计得很简单，但在内在的设计上却发挥了我的想象力。当然，真的用起来才会发现它的不同。想试试吗？"

当然。射箭场地已经为我们准备好了。比特设计的箭也同样非同一般。我在一百多码的距离内射箭准确无误。箭有各种各样的类型——锋利的、带火焰的、爆炸的，每种箭的箭杆都清楚地标有不同的颜色。我可以随时中止它的声音辨识系统，可我看没必要用它。想关闭弓箭的特殊功能，我只需要告诉它"晚安"，它就会进入睡眠状态，直到我的声音再次把它唤醒。

看完武器后，我心情很激动，我回到化妆师那里去，盖尔和比特留在军械库。我耐心地让化妆师给我化完妆，穿上衣服，他们在我胳膊的疤痕上也箍上了一个血红的绷带，表明我刚参加完一场站斗。维尼娅把嘲笑鸟胸针别在我胸前。我拿起比特设计的弓和装着普通箭的箭袋，他们不会允许我带着装了火药的箭支四处招摇的。之后我们来到演播室。在那里，他们又是一阵忙乱，调整妆容、布置灯光和烟雾效果，我站着等了大概有几个小时。最后，站在玻璃后面的神秘的人物通过内部通话系统传来的指令越来越少，富尔维亚和普鲁塔什研究演播方案的时间越来越多，给我调整妆容所需时间越来越短。终于，演播室安静了下来。他们又对着我端详了足有五分钟，之后，普鲁塔什说："我想这样可以了。"

他们招呼我来到控制室，把一盘录像回放了几分钟的长度，让我看一下屏幕上出现的女人。她的身材看上去比我要高大些，看上去比我也更加镇静自若。她的脸上有烟熏的污迹，但却很性感。她浓黑的眉宇间显露出她的桀骜不驯。衣服上有烟熏的痕迹，那表明她刚从火海中逃出，或者即将投入火海。我不知道这个人是谁。

芬尼克在演播室忙活了几个小时了，这时他来到我身后，用他一贯幽默的口吻说："他们要么是想杀了你、要么亲吻你、要么成为你。"

在场所有的人都异常兴奋，对完成的工作也非常满意。中饭时间临近，但他们坚持要接着干下去。明天的拍摄任务是电视访谈和讲演，要装作我刚参加一场战斗。今天的拍摄任务是完成了一句话的录像，是一句口号，之后送交科恩过目。

"帕纳姆的人民，我们要勇敢，我们要战斗，我们要为了正义而结束饥饿！"就是这一句话。从这句话出炉的那一刻，我可以看得出他们已经花了数月、甚至数年的时间来构思这句话，并为此感到无比骄傲。可我觉得这句话冗长而拗口，又很僵硬。我无法想象在现实生活中，有什么人会这样说话——除非这话是以开玩笑的形式用凯匹特腔说出来的，就像以前我和盖尔模仿艾菲·特琳奇的怪腔调说："愿好运永远伴随你！"而富尔维亚就站在我面前，向我叙述我如何刚刚参加完一场战斗，我的同志如何在战斗中牺牲，我该如何为了联合活着的人而对着镜头喊出这句话！

接着我被送回演播室，烟雾剂也喷射出来。有人喊：安静，摄像机开始转动，我听到一声"开拍"。我把弓箭举过头顶，用我所能激起的满腔的愤怒，大喊：**"帕纳姆的人民，我们要勇敢，我们要战斗，我们要为了正义而结束饥饿！"**

现场一片寂静，我一遍遍地喊着这句口号。

最后，从内部通话系统传来黑密斯嘲讽的笑声。他终于忍不住了，说道："瞧，我的朋友，革命就是这样夭折的。"

6 游戏进行中

昨天，在演播室听到黑密斯的声音令我大为吃惊，我得知他不但活得好好的，而且还在左右着我的生活，这令我十分气愤。我立刻离开了演播室，今天也拒绝听从他的指挥。虽然如此，我知道他对我表演的看法是正确的。

他用了整整一上午的时间说服大家，使他们相信我是有局限性的，他认为我不可能完成这项工作，不可能穿着特定的服装、脸上化了妆，站在摄像机前的一团人造烟雾里，呼吁各辖区联合起来，直至取得最后的胜利。事实上，我在摄像机前坚持了那么久，已经很不简单了。他认为最后的解决办法是皮塔。而我，无法成为嘲笑鸟。

我们来到**指挥部**，坐在一张大桌子旁讨论。在座的有科恩和她的手下，普鲁塔什、富尔维亚和我的化妆师们。另外还有来自十二区的黑密斯、盖尔和另外一些人，比如李维和格雷西·塞。这些人为什么也被请来，我搞不明白。在开会前最后一分钟，芬尼克推着比特也走了进来，和他们一起来的还有十

区的养牛专家道尔顿。我想科恩召集这些杂七杂八的人来，是为了见证我的失败的。

没想到，黑密斯首先开口，对大家表示欢迎，看他说话的意思，好像是他个人向大家发出了邀请。在我抓伤他的脸之后，我们还第一次共处一室。我不愿正眼看他，但我能看到他映在墙壁的控制板上的身影。他脸色有点黄，看上去瘦了很多。不知怎么，我突然担心他时日无多，可我必须要提醒自己对他并不在乎。

黑密斯所做的第一件事就是要我们看刚拍摄的录像小样。录像中，在普鲁塔什和富尔维亚的指导下，我显得更加低调，我声音生硬，身体僵直，好像一个被无形的力量控制的提线木偶。

"好的。"录像放完后黑密斯说，"有没有人愿意说两句，你觉得这录像对于我们赢得这场战争有用吗？"没有人做声。"好吧，这样也省了时间。现在，请大家好好想想，凯特尼斯·伊夫狄恩有没有真正打动你的时候？不是她留着令人羡慕的新发型的时候，不是她身穿火焰服装出现在舞台上的时候，不是她凌空飞射的时候，也不是因为皮塔而让她变得更可爱的时候。我想听听有没有她让你实实在在觉得感动的时候？"

仍然没有人做声，我想这样下去可没个头。这时李维说："她自愿代替波丽姆参加饥饿游戏的时候，很感人，我想她那时以为自己肯定会死。"

"很好，好例子。"黑密斯说。他拿一支紫色的马克笔，把这事记在本上。"在抽签日自愿代替妹妹参赛。"黑密斯扫视了一下四周，"还有谁说。"

下一个发言的人是博格斯，真令我吃惊，我一直觉得他只

是听命于科恩的四肢发达的机器人。"那个小女孩死时，她唱歌的时候。"我立刻想起了博格斯身后曾背着一个小男孩的情景。我记得是在餐厅里。也许他并不是一个机器人。

"大家并不觉得那造作，对吧?"黑密斯一边说着，一边记下来。

"她给皮塔吃药，让他睡觉，自己好去宙斯之角给他取药，她跟皮塔吻别的时候我哭了!"奥克塔维亚突然开口说道，接着她赶紧捂住嘴，好像生怕自己说错了话。

黑密斯点点头说："噢，是的，她给皮塔吃药，好救他的命，很好。"

直到这时，大家才七嘴八舌地热烈议论起来。我和露露联合的时候，在电视访谈的当晚我和查夫拉起手来的时刻，拼尽全力背起玛格斯的时候。大家讨论最热烈的是我举起毒浆果的瞬间人们的不同感受，有人说那样做是出于我对皮塔的爱，有人认为是我拒绝向命运屈服，也有人说是对凯匹特不人道做法的蔑视。

黑密斯举起记事本说："现在的问题是，这些行为有什么共同之处?"

"这些都是凯特尼斯自发的，没人告诉她要怎么说或怎么做。"盖尔平静地说。

"没有底稿，没错!"比特说。他伸出手来在我的手上拍拍，"这么说我们不应该打搅你，对吗?"

大家都笑了起来，我甚至微微笑了一下。

"是的，这很好，可是却没有很大帮助。"富尔维亚气恼地说，"不幸的是，她在十三区要表现自己的机会很少。所以，除非你们是在建议我们把她重新投入到搏斗当中去……"

"这正是我的想法。让她投入战斗，让摄像机跟着她。"黑密斯说。

"可大家都认为她怀孕了。"盖尔指出这一点。

"我们把消息散出去，就说她在竞技场遭到电击，失去了孩子。她很悲伤，也很不幸。"普鲁塔什说。

让我重新投入战斗，这立刻引起了大家的热议。黑密斯的说法似乎顺理成章。如果我在现实生活中表现更为出色，那么我就应该投入到现实生活中去。黑密斯接着说："每次我们训练她或者让她念现成的台词，她都表现一般。一切要发自内心，这样人们才会有反应。"

"可就算我们再小心，也不能保证她的安全。她会成为大家攻击的……"博格斯说。

"我愿意去，"我打断了他的话，"反正我对这里的反抗工作也帮不上什么忙。"

"你要被杀死怎么办？"科恩问道。

"你们拍摄一些录像，这样你们就可以用了。"我回答。

"好吧。不过咱们要一步步来，先投入到危险性最小的战斗，激发起你自然的情绪。"她在指挥部的地图前踱来踱去，研究着地图上闪亮区域所标明的各区战斗进展情况。"今天下午让她到八区吧，上午那里遭到了严重的轰炸，现在看来空袭已经结束。派一队保镖跟着她，摄像人员在地面拍摄。黑密斯，你在空中飞行，随时与她保持联系。看看那里的情况怎么样吧，其他人还有什么要说的？"科恩说。

"把她脸上的妆洗掉。"道尔顿说。大家把目光都转向了他。"她本来还是个女孩子，可看上去足有三十五岁了，这种

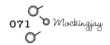

感觉不对，这很像凯匹特搞的那一套。"

当科恩宣布会议结束时，黑密斯请示科恩他是否能跟我单独谈谈。这时其他人都已走了，只有盖尔还在我身边迟疑着没马上离开。"你担心什么?"黑密斯问他，"我才是需要保镖的人。"

"没事的。"我对盖尔说，之后他就离开了。屋子里很静，只能听到机器的嗡嗡声和通风系统的呼呼声。

黑密斯在我对面的椅子上坐下，"我们又要合作了，所以，有什么话，你就直说吧。"

我想起了上次我们在直升机上大吵、相互对骂的不愉快经历，及在此之后我所遭受的痛苦。但最后我只简单地说了一句:"我不能相信你竟然没救皮塔。"

"这我知道。"他答道。

我内心有一种失落感，并不是因为他没道歉，而是因为我们本应是一个团队。我们之间已经达成协议要尽力去救皮塔，虽然这是一个在夜晚他喝醉时达成的不现实的协议，但它仍然是一个协议。而在我内心的最深处，我知道我们俩都失败了。

"现在你说吧。"我对他说。

"我不能相信那晚你竟然让他离开你的视线。"黑密斯说。

我点点头。他说得没错。"我曾在脑子里一遍一遍回忆着那晚的情况，我怎样做，才能既不打破联盟，又能待在他身边呢? 可我也没得到答案。"

"你当时确实没有别的选择。而我当时就算说服了普鲁塔什去救皮塔，整个直升机都可能会掉下去。说实话，那晚连我们也险些没走成。"我的目光终于和黑密斯的目光相遇。他那"夹缝地带"的灰眼睛，很深沉，因睡眠不足形成了黑眼圈。

"可他还没死，凯特尼斯。"

"我们还在进行着饥饿游戏。"我说这话时尽量显得乐观些，可我的声音是沙哑的。

"是的，而且我还是你的指导老师。"黑密斯用他手里的马克笔指着我说，"当你在地面的时候，记住我在空中，我的视线要好，所以你一定要听我的。"

"走着看吧。"我说。

我回到造型设计室，当我用力冲洗脸上的彩妆时，看到粉彩顺着出水口流了出去。镜子里的这个人卸完妆后看上去皮肤粗糙、眼神倦怠，可这个人更接近真实的我。我把臂箍也取下来，露出原来埋追踪器的位置留下的难看的伤疤。好了，这才是我。

因为我要进入战斗区域，比特帮我戴上西纳设计的头盔，这种头盔是由金属线织成的，紧贴着头部。头盔的材质很柔软，跟纤维类似，不用时可以像帽兜一样放下来。另外还有一件防护背心，护住了身体的关键部位。一个白色的小耳麦通过电线连在我的衣领上。比特又把一个面具拴在我腰带上，以便在遇到毒气弹袭击时使用。"如果你看到有人莫名其妙地倒下，你就赶紧把它戴上。"他说。最后，他把分成三格的箭袋背在我身后。"一定要记住：右边是火焰箭，左边是炸药箭，中间是普通箭。一般地，你用不上这些，但是关键时刻，保证安全是第一，总比留下遗憾好。"

博格斯到了，他需要陪我到底层的**空战部**。等电梯到了，芬尼克却出现了，他显得很不安。"凯特尼斯，他们不让我去！我告诉他们我没事，可他们连直升机也不让我上！"

我打量了一下芬尼克——他穿着医院的病号服和拖鞋，中间露出一截光腿，头发蓬乱，打了一半的绳结还缠在手指上，眼神十分散乱——我知道在这种情况下，无论怎样替他说情都无济于事，甚至我本人也觉得带他去不合适。所以，我用手掌拍了下前额说："噢，我忘了，都是这脑震荡搞的，**特制军械部**的比特要我告诉你，他给你设计了一种新鱼叉。"

听到鱼叉二字，以前的芬尼克好像复活了，"真的？怎么用？"

"我不知道，要是设计得跟我的弓箭似的，你肯定会喜欢的。但你得先拿它练习。"我说。

"是的，当然，我想咱们最好现在就去吧。"他说。

"芬尼克？也许你该穿上裤子？"

他低头看着自己的腿，好像第一次注意到自己的着装，然后他脱掉病号服，露出里面的短裤，"怎么？你觉得这样……"他摆出一个可笑的挑逗姿势——"很惹眼吗？"

我忍不住笑了起来，真是太好笑了，博格斯一脸尴尬，就更觉好笑了。我很开心，因为此时的芬尼克正像我在世纪极限赛时遇到的那个大男孩。

"我也是个凡人，奥迪尔。"电梯门马上要关了，我紧赶一步上了电梯。"对不起。"我对博格斯说。

"没什么。我觉得你……刚才处理得不错。总比我逮捕他要强得多。"博格斯说。

"是啊。"我说完，用余光去扫视他。他四十五岁左右，短短的灰头发，蓝眼睛。身板笔直。今天听他两次说话，给我的感觉他是朋友而不是敌人。也许我应该试着和他成为朋友，但他似乎又跟科恩过于步调一致。

电梯突然发出咯噔咯噔的声音，略停一下之后，接着开始向左侧移动。"电梯还能往侧面走？"我问。

"是的，在十三区地下，有一个完整的电梯网。这条线路正好位于通向第五空降平台的通道上方。现在我们正向机库走。"

机库，地牢，特防部，还有长庄稼的地方，发电的地方，净化水和空气的地方。"十三区比我想象的还要大。"

"也谈不上，我们基本上是直接从别人手里接管的这个地方，尽量让各部分都运转起来。"

又是咯嗒咯嗒的声音，接着我们又开始向下行，只走了一两层，门打开了，我们来到了机库。

"噢！"看到眼前的情景，我情不自禁地发出了感叹。一排排各种各样的飞机停放在这里，"这些也是你们接管的吗？"

"有些是我们制造的，有些属于原凯匹特空军，当然，那些飞机已经进行了升级改造。"博格斯说。

对十三区的仇恨又从我的心口涌上来，"这么说，你们什么都有，却眼看着别的区对凯匹特没有丝毫反抗能力而坐视不管。"

"事情没那么简单。"他反驳道，"我们也直到最近才有了反击的能力，以前连生存问题都难以解决。当我们推翻了凯匹特统治，处决了那些凯匹特人之后，没有几个人懂得飞行。我们可以用核武器摧毁他们，但总有更严峻的问题等着我们：如果对凯匹特使用核武器，那么还有什么人能生存下来？"

"你们这么说跟皮塔的说法很接近，可你们都管他叫叛徒。"我反唇相讥。

"那是因为他呼吁停火了。你也注意到了双方都没有使用核武器，我们之间进行的还是传统意义上的战争。这边走，伊夫狄恩战士。"博格斯说，边用手指着一架较小的直升机。

我登上飞机，发现里面有摄制组人员和许多录像设备。每个人都穿上了十三区的黑灰色连体军装，甚至黑密斯，但他好像对那衣服的厚衣领不太满意。

富尔维亚·卡杜急匆匆地赶过来，她看到我把脸上化的妆都洗掉时，失望地叹了口气，"辛辛苦苦弄了半天，都冲到下水道了。我不是在责怪你，凯特尼斯，但不是每个人生来就长着上镜的脸蛋。比如说他吧，"她抓住正跟普鲁塔什说话的盖尔，让他转过身来面对着我们。"他不英俊吗?"

盖尔穿上军服确实挺英俊，我想。可因为我们复杂的过去，我俩都涨红了脸。我正想说点诙谐的话把这茬岔过去，这时博格斯突然插进来说："哎呀，别指望我们有多漂亮，我刚才还看见芬尼克·奥迪尔，他只穿条内裤嘞。"我知道我对博格斯的好感肯定会延续下去。

飞机上传来即将起飞的提示语，我系好安全带，紧挨着盖尔坐下，我的对面是黑密斯和普鲁塔什。我们的飞机在一个个迷宫似的地下隧道里滑行，最后来到一个平台。一种起降装置将飞机缓缓托到地面上。猛然间，眼前豁然开朗，我们已来到一片林地。之后，飞机飞离平台，冲入云端。

至此，我此次行动的一系列策划活动已告结束。接下来在八区要面临什么样的境况，我不得而知。事实上，我对整个战事所知不多，究竟要花多大的代价去赢得这场战争，我们赢了又会怎样，都不清楚。

对目前的战事，普鲁塔什用直白的语言给我说明了一下。首先，目前除二区之外，其他各区都已经展开了对凯匹特的反抗斗争。二区尽管也参加饥饿游戏，但它与凯匹特的关系很特殊，二区得到的食物较多，生活条件也略好。在黑暗时期和十三区陷落之后，二区成为凯匹特新的防御中心。但对外，它只是生产矿石的区，就如同十三区对外称是生产石墨的区。但实际上，二区生产武器，训练治安警，甚至成为输送治安警的基地。

"你是说……有些治安警是在二区出生的？"我问道，"我原以为他们都是从凯匹特来的。"

普鲁塔什点点头："你可以这样认为，有些治安警确实来自凯匹特，但以凯匹特的人口，维持不了这么庞大的治安部队，另外，在凯匹特招募治安警，去让他们到各辖区过一种枯燥乏味的生活，这对他们而言也是一个问题。治安警的服役年限是二十年，不允许结婚，不允许生孩子。有些人花钱也要当治安警，为了荣耀什么的，其他人则认为当治安警比挨罚强。例如，加入治安警可以免去债务，凯匹特有许多人债务缠身。但并非所有的人都适合于服役。因此二区成为凯匹特的兵源地。对于他们而言，这也是逃离穷困生活和采石场艰苦劳动的一种途径。他们从小就接受士兵式的教育。你也看到他们的孩子们多么积极地参加饥饿游戏，自愿去当'贡品'。"

加图和格拉芙。布鲁托和伊诺贝丽。我了解他们对杀戮的急切和渴望。"那么其他各辖区现在都和我们在同一战线上？"我问。

"是的。我们的目标就是接管各辖区，最后夺取二区，切断凯匹特的生命线。最后，当凯匹特力量被削弱后，我们再将其攻破。到那时，又会出现新的挑战，但是船到桥头自然直嘛。"普鲁塔什说。

"如果我们赢了，谁来管理政府？"盖尔问。

"每个人都可以。"普鲁塔什对他说,"我们将建立共和国,每个区都可以选出自己的代表,代表本区的利益,在政府中发出自己的声音。不要一脸的怀疑,以前有过先例。"

"在书里。"黑密斯嘟囔了一句。

"在历史书里。如果我们的祖先能做到,那么,我们也能做到。"普鲁塔什说。

说实在的,我们的祖先也没什么好吹嘘的,瞧他们给我们留下的这个烂摊子,战争频仍,山河破碎。显然,他们并不在乎自己的后代是否生活在水深火热之中。但是,建立共和国的新观念似乎可以改善我们目前政府的状态。

"要是我们输了呢?"我问。

"要是我们输了?"普鲁塔什眼望着飞机外面的流云,脸上浮上了一丝自嘲的微笑,"那我想明年的饥饿游戏一定会非常令人难忘。这倒提醒了我。"他从背心里掏出一个小瓶,把几粒深紫色的药片倒在手上,递给我们,"我们以你的名义命名它为**索命果**,凯特尼斯。我们这些反抗者谁也不能被抓住,但我保证,吃了它绝对没有痛苦的。"

我拿起一粒药片,不知该放在哪里。普鲁塔什指指我左肩膀前侧。我仔细看了看,那里有一个小兜,可以把药粒安全地放进去,外面又看不见。即使我的手被绑住,我也能伸出嘴巴,把它咬住。

西纳,似乎已经考虑到所有的细节。

7 憤怒的弓箭

　　直升机在空中盘旋，迅速降落到了八区郊外的一条马路上。几乎同时，飞机门打开，梯子放下，我们从机舱出来，踏上外面的沥青地面，待最后一个人脚一落地，梯子就收了回去，飞机迅速起飞，随即从视线里消失了。由盖尔、博格斯和另外两个士兵组成的一队保镖跟随着我；摄制组则由四名成员构成，两名魁梧的凯匹特摄影师，他们随身携带着沉重的像昆虫甲壳般的移动摄像机；一个名叫克蕾西达的女导演，头发剃得极短、头皮上有绿色藤条纹饰；还有一个名叫麦萨拉的清瘦的年轻男子是她的助理，耳朵上戴着好几副耳环。仔细观察，我发现他的舌头也打了洞，上面有一个弹球般大小的银饰钮。

　　博格斯让我们迅速移动到一排仓库前，这时第二架直升机也降落了。这架飞机送来了六名医生和许多箱药品——医生穿着白大褂，一眼就能认出他们。我们跟随博格斯顺着一条狭长的小道往前走，这条道夹在两排色彩单调的灰色仓库中间，仓库的金属板墙壁锈迹斑斑，偶尔有一两个通往屋顶的梯子倚靠

在上面。当我们来到大街上时，好像进入到了另一个世界。

在今天上午的轰炸中受伤的人被不断地抬到仓库里，他们或躺在自制的担架上，或躺在独轮手推车上，或躺在四轮车上。有的肩上绑了吊带，有的手臂打着夹板，有的流血不止，有的缺胳膊少腿，有的失去知觉，他们被人们急匆匆推进仓库，仓库的门头上歪歪扭扭地写着一个 H。我以前在自己家的厨房也见到过类似的情形，那是妈妈在处理那些濒死的病人，而这里的病人比家里多十倍、五十倍、一百倍。我本以为来到这里会看到大批被炸毁的建筑，却没承想自己面对的却是大批肢体残缺、鲜血横流的伤者。

这就是他们计划要给我拍摄的地方？我转过身，对博格斯说："这样不行，我在这儿找不到状态。"

他一定也已经看到了我眼神里的惶恐不安，他顿了一下，用手拍拍我的肩膀说："你会的，让他们看到你，对他们来说，这比全世界所有医生都管用。"

一个指挥受伤的人进进出出的女子看到了我，犹疑了一下，然后大跨步走了过来。她深棕色的眼睛因疲倦而稍显肿胀，身上有股汗臭味。脖子上打的绷带大概三天前就该换了，挎在背上的自动步枪的带子正好卡在她脖子上，她抖抖肩膀，把它的位置调整好，然后竖起拇指，示意医生进入仓库，医生没有说话，完全听从她的指挥。

"这是八区的总指挥官佩拉。总指挥，这是凯特尼斯·伊夫狄恩战士。"博格斯说。

作为一个总指挥官，她看上去很年轻，大概三十出头。但在她的声音里有一种不容置疑的权威感，使你觉得任命她做指挥官并非偶然。我穿着崭新的军服站在她身边，感觉自己就像刚出壳的小鸡，懵懂无知地窥视着这世间发生的一切。

"是的，我知道她是谁。"佩拉说，"这么说你还活着。我们一直不敢肯定。"是我听错了，还是在她的话里隐含着指责？

"我自己也不敢肯定。"我说。

"她一直在恢复当中。"博格斯敲敲他的头，"严重的脑震荡。"说着他压低了声音，"流产了，可她坚持要来看望伤员。"

"嗬，我们的伤员可不少。"佩拉说。

"你觉得这能行吗？把伤员像这样都堆在这里？"盖尔皱着眉头说，"我觉得不好，一旦出现传染病，就会像野火一样蔓延开来。"

"我想这比不管他们，让他们去死要稍稍好一点。"佩拉说。

"我不是这个意思。"盖尔对她说。

"没办法，这是我目前唯一的选择。如果你能说出什么好办法，让科恩支援我，那我洗耳恭听。"佩拉向门口挥挥手，"来吧，嘲笑鸟。不管怎样，让你的朋友进来吧。"

我回头看了一眼我们这个怪异的组合，打起精神，跟在她后面，走进这个临时医院。一种很厚重的工厂用的幕帘从屋顶垂到地面，形成了一个很长的走廊。一排排的尸体摆放在地上，头顶正好挨着帘子，他们的脸上盖着块白布，把脸遮住了。"我们在西边离这儿几个街区远的地方正在挖公墓，可我还没腾出人手去搬运这些尸首。"佩拉说。她在帘子上找到一个裂口，一下子把它撕开。

我的手紧紧抓住盖尔，压低声音说："别离开我。"

"我就在这儿。"他轻声说。

我穿过帘子，扑鼻而来的恶臭令我难以忍受，所有的感官立刻受到强烈冲击，我的第一反应是赶快捂住鼻子，挡住腐肉和霉烂的亚麻布的臭味，同时强忍着不让自己吐出来。仓库里闷热难当，顶部的金属天窗已经打开，但是外面的空气无法穿透这恶浊的臭气。从天窗透进来的一缕细细的阳光是这里唯一的光源。我的眼睛慢慢适应了这里昏暗的光线，看到大批的受伤的人挤在狭小的空间里，有的躺在行军床上，有的躺在集装箱架上，有的躺在地上。黑糊糊的苍蝇在嗡嗡地打转，受伤的人发出痛苦的呻吟，看望伤员的人在哀伤地哭泣，这混合的声音中透着无比的悲伤与忧愁。

在十二区也没有真正的医院，所有的人都死在家里，即使如此，似乎也比死在我眼前看到的这个地方强。但我突然想起，这里的许多人已在轰炸中失去了自己的家。

汗开始顺着我的脊背往下淌，手心里也满是汗水。我张开嘴呼吸，想把这臭味驱赶走，眼前直冒金星，好像快要晕过去了。但我突然瞥见了佩拉，她正在很近的地方看着我，好像要看出我是否够坚强，他们信任我的想法是否正确。因此我放开盖尔的手，强迫自己顺着两排床的中间往里走。

"凯特尼斯?"从我左边传来了沙哑的叫声，在昏暗的光线里，有一只手向我伸过来。这声音给了我一丝支撑下去的力量。这是一个年轻的女人，她的一条腿受了伤，血已经洇湿了厚厚的绷带，上面爬满了苍蝇。痛苦写在她的脸上，但除了痛苦，她的眼神里还蕴藏着一种东西，一种和周围的环境格格不入的东西。"真的是你吗?"

"是呀，是我。"我脱口而出。

快乐。这就是她眼睛里蕴藏的东西。在听到我的声音后，痛苦暂时消失了，心绪突然开朗起来。

"你还活着！我们不知道，大家都说你已经……我们原来不知道！"她兴奋起来。

"我受了重伤，但我好了，就像你，你也会好起来的。"我说。

"我得告诉我弟弟！"那女人挣扎着坐起来，冲着跟她隔开几张床的人喊道，"艾迪！艾迪！她在这儿！是凯特尼斯·伊夫狄恩！"

一个男孩，大约十二岁，转过头来看着我们。绷带遮住了他的半张脸，他露出来的半边嘴张开来，似乎想要喊出声来。我走到他身边，把他前额湿漉漉的头发捋到后面，轻轻地向他问了声好。他不能说话，但他的一只好眼睛目不转睛地看着我，似乎要把我脸上的每一个特征都印在心底。

在这闷热的空气中，我听到自己的名字被一遍遍地叫起，声音传遍了医院的每一个角落。"凯特尼斯！凯特尼斯！凯特尼斯！"痛苦与哀伤的声音在退去，代之而起的是充满希望的呼喊。声音从四面八方传来。我到处走着，握住伸向我的手，抚摩着那些肢体残缺、不能走动的人，向每个人说：你好，你们好，很高兴见到你。这些话语是那么平常，没有激情和豪言壮语，但这没有关系。博格斯说得对。大家需要看到我，一个活生生的我，那就是希望。

大家把手伸向我，急切地想要触摸到我。当一个受伤的人用双手捧住我的面颊时，我在心中默默地感谢道尔顿，是他建议我洗掉脸上的粉彩。如果我以凯匹特式矫饰的面容出现在大家目前，那又是多么可笑，多么不自然。我受了伤、我很疲

悫、我有疤痕，这就是大家眼里真实的我，也正是如此，我才属于他们。

尽管凯撒采访时皮塔所说的话备受争议，但很多人还是问起皮塔，他们告诉我皮塔肯定是受到胁迫才说的那些话。我在大家面前尽量显得乐观积极，但人们听说我失去了孩子还是十分难过。一个女人在我的面前哭泣，我真想把真相告诉她，告诉她这不过是一个骗局，是游戏中的一步棋。但把皮塔作为撒谎的人呈现在大家面前对他没有好处，对我也没有好处，对事业也是如此。

这时我才真正了解了大家是以怎样的一颗心在保护着我，我对反抗者意味着什么。在反抗凯匹特的斗争路程上，我一直倍感孤独，但现在我明白，我并非孑然一身。千千万万的人都站在我一边。在我没有接受自己成为嘲笑鸟以前，我早成为了他们心中的嘲笑鸟。

一种新的感觉在我的心中萌生，但直到我站到桌子上，对着所有默念着我的名字的人说再见的时候，我才清楚这种感觉究竟是什么。那就是力量。我一直拥有它，但从来都不知道。就在我捧出毒浆果的那一瞬间，斯诺知道。当普鲁塔什从竞技场把我救出来的时候，他也知道。而且科恩现在也知道。她如此地清楚这一点，以致她需要在公众面前宣布，她并不能完全控制我。

走出仓库时，我靠在仓库的墙壁上，大口地呼吸着新鲜空气，接过博格斯递给我的水。"你干得不错。"他说。

是啊，我没有晕过去，没有呕吐，没有叫着跑开。我只是顺应着大家的情绪，表现出真实的自我而已。

"我们拍了不少好镜头。"克蕾西达说道。我看着这个导演，脸上满是汗水，麦萨拉正在记录有关细节。我甚至已经忘了他们在拍我。

"我没做什么，真的。"我说。

"你应该肯定自己以前所做的事情。"博格斯说。

我以前做过什么？我想起自己做过的事情，以及紧随其后所带来的毁灭——我的膝盖酸软，跌坐在路旁。"那些事是好坏掺杂呀。"

"是啊，并非在所有的事上你都是完美的，但为现实所迫，你也没有办法。"博格斯说。

盖尔蹲在我身边，摇着头说："我真不能相信你让所有的人都触摸你，我一直希望你能到门外喘口气儿。"

"闭嘴。"我笑着说道。

"你妈妈看到录像后一定会为你非常骄傲。"他说。

"我妈妈恐怕注意不到我，那里的情景会让她大吃一惊的。"我转向博格斯，问："每个区都是这样吗？"

"是的，多数辖区遭到袭击。我们尽量提供支援，但还不够。"说着他停下来，专心听着耳麦里传来的声音。我突然意识到我好半天没听到黑密斯的声音了，我摇摇我的耳麦，怀疑它是不是坏了。"我们需要赶快到飞机跑道那里去。马上行动。"博格斯说着，用一只手把我拉起来，"有情况。"

"什么情况？"盖尔问。

"轰炸机要来了。"博格斯说。他把手伸到我脖子后面，把西纳的头盔帮我戴上。"快走!"

我并不知道要发生什么，只是顺着仓库前门的空地朝来时的小道跑，前面就是飞机起落地点。可我并没有感觉到危险迫

近，天空蓝蓝的，万里无云，什么都看不到。大街上除了拉伤者到临时医院的几个人外，没有其他人。没有敌人，没有警报。但接着，警报突然响起。几秒钟内，在低空飞行的V形凯匹特飞行纵队突然出现在我们头顶，随即炸弹开始落下。我立刻就被炸飞了，重重地摔到仓库墙壁上。我右膝后面立刻钻心地疼痛，后背也遭到重击，但好像还没有穿透我的防护背心。我试图站起来，博格斯把我摁住，用自己的身体把我护住。当一颗颗炸弹从空中落下，在地面引爆时，大地在剧烈地震颤。

炸弹雨点般落下，我却被钉在墙根动弹不得，这种感觉太恐怖了。爸爸过去是怎么形容这种轻而易举的杀戮的？ **就像杀死水桶里的鱼**。我们就是鱼，而大街就是桶。

"凯特尼斯？"耳麦里黑密斯的声音吓了我一跳。

"什么？是的，什么？我在这里！"我回答道。

"听我说。我们在轰炸时无法降落，但是注意一定不要让他们看到你。"他说。

"这么说他们不知道我在这儿？"像以往一样，我又觉得是我的出现才导致的这场灾难。

"根据情报，他们不知道。这次袭击是按原计划进行的。"黑密斯说。

这时传来普鲁塔什坚定而果断的声音。作为一个饥饿游戏组织者，他已经习惯了在压力下发出指令，"离你三个仓库远的地方有一个浅蓝色仓库，在仓库的最北端有一个掩体，你们能到那儿吗？"

"我们会尽全力。"博格斯说。普鲁塔什的声音一定大家都听得到，因为这时所有的保镖和摄制组成员都已站起身来。我本能地搜寻盖尔，看到他也站了起来，显然没有受伤。

"现在距下一次袭击大约有四十五秒钟。"普鲁塔什说。

当我站起来时，把身体的重量压到右腿时，发出痛苦的呻吟，但我还是咬牙前行。没有时间检查伤口了，现在最好也别看它。好在我脚上穿着西纳设计的鞋子，它在脚落下时很好地抓住沥青地面，抬起时富有弹性。如果此时我还穿着十三区发的不合脚的鞋子就糟了。博格斯领头，走在我前面，可其他人也都没有超过我，相反，他们和我保持着同样的步伐和速度，在我身体两侧和后面保护着我。时间在一分一秒地流逝，我强迫自己快跑。我们已经跑过了第二个灰色的仓库，正沿着一个土黄色的建筑往前跑。在前面不远处，我看到一个已经褪色的蓝色的建筑，掩体就在那里。我们又靠近了一个夹道，只需穿过这个夹道就来到了仓库门前，这时又一轮轰炸开始了。我本能地扑倒在夹道上，然后朝前面蓝色的墙壁跟前滚去。这次是盖尔扑倒在我身上，用自己的身体保护着我。这次的轰炸似乎持续的时间要更长，但我们距离爆炸地点要远得多。

我侧过身，却正好直视着盖尔的眼睛，一瞬间，整个世界都已退去，出现在我眼前的只有他涨红的面颊和太阳穴上嘣嘣跳动的脉搏，他在急促地呼吸，嘴微微地张开。

"你没事吧?"他问。他的声音几乎被强烈的爆炸声淹没。

"是，我看他们并没有发现我。我意思是他们没跟过来。"我答道。

"是的，他们瞄准了别的目标。"盖尔说。

"我知道，可是那里什么也没有，除了……"我马上想到了那里有什么。

"医院。"刹那间，盖尔已站起身来，冲着其他人大喊："他们的目标是医院！"

"这不是你要对付的问题。快去掩体。"耳麦里传来普鲁塔什坚定的声音。

"可那里除了伤员，没有别人！"我说。

"凯特尼斯。"黑密斯在警告我，我很清楚他下面要说什么。"你想都别想！"我把耳麦从耳朵里拽下来，垂在耳边。耳麦里声音不再干扰我，我听到了其他的声音，那是夹道对面土黄色仓库上方的机枪扫射的声音。飞机又转过头来进行轰炸。趁着没人能拦住我，我冲到一个梯子前，开始往上爬。攀爬，这是我最擅长的技能之一。

"别停下来！"我听到盖尔在我身后说。接着我听到他的靴子踹在别人脸上的声音。如果盖尔踹的是博格斯的脸，他可要付出高昂的代价啦。我很快爬到屋顶，踩在柏油屋顶上。然后停下，把盖尔拽上来，接着我们跑向屋顶靠近大街一侧，那里摆放着一排机枪。我跳进掩体，里面有几个士兵，藏在掩体后面。

"博格斯知道你们在这里吗？"在我左边，我看到佩拉在一挺机枪后面，脸上露出疑惑的表情。

为了不至于睁着眼说瞎话，我支吾着："他知道我们在哪儿，没事的。"

佩拉笑起来，"我敢打赌他知道。你们是不是受过训练，知道怎么用这个？"她拍着枪托说。

"我受过训练，在十三区，但我宁肯用自己的武器。"盖尔说。

"是的，我们有弓箭。"我举起我的弓，突然觉得这东西在这里简直就像个装饰品，"这弓比看上去的要厉害得多啦。"

"就得厉害点。好吧，我估计他们至少还有三次袭击，他们在投弹前需要推开遮挡板，这是我们攻击的好时机。趴下！"我单膝跪下，准备射箭。

"最好先用火焰箭。"盖尔说。

我点点头，从箭袋里拿出一支箭。如果我们没有射中目标，这些箭会落到别的地方——或许会落到街对面的仓库顶部。如果是着了火，还可以扑灭；但如果发生爆炸，那结果将是灾难性的。

突然，飞机出现在我们头顶约一百码的地方，与此相隔两个仓库的距离。共有七架飞机组成V形编队。"鹅！"我冲盖尔大喊。他完全明白我的意思。每年在候鸟南飞时我们总是一起打猎。为了避免两人瞄准同一目标，我们进行分工。现在我射V形编队最远端的飞机，盖尔射距离较近的飞机。已经没有时间商量了。我估摸了一下时间，瞄准飞机前面一点的位置，然后把箭射了出去。我射中了一架飞机的机翼，飞机立即起火了。盖尔没射中领航的飞机。我们对面的一个空仓库着了火。盖尔恶狠狠地骂了一句。

我射中的那架飞机飞离了编队，但还是扔下了炸弹。它并没有消失。另一架被机枪打中的飞机也没有被打落，但估计机件的损坏已导致它的遮挡板运转不灵。

"打得好。"盖尔说。

"我瞄准的根本不是那架飞机。"我嘟囔着。我瞄准的是前面的那架飞机。"它们飞得比我们想象要快。"

"各就各位！"佩拉大喊。另一个飞行编队已经飞了过来。

"火焰箭不好使。"盖尔说。我点点头，我们两人都搭上了

炸药箭。反正对街的仓库看上去没人。

　　当飞行编队悄无声息地向我们靠近时，我突然又有了一个主意。"我要站着射！"我对盖尔喊道，同时站了起来。采用这样的姿势我瞄得最准。我瞄准飞机前面一点的位置，毅然把箭射了出去，恰恰击中领航机，在它的肚子上穿了个洞。盖尔随即也射中了末尾的飞机。被射中的飞机翻滚着飞向地面，在撞击地面的瞬间起火，机上的炸弹引起了一系列的爆炸。

　　在毫无预警的情况下，第三支飞行编队出现。这次，盖尔一箭射中了领航机，我把第二架飞机的机翼打掉后，这架飞机盘旋着撞上了后面的飞机。两架飞机一起坠落到医院对面的仓库顶上，第四架飞机被机枪击落。

　　"好的，都完了。"佩拉说。

　　坠落的飞机冒出的火焰和浓烟模糊了我们的视线。"他们炸毁了医院？"

　　"肯定炸毁了。"她阴沉着脸说。

　　当我朝仓库尽头的梯子走去时，麦萨拉和一个甲壳虫从浓烟后面冒了出来，让我吃了一惊。我以为他们还在小夹道躲着呢。

　　"他们总是粘着我们。"盖尔说。

　　我顺着梯子爬下去。脚刚一落地，就看到了我的保镖、克蕾西达和另外一个甲壳虫正等着我们。我以为他们会责怪我，但克蕾西达只是朝医院方向挥挥手，示意我过去。她对着耳麦喊："我不在乎，普鲁塔什！请再给我五分钟时间！"并没有什么人来过问我要去哪里，我径直走到大街上。

　　"噢，不。"当我看到医院时，从心底发出了凄惨的喊声。刚才还是医院的这个地方已经一片狼藉。我走过了受伤的人群，穿过正在燃烧的飞机的残骸，注视着前面的一片废墟。人们在哭喊，在疯狂地四处奔跑，但他们却无力回天。炸弹已经炸毁了医院的屋顶，仓库起火，把伤员全部困在里面。一个救援队已经组织起来，准备突进去。但我知道他们在里面能够找到什么。即使掉落的碎片和大火没有将他们吞噬，浓烟也会令他们窒息而死。

盖尔就在我身边。他没有采取任何行动，这进一步证明了我的猜测。照理说，矿工们如果有可能救人，是绝对不会放弃的。

"走吧，凯特尼斯。黑密斯说现在刚好有直升机可以来接我们。"他对我说。可是我无法挪动脚步。

"他们为什么要这么干？他们为什么要瞄准已经要死的人们？"我问他。

"恫吓他们，不让受伤的人寻求救助。你看到的那些人是可有可无的。反正对斯诺来说是这样。如果凯匹特赢了，他们要一帮受伤的奴隶干什么？"

我记得在以前的许多年在林子里打猎时，盖尔总在激烈地抨击凯匹特。当时我并没有十分在意。我一直纳闷盖尔为什么非要分析他们的动机，为什么非要知道敌人的思考方法。显然，从今天发生的事看，探究这个问题是很有意义的。当盖尔考虑医院的问题时，他考虑的不是疾病，而是这种安排的合理性。他从不会低估我们所面对的现实的残酷性。

我不忍再看下去了，慢慢转过身去。克蕾西达正站在离我一两码的地方，身边是两个甲壳虫。她并没有显出丝毫的惧怕，此时的她甚至可以说很冷静。"凯特尼斯，斯诺总统刚刚让电视台对这次轰炸进行了直播，他还发表了电视讲话，说这

是对反抗者发出的一个信息。你怎么样？你想对反抗者说几句话吗？"

"是的。"我低声说。摄像机的红灯亮了，我知道现在已经开始拍摄。"是的。"我更坚定地说。大家——盖尔、克蕾西达、甲壳虫——都向后退，给我让出了一定的拍摄空间。我仍直视着摄像机的红灯。"我想对反抗者说，我还活着。我就在这里，八区。凯匹特的飞机刚轰炸了这里的医院，那里有手无寸铁的男人、妇女和孩子，不会再有幸存者。"我刚才的震惊，此时已被愤怒所代替。"我想要告诉你们，如果你认为停火凯匹特就会善待我们，那就大错特错了。因为你们心里很清楚他们是哪种人，他们要干什么。"我的双手不由自主地伸了出来，好像要把周围恐怖的一切指给大家看，"这就是他们的所作所为！我们必须反抗！"

由于愤怒，我离摄像机镜头越来越近。"斯诺总统不是说他给我们传个信儿？好吧，我也给他带个信儿。你可以折磨我们、轰炸我们、把我们的区烧毁，但你看到那些了吗？"我用手指着对面仓库顶正在燃烧的飞机残骸，摄像机的镜头也跟踪拍摄，在坠机的机翼上，凯匹特的标志透过火苗清晰地显现出来。"熊熊火焰已经点燃。"此时，我已经在大声地喊，字字句句都清晰可辨，"如果我们被点燃，你们也会和我们一样葬身火海！"

我最后的几句话在空中久久回荡着。我觉得时间已经凝滞了。一股发自我内心的热情，而不是周围散发的热气将我高高托起。

"停！"克蕾西达的话把我拉回到现实中来。她肯定地朝我点点头，"今天就到这儿吧。"

8 ◎ ▶ 电视反击行动

　　这时博格斯出现在我面前，他牢牢地抓住我的胳膊，但我已经不打算再跑了。我回头望着医院，正好看到最后的一根架子塌落下去，我内心的挣扎也结束了。所有的人——好几百受伤的人，他们的亲属，十三区的医生——都已故去。我转过头看着博格斯，他的脸被盖尔踹得肿了起来。我虽不是专家，可我能断定他的鼻梁骨已经断了。他说话的声调与其说是气愤，倒不如说是无奈。"回到飞机起降地点。"我顺从地向前迈步，但我右膝的疼痛让我拐了一下。刚才肾上腺素令我无比亢奋，感觉不到疼痛，而现在我身体的每一部分都在跟我作对。我受到重击，身上在流血，左侧太阳穴也好像有人在从里面敲击。博格斯迅速检查了一下我的脸，之后把我抱起来，朝飞机起降地点跑去。跑到半路，我吐在他的防弹背心上。我没有告诉他，因为他正跑得上气不接下气，但我想他确实叹了口气。

　　一架和我们来时所坐的不同型号的小型直升机正停在那里等候。我们一行人刚一登上飞机，飞机就立刻起飞。这架飞机上没有舒适的座椅和舷窗，似乎是架货机。博格斯给受伤的人做了急救处理，好让他们坚持到十三区。我想把防弹背心脱下来，因为上面也净是我的呕吐物。但太冷了，我也就不想这事了。我头枕着盖尔的腿，躺在地板上。我能记得的最后一件事是博格斯拿粗布麻袋盖在我身上。

当我再次醒来时，我已经躺在我原来在医院的床上，身上暖暖的。妈妈也在这里，正在给我做检查。"感觉怎样？"

"有点累，但还好。"我说。

"根本没人告诉我们你要走，直到你走了以后我们才知道。"她说。

我感到一阵内疚。家人已经两次目睹我去参加饥饿游戏，临行前告诉她们我的去向，这事是不该忘记的。"对不起。他们没料到会有袭击，本来我只是去看病人。"我解释说，"下次，我要让他们跟您说清楚。"

"凯特尼斯，没有任何人会跟我说清楚任何事的。"她说。

没错。甚至我都不跟她说。爸爸死后就不再跟她说实话了。为什么要假装呢？"嗯，不管怎么说，我会让他们……通知您的。"

在床旁边的桌子上，放着一片从我腿里取出来的榴散弹片。大夫更关心的是我的大脑在爆炸中所受到的损伤，因为我上次的脑震荡还没有完全好。但我没有出现视力模糊或其他不良反应，我的思维也很清晰。整个下午和晚上我都在沉睡。现在已经饿了。我的早餐还是很少，令人失望。仅仅是几片面包，泡在热牛奶里。已经有人叫我去指挥部参加早晨的会议。我慢慢起床，但他们准备直接把床推到指挥部。我想走过去，但他们不允许，所以我跟他们商量让我坐着轮椅过去。我感觉挺好的，真的，但头和腿部的伤口还有些疼，吃完饭几分钟后想吐。也许坐轮椅并不是什么坏主意。

在坐着轮椅去指挥部的路上，我突然对即将面临的状况感到不安。昨天盖尔和我直接违反了命令，博格斯还有伤可以证明这一点。这件事肯定会带来不利影响。但还没到让科恩废除胜利者赦免协议的地步吧？我是不是把本应给予皮塔的这一点保护权也剥夺了呢？

当我到达指挥部时，只有克蕾西达、麦萨拉和甲壳虫们在那里。麦萨拉笑着说："瞧啊，我们的小明星来啦！"其他人也对我报以诚挚的微笑，使我也不得不微笑着面对大家。他们在八区时给我留下了深刻的印象。在轰炸时跟着我一起爬上房顶，还让普鲁塔什提供后援，以便拍到所要的录像。他们不仅仅要把自己的工作做好，而且为这份工作感到骄傲，就像西纳一样。

我有种奇怪的感觉，如果是在竞技场，我会和他们结为同盟。克蕾西达、麦萨拉，还有——还有——"我不能再叫你们'甲壳虫'了。"我冲着摄像师脱口而出。接着我向他们解释，开始我不知道他们的名字，只看到他们的摄像机盒很像甲壳虫，所以就这么叫他们。对于这种比喻，他们好像并不介意。即使没有了摄像机盒，他们彼此长得也很像。浅棕色的头发、红胡子、蓝眼睛。其中一个把自己的指甲咬得很秃的摄影师自我介绍说他叫卡斯特，另一个是他的兄弟波洛斯。我还等着波洛斯跟我打招呼，可他只是点点头。我猛然悟到了什么——从他塌陷的嘴唇，从他吞咽时费力的样子——没等卡斯特告诉我，我就知道了。波洛斯是一个艾瓦克丝，他的舌头已经被割掉，永远都不能说话了。我也就无须再怀疑是什么使他们冒着生命的危险，决意推翻凯匹特的统治了。

当屋子里坐满人的时候，我打起精神，准备迎接令人不快的指责。但是，唯一提出反面意见的只有黑密斯，这个人总是与周围的人格格不入，还有富尔维亚·卡杜，一直耷拉着脸。博格斯的脸上戴着一个肉色的面罩，从他的上唇到眉梢的位置被遮了起来——他的鼻梁骨断了，我猜得没错——所以很难看清他的面部表情。科恩跟盖尔正在交谈，似乎还很融洽。

当盖尔坐在我身边时，我对他说："交了新朋友？"

他看了一眼总统，又看着我说："嗯，咱们俩总得有一个是可以接近的吧。"他轻轻地点点我的太阳穴说："感觉怎么样？"

这天的早餐他们肯定吃了大蒜和南瓜。指挥部的人越多，那股大蒜味就越浓。我的胃开始翻搅，而灯光也突然觉得太亮了。"有点晕，你呢？"我说。

"挺好，取出了几个弹片，没什么大问题。"他说。

科恩叫大家注意，会议要开始了。"我们的**电视反击行动**已正式启动，你们中如果有人错过了昨天20：00点的首播——或者说是比特设法完成的十七次重播——我们可以重播。"重播？这么说，他们不仅有录像，而且已经做成电视片并能不断重播？一想到自己上了电视，我的手心开始冒汗。要是我还那么糟该怎么办？如果我还像是在演播室时一样的动作僵硬、词不达意怎么办？要是他们放弃了改善的努力呢？这时每个人的桌子上出现了一个电视屏幕，光线也暗了下来，屋子一片寂静。

一开始，屏幕是黑色的，接着在屏幕中央出现了一个小亮点。亮点不断扩大、悄无声息地将黑色的屏幕点亮，直到最后，整个屏幕出现了一团火焰。这火焰是如此真实，在想象中它似乎要从屏幕中跳跃出来。接着我的嘲笑鸟胸针出现在屏幕上，在火光的映衬下闪着金光。时常萦绕在我梦里的低沉而富有磁性的声音出现了，那就是凯匹特官方播音员克劳狄斯·坦普史密斯的声音，"凯特尼斯·伊夫狄恩，燃烧的女孩，她在继续燃烧。"

突然，嘲笑鸟的图像消失，我出现在画面上，背景是八区真实的浓烟和烈火。**"我想对反抗者说，我还活着。我就在这里，八区。凯匹特的飞机刚轰炸了这里的医院，那里有手无寸铁的男人、女人和孩子，不会再有幸存者。"** 画面切换到正在燃烧中倒塌的医院和在绝望中观看的人们。继续传来我的画外音，**"我想要告诉你们，如果你认为停火凯匹特就会善待我们，那就大错特错了。因为你们心里很清楚他们是哪种人，他们要干什么。"** 镜头又回到我身上，我正伸出手，指着周围被毁掉的一切，**"这就是他们的所作所为！我们必须反抗！"** 接下来是一系列不同景象：炸弹从天上飞落、我们在荒乱中奔跑、我被炸弹炸飞——我的血流不止的伤口特写——我爬上屋顶、冲进掩体、反抗者猛烈的射击、盖尔和我——大部分是我的镜头——用箭射中飞机。接着镜头切回到我的面部特写。**"斯诺总统不是说他给我们传个信儿？好吧，我也给他带个信儿。你可以折磨我们、轰炸我们、把我们的区烧毁，但你看到那些了吗？"** 电视画面随着我们的眼光移动，屏幕上出现了在仓库屋顶燃烧的飞机，最后画面定格在机翼上的凯匹特市徽，接着画

面又转向我的脸部，我冲着总统喊道："**熊熊火焰已经点燃，如果我们被点燃，你们会和我们一样葬身火海！**"整个屏幕又被火焰所吞噬。上面出现了清晰的黑体字：

如果我们被点燃，
你们会和我们一样葬身火海！

这行字也被熊熊火焰点燃，最后屏幕又变成了黑色。

屋子里一片寂静，接着爆发出热烈的掌声，大家要求再看一遍。科恩也很宽纵大家，又按下了重放键。这次因为已经知道播放内容，我就干脆把它当做在"夹缝地带"的家里观看电视。这是一个反抗凯匹特的宣言。以前电视上从来没有出现过这样的内容。没错，在我有生之年还没有过。

重放刚一结束，我急切地问起了问题："这个节目能在整个帕纳姆播放吗？在凯匹特能看到这个节目吗？"

"凯匹特看不到。尽管比特正在设法，可我们无法进入他们的播放系统，但在其他各辖区都收得到了。我们甚至能在二区播放，也许这个时候在那里播放比在凯匹特播放更有价值。"

"克劳狄斯·坦普黑密斯也在这儿，和我们在一起？"我问。

这话引得普鲁塔什哈哈大笑起来："只是他的声音而已，我们把现成的声音拿过来就行了，我们甚至不用做特别的处理。在你第一次参加饥饿游戏时，他亲口说过这句话。"说着他用手轻击了一下桌子，"我提议，给克蕾西达和她了不起的团队，当然还有我们天才的出镜人员致以热烈的掌声！"

我也跟着鼓掌，后来才意识到我就是出镜人员，自己给自己鼓掌也太不谦虚了，可并没有人注意。我看到富尔维亚脸上一阵青一阵白，她眼瞅着黑密斯的创意在克蕾西达的导演下大获成功，而她在演播室搞的那一套却惨然落败，我想她心里肯定也挺不是滋味的。

对于大家的这种自我欣赏，科恩的忍耐可能也已到了头。"是的，值得庆贺。这远比我们想象的要好。可是我还是要对你们在行动时所冒的巨大风险产生质疑。我知道，这次空袭是完全没有预料到的，但对于是否允许凯特尼斯投入实战，我们也应该讨论一下。"

决定？是否允许我投入实战？这么说她并不知道我曾公然违抗命令、扯掉耳麦、甩掉保镖等等的事？他们还向她隐瞒了什么？

"这是个很难决定的问题。"普鲁塔什皱着眉头说，"但是大家的共同看法是，如果每次枪声一响，我们就让她躲进掩体，那么我们也得不到任何有价值的东西。"

"而你也觉得没问题吗？"总统问。

盖尔在桌子下面踢了我一脚，我才意识到她在跟我说话。"噢！是的，我完全没有问题。我感觉很好，做点事情，来一些变化。"

"嗯，我们对她是否过多地暴露应采取理智的态度，特别是在凯匹特了解了她的能力的情况下。"科恩说。会场内，大家都纷纷表示同意。

没人对盖尔和我违抗命令的事告密。普鲁塔什没有，尽管我们无视他的权威；博格斯没有，尽管他的鼻梁骨断裂；甲壳虫也没有，尽管我们将他们拖入战火。黑密斯也没有——不，

等等，黑密斯正冲我诡秘地笑着。他温情地说："是啊，我们的小嘲笑鸟终于开始唱歌了，我们可不想失去她。"我一直留心着不和他最后单独留在房间里，显然他对那愚蠢的耳麦的事还耿耿于怀。

"那么，你们还有什么其他计划？"总统问。

普鲁塔什朝克蕾西达点点头，克蕾西达看看记事本："我们还有凯特尼斯在八区医院的很棒的录像，因此还应再做一期节目，题目就叫'你知道他们是谁、要干什么'。我们会侧重表现凯特尼斯和伤者，特别是受伤的孩子们接触的情况。另外，还有轰炸医院，医院成为废墟的情况。麦萨拉正在编辑。我们还在筹划一期嘲笑鸟专辑，突出凯特尼斯的最佳表现，中间穿插起义者暴动和战争的场面。我们为这个专辑起名为'熊熊烈焰'。再有，富尔维亚也有一个非常棒的想法。"

富尔维亚一听这话，脸上的酸葡萄表情立刻变成了吃惊的表情，接着又恢复了常态，"嗯，说这想法有多棒，倒也谈不上，我只是想我们能否可以做一个电视系列片，就叫*我们应记得*'。每一集片子里都侧重记录一个死去的'贡品'，像十一区的露露，四区的玛格丝。此系列节目的创意，就是对每个区都要有一个人性化的体现。"

"也就是说，对你选出的'贡品'一一表现。"普鲁塔什说。

"这**确实**很棒，"我诚恳地说，"这提醒了人们为什么而斗争，是最好的办法。"

"我想这办法行得通，我们可以找芬尼克对不同的人物和场景，尤其是一些趣事，进行介绍。"她说。

"坦率地讲，我不知道怎么拍出来这么多集'*我们应记得*'

系列节目。你能今天就开始拍摄吗？"科恩说。

"当然。"富尔维亚说，科恩对她的关注显然使她的内心平衡多了。

克蕾西达作出的这一姿态很好地平衡了电视创作部门的各种关系。她对富尔维亚诚恳的赞扬其实是个很好的主意，这样就为她制作嘲笑鸟的节目扫清了障碍。有趣的是普鲁塔什好像完全没必要获得认可。他所想要的一切就是让**电视反击行动**付诸实施。我突然想起了普鲁塔什大赛组织者的身份。他不是这个团队的成员，也不是游戏中的一个棋子，因此，他的价值不是由某一个因素而是整个行动成功与否来决定。如果我们取胜，那时普鲁塔什才会出来掌舵，才会期望自己的努力得到报偿。

会议结束后，总统让大家各就各位，开始工作。盖尔推我回病房，在路上，我们聊了起来。我俩都觉得大家开会时那副遮遮掩掩的样子很好笑。盖尔说没人肯承认他们控制不了我们，免得使自己处境尴尬。我的说法比较温和，既然他们已经拍到好的镜头，所以也就不必把我们俩都抖搂出来了。但不管怎样，我和盖尔的说法也许都没错。过了会儿，盖尔说要到**特制军械部**去见比特，我也就迷迷糊糊地睡着了。

我觉得自己只睡了几分钟，醒来时，黑密斯就坐在离我的病床几英尺的地方，我感到忐忑不安。他一直在等。如果表没错，兴许他已经等了几个小时了。我真想喊个见证人来，但转念一想，我早晚是要面对他的。

黑密斯探过身，手里拿着一个细细的白线拴着的东西在我眼前晃。虽然看不清，但我很清楚这是什么。他把那东西扔到我的床单上。"这是你的耳麦，我再给你一次戴它的机会。如果你再把它拿开，我就给你装上这个，"他举起一个金属头箍，我立刻在心里管它叫头夹子。"这是一种音频传导装置，它卡在你的头骨和下巴上，除非用钥匙才能打得开。而只有我一个人有钥匙，免得你一有机会就让它失效。"黑密斯把头箍扔到床上，旋即又拿出一个很小的银芯片——"我有权命令他们用外科手术把这个植入你的耳朵，这样的话我一天二十四小时都可以跟你通话。"

黑密斯要二十四小时待在我脑子里？我很恐惧。"我会戴耳麦的。"我嗫嚅道。

"你说什么？"他说。

"我会戴耳麦的!"我大声说，半个医院的人都听得见。

"你肯定吗？反正对我来说，这三种选择都不错。"他对我说。

"我肯定。"我说。我像要保护自己似的，赶紧把耳麦线抓在手里，用另一只手把头箍朝他的脸扔过去，可他用手一把就抓住了。也许他早料到我会扔给他了。"还有别的事吗？"

黑密斯站起来准备走，"我刚才等你时……把你的午饭吃了。"

我这时才看到桌子上的餐盘和炖菜碗已经空空如也。"我会去告你的。"我把嘴埋在枕头里说。

"你告吧，亲爱的。"说着，他走了出去，他知道自己很安全，因为他清楚，我不是那种爱打小报告的人。

我想睡觉，但我心里却静不下来。昨天发生的一幕幕又映现在我眼前。轰炸、燃烧的飞机残骸、那些受伤却已经死去的人们的脸。我在心里想象着各种恐怖的死法。在炮弹落地的一瞬间消亡；我坐的飞机的机翼被打飞后，飞机一下子撞到地面；仓库的屋顶砸在我身上，而我却无助地躺在行军床上。我回想着一桩桩的事，或亲眼所见，或在录像上观看。这一切都是因我射出的那一箭而引发的，而我永远无法把它从记忆里抹去。

晚饭时，芬尼克拿着他的餐盘来到我病房，想看看我们是否能一起看到最新制作的电视片。他也被分到同一层的病房，但他的神志时不时地处于混乱状态，所以他基本上一直待在医院里。反抗者播放了由麦萨拉编辑的"你知道他们是谁，要干什么"节目。节目中间插进了由盖尔、博格斯和克蕾西达介绍事件发生情况的解说词。当我看到在医院看望伤者的画面时，我简直不想再看下去了，因为我知道下面即将播放的内容。当落下的炸弹落到医院屋顶的画面出现时，我把脸埋在枕头里。直到最后所有的人都被炸死，片子出现我的画面时，我才抬起头来。

片子播完时，芬尼克并没有鼓掌，也没表现出高兴。他只是说："人们应该知道发生了什么，而他们现在已经知道了。"

"咱们关了电视吧，芬尼克，趁他们还没重播。"我催促他。但是芬尼克去拿遥控器时，我却喊道："等等！"凯匹特正在播一段片子，而这片子看上去很眼熟。是的，凯撒·弗里克曼又出现了，而我可以猜出他要采访的人是谁。

皮塔外形的变化令我大吃一惊。几天前我看到他时，他还身体健康、眼睛明亮有神，可眼前的他至少瘦了十五磅，两手很明显地在哆嗦。他还进行了修饰，但化妆品遮不住他的眼袋，漂亮衣服也掩盖不了他内心的痛苦。他整个人像是被毁了。

我的脑子快速转动，想弄明白这究竟是怎么回事。我刚刚在四天前——不，五天前——看到过他。他怎么可能变化这么大？在这么短的时间里他们究竟对他做了什么？慢慢地我似乎明白过来。我反复回想他第一次接受凯撒采访时的情形，回想任何可以和时间挂起钩来的痕迹，可什么也没有。他们也许是在我炸掉竞技场后一两天内拍摄的录像，之后就对他为所欲为了。"噢，皮塔……"我轻声呼唤着。

凯撒先是闲聊了几句，之后就问起皮塔是否听到我为各辖区制作电视节目的传闻。"很显然，他们在利用她，为了激起反叛者的反抗情绪。我怀疑她是否真的了解这场战争的真实情况，哪些人正濒于险境。"

"你有没有要告诉她的？"凯撒问。

"有。"皮塔说。他直盯着镜头，对我说："别傻了，凯特尼斯。要为你自己着想，他们已经把你变成了摧毁人类的武器和工具。如果你真的还有一些影响力，那就在一切还不算太晚之前，用它来阻止这场战争。问问你自己，你真的信任那些和你一起的人吗？你真的知道正在发生的是什么吗？如果你不知道……那就找出答案。"

电视屏幕变成黑色。帕纳姆国徽。节目结束。

芬尼克按下遥控器上的电源开关。不一会儿，就会有人到这里来因皮塔的处境和所说的话而诋毁他。我就要为他辩护。可事实是，我不信任普鲁塔什和科恩，我不敢肯定他们对我说的是实话，这一点是我无法掩盖的。门外传来了脚步声，听上去越来越近。

芬尼克紧紧抓住我的胳膊，"我们就说没看见。"

"什么?"我问。

"我们没看见皮塔，只看到了关于八区的电视片，之后我们关掉了电视，因为电视片让你不安。明白吗?"他说。我点点头。"吃饭吧。"我打起精神。当普鲁塔什和富尔维亚走进来的时候，我正填了满嘴的面包和洋白菜，芬尼克在说盖尔在电视上真是棒极了。我们恭喜普鲁塔什和富尔维亚电视片取得了成功，电视片很有力，我们看完马上把电视关了。他们看上去松了口气，他们相信了我们。

没人提起皮塔。

 血的警告

睡觉时我噩梦连连，干脆不睡了。每当值班医生来检查，我就躺着不动，假装呼吸匀称。早晨，医生允许我出院，并且告诉我要放松。克蕾西达又让我为嘲笑鸟系列片录了几句话。中饭时，我等着大家提起有关皮塔的话题，可没人提起。除了芬尼克和我，肯定还有人在电视上看到了他。

按照时间表，我要进行训练，但盖尔要去比特的武器部跟他一起工作，所以我得到允许可以和芬尼克一起到树林里散步。我们溜达了一会儿，之后把对讲机埋在灌木林里。当我们走到比较远的地方，已经安全时，我们坐下来，讨论起皮塔电视采访的事。

"我没听人提起过他的事，也没人告诉你?"芬尼克说。我摇摇头。他犹豫了一下，问道："甚至盖尔也没告诉你?"我仍抱着一线希望，希望盖尔对皮塔的事毫不知情，可我有种不好的感觉，那就是他知道。"也许他是想找个合适的时间私下里跟你说呢。"

"也许吧。"我说。

之后，我们一声不响地待着，待了很长时间，突然一只雄鹿出现在我们的视线范围内。我一箭射中了它。芬尼克把雄鹿拖到隔离网那里。

吃饭时，炖菜里有剁碎的鹿肉。我们吃完饭后，盖尔把我送到E房间。当我问起他情况怎样时，他仍没有提起皮塔的事。夜晚，妈妈和妹妹刚坠入梦乡，我就从抽屉里拿出那颗珍珠，紧紧地握在手里。又是一个不眠之夜，我整晚都在脑子里翻腾皮塔的那句话，"**问问你自己，真的信任那些和你一起的人吗？你真的知道正在发生的是什么吗？如果你不知道……那就找出答案。**"找出答案？什么答案？从谁那里找到？除了凯匹特告诉皮塔的，他又怎么知道其他的事情？这不过是凯匹特的电视宣传而已，一阵噪声。可如果普鲁塔什认为这不过是凯匹特炮制的骗人把戏，那这件事他干吗不告诉我？为什么没人让我或者芬尼克知道这事？

在这一切争论的背后，真正让我痛苦的是皮塔。他们是怎么对待他的？正在对他做什么？显然，斯诺并不相信皮塔和我对反叛的事毫不知情，而我成了嘲笑鸟，却进一步证实了他的怀疑。皮塔只能凭想象来猜测当时发生的事，来敷衍那些折磨他的人。谎言，一旦被发现，就会招来更严厉的惩罚。他一定感觉我背叛了他。在第一次采访时，他还试图保护我和其他的反叛者。而我，不仅没能保护他，反而给他招来了更多麻烦。

清晨，我把胳膊支在墙壁上，使劲地盯着我的时间表看。按时间表，早饭后我要去**制造部**。在餐厅里，当我拿着热米饭、牛奶和甜菜粥往餐桌走时，不经意间看到盖尔的手腕上有一个卡米特。"你什么时候把它弄回来的，霍桑战士?"我问。

"昨天。他们觉得我要和你一起去野外的话，这可以当备用通讯工具。"盖尔说。

怎么就从来没人给我一个卡米特呢，我真纳闷。如果我也要求要一个，他们能答应吗?"嗯，我想咱们俩总得有一个是可以接近的。"我话里有话地说。

"这话什么意思?"他说。

"没什么，只不过重复你说过的。我完全同意那个可以接近的人是你。我只是希望我还可以接近你。"我对他说。

话说到这儿，我们四目相对，我意识到我对盖尔是多么的生气。我从不曾相信过他对皮塔的事一无所知。他不告诉我让我感觉自己遭到背叛。我们之间太了解了，他不可能不知道我为什么生气，又是谁让我生的气。

"凯特尼斯……"他欲言又止，在他的话里，已经透出了一丝愧疚。

我抓起餐盘，走到收盘处，把餐盘往架子上一扔就气冲冲地往外走，盖尔在厅廊追上了我。

"你干吗不问?"他抓着我的胳膊问。

"*我*为什么不问?"我一下子挣脱了他的手，"*你*为什么不说，盖尔? 我也问了，昨晚我问你情况怎样!"

"对不起，好吗? 我那时候真不知道该怎么办。我想告诉你来着，可每个人都害怕皮塔的电视片会让你发病。"他说。

"他们说得没错。是的。可无论我病得多厉害，也没有你为了科恩向我撒谎让我病得厉害。"这时，他的卡米特响了。"瞧，她找你，你走吧，你需要向她汇报。"

在那一瞬间，我看到盖尔的脸上露出痛苦的表情，接着，又变成了一脸的愤怒。他猛地转身走了。也许我的话太尖刻了，也没有给他解释的时间。也许每个人都为了保护我而向我撒谎。我不在乎。我已经厌倦了人们为了我而对我撒谎。其实这样做归根到底还是为了他们自己。反抗计划要瞒过凯特尼斯，免得她做出什么疯狂的事；进竞技场时不能向她透露任何消息，以便成功地将她救出；皮塔电视采访的事别告诉她，不然她会生病，本来让她进入良好状态已经够难了。

　　我真的难受，我心疼。在**生产部**干了一天，我也累了。可我已经来到化妆间门口，所以就走了进去。今天，我发现，我们要回十二区拍摄。克蕾西达要对我和盖尔进行现场即兴采访，背景是被毁掉的十二区。

　　"你们两个是不是都准备参加拍摄？"克蕾西达看着我的脸问。

　　"算上我吧。"我说。我直愣愣地站在那里，不愿再说更多的话。我的化妆师给我穿衣服时，一位服装模特同时给我做头发和化妆。妆化得很淡，看不太出来，只把我因睡眠不足而突出的下眼眶的棱角遮盖起来。

　　博格斯护送我来到机库，我们除了简单的问候也没再说别的什么。我很感激我们没再提起八区的事，特别是现在，他戴着面罩，让人看着很不舒服。

　　临走前，我想起了给妈妈送个信儿，告诉她我要离开十三区，特别说明这次任务并不危险。我们要乘直升机飞到距此不远的十二区，上了飞机，有人指示我坐到一张桌子旁，普鲁塔什、盖尔和克蕾西达正趴在桌子上仔细研究一张地图。普鲁塔什很满意地告诉我节目播放前后发生的变化。之前，几个区的反抗者几乎没有立锥之地，而之后他们联合了起来。反抗者已经夺取了三区和十一区——夺取十一区尤为重要，因为它是帕纳姆的粮仓——并对其他几个区发起进攻。

"有希望，大有希望。富尔维亚今晚要把'**我们应记得**'的第一批拍摄地点选好，这样我们就可以针对各辖区以及它们逝去的'贡品'进行拍摄，芬尼克真是太棒了。"普鲁塔什说。

"他看了一定很痛苦，好多人他都认识。"克蕾西达说。

"这就是它打动人的地方。完全发自内心。你们干得都很棒，科恩非常满意。"

看来盖尔并没有把我假装没看见皮塔的电视片以及对他隐瞒事实很生气的事告诉他们。也许这事太小不值一提，现在告诉他们也太晚了，可我并不愿就此作罢。

直到我们来到"牧场"，我才意识到黑密斯没跟我们一起来。我问普鲁塔什为什么他没来，普鲁塔什只是摇摇头说："他无法面对这一切。"

"黑密斯？不能面对？我看是想休息一天吧。"我说。

"我想他当时说的话是'没有酒我无法面对这一切'。"普鲁塔什说。

我眼珠一转，对他的话表示不屑。我对我指导老师的酗酒成性以及乖戾的性情早已失去了耐心。但在我回到十二区以后的五分钟内，我也希望我自己有一瓶酒。我原以为我已经从十二区居民惨遭屠戮的阴影中走了出来——我听人说起过、从空中看到过、在死亡的灰烬中走过。可为什么我心里仍感到一阵疼痛？是不是在我还没有完全意识到死亡的真正含义时，我就远离了它。抑或因为盖尔的脚踏上这片土地时的痛苦表情，使人真切感到了死亡的痛苦？

克蕾西达指挥摄制组从我的旧家开始拍摄。我问她要我怎么做。"你怎么感觉就怎么做。"她回答我道。我站到旧家的厨房里，并不知道该做什么。事实上，我正在仰望天空——天空就是它的屋顶了——往事一一浮现在我眼前。过了一会儿，克蕾西达说："很好，凯特尼斯。咱们继续吧。"

一开始，盖尔穿上他的旧衣服后有些不自在。克蕾西达拍摄了几分钟他没有说话的画面。但当他把过去用过的东西——一根弯曲的旧拨火棍——从废墟里拔出来时，她开始询问起他过去在"夹缝地带"时家庭的情况、工作的情况和生活的情况。她让他再回到轰炸当晚，重新演绎一下当时的情景。拍摄从他家开始，他一路奔跑来到"牧场"，穿过林子，来到湖边。我跟在摄制组和保镖的后面跑，我觉得他们的出现是对我深爱的林子的贸然侵犯。这是一个私密的地方，一个避难所，但已经被邪恶的凯匹特玷污。在我们离开隔离网附近烧焦的树桩很长一段距离后，仍不断被腐烂的尸体绊倒。我们有必要拍下这一切，让所有的人都看到吗？

我们来到湖边时，盖尔似乎已经累得说不出话了。大家都汗流浃背——特别是身背甲壳虫的卡斯特和波洛斯——克蕾西达叫大家停下来。我用手捧起湖里的水，真希望能一猛子扎下去，然后光着身子独自在湖心漂荡，不让任何人看见。我绕着湖边慢慢走了一会儿。当我走回来，回到水泥房旁边时，我看到盖尔正把刚从废墟里拔出来的弯曲的拨火棍立在壁炉旁的墙上。一瞬间，我仿佛看到了一个来自遥远的过去的孤独的陌生人，他在荒凉的树林子迷了路，突然遇到了这个小小的避难处。这里有劈好的木柴、有壁炉和一根拨火棍。我纳闷自己怎么会产生这种感觉。盖尔转过身，他的眼光与我的相遇，我知道他又想起了我们的过去，想起了我们当时对于跑还是不跑犹豫不决的情形。如果那时我们跑了，十二区是否也会安然无事？我想是的。但整个帕纳姆也仍会在凯匹特的统治之下。

有人拿来了奶酪三明治，我们都在树阴下吃起来。我故意坐在波洛斯身边，离大家比较远的地方，免得还要跟人说话。大家其实也都没怎么说话。在这种相对较为安静的时候，能听到鸟儿的鸣叫。我用胳膊肘捅了一下波洛斯，把一只小小的带鸟冠的黑鸟指给他看。鸟儿在树枝间跳跃，偶尔展开翅膀，露出里面白色的羽毛。波洛斯指指我的胸针，然后询问似的扬起眉毛。我点点头，向他确认这是一只嘲笑鸟。我竖起一根手指，向他示意**等等**，*我让它叫给你看*，然后吹哨模仿鸟的叫声，嘲笑鸟翘起脑袋，立刻也模仿我的声音叫了起来。接着，令我吃惊的是，波洛斯用哨声吹出了自己的调子，鸟儿马上也学着他叫了起来。波洛斯的脸上立刻绽出了快乐的微笑，他一连吹了几个小调，与鸟儿进行应答。我猜这是他几年来第一次真正的交流。和谐的小调吸引着嘲笑鸟，就像花儿吸引着蜜蜂。不一会儿，他的哨声吸引来了六七只鸟儿停在我们头顶的树枝上。他拍拍我的胳膊，用树枝在土地上写了三个字，**唱歌吗?**

通常我是会拒绝的，可在这种情况下，我似乎不可能对波洛斯说不。另外，嘲笑鸟在模仿歌声和哨声时会发出不同的鸣啭啁啾，我也想让他听一听。所以，我不假思索地唱起了露露的四个音符的小调，这是她在十一区干完一天活后作为收工信号常唱的小曲。她被害时这个曲调仍在林子里回荡。鸟儿对此浑然不知，它们鸣唱着这简单的小曲，声音在彼此间起落回响，优美而和谐。在饥饿游戏中，当野狗穿过林地追赶我们，把我们逼到宙斯之角，并最后把加图撕成碎片时，幽咽激荡的也是这个曲调……

"想听它们唱一首真正的歌曲吗?"我脱口而出。我不想让这曲调再缠绕着我，随便唱点别的什么把它岔开吧。我站起身，走到树林里，手扶着鸟儿停歇的粗糙的枫树树干。《上吊树》这首歌我已经有十年没有唱过了，因为一直不让我唱，可这首歌的每一句歌词我都记得。于是我轻柔、舒缓地唱起来，就像当年爸爸唱这首歌时一样。

你是否，是否，

会来到这棵树旁，

在这棵树上，吊死了一个夺去三条命的人。

在这里发生了奇怪的事啊，

可更奇怪的是

我们午夜在这棵上吊树下相会。

嘲笑鸟听到我唱出新的歌曲，也开始改变自己的曲调。

你是否，是否，

会来到这棵树旁，

那死去的人儿呼唤他的恋人一起逃跑，

在这里发生了奇怪的事啊，

可更奇怪的是

我们午夜在这棵上吊树下相会。

鸟儿都在认真地倾听。再唱一段，它们肯定就能学会，因为这曲调简单，又重复四遍。

你是否，是否，

会来到这棵树旁，

这是我让你逃跑的地方，

这样我们俩都会获得自由

在这里发生了奇怪的事啊，

可更奇怪的是

我们午夜在这棵上吊树下相会。

林子里一片寂静，只有树叶发出沙沙的声响，但却并没有鸟的歌唱，不管是嘲笑鸟或其他的鸟。皮塔说得对，我唱歌时，鸟儿确实很安静，就像爸爸唱歌时一样。

你是否，是否，

会来到这棵树旁，

颈上戴着绳子做成的项链，

与我肩并肩，

在这里发生了奇怪的事啊，

可更奇怪的是

我们午夜在这棵上吊树下相会。

鸟儿在等我继续唱下去，可歌已经唱完了。这是最后一段。在寂静中，我回忆起从前。一天我和爸爸从林子里打猎回来，和咿呀学语的波丽姆一起坐在地板上，唱着《上吊树》这首歌。我们俩的脖子上都戴着歌中唱的绳子做的项链，当时并不知道歌词的真正含义。曲调简单易学。我在那个年纪，所有的歌只要唱一两遍就记住了。突然，妈妈把绳子从我们的脖子上拽下来，并冲爸爸大喊起来。我从未见过妈妈发脾气，立刻哭喊起来，波丽姆也吓得号啕大哭，我赶紧跑到外面。躲到"牧场"上的一丛忍冬里，我总是藏在那里。爸爸很快找到了我。他极力安慰我，说没事的，只是以后再也不要唱这首歌了。妈妈要我把这歌忘了。可是，从那时起，这首歌的每一个字都深深地刻在我的记忆里。

　　我们，爸爸和我再也没有唱起过这首歌，甚至不再提起它。爸爸死后，这首歌却时时盘桓在我脑际。长大后，我慢慢地体会了歌词的含义。刚听上去，歌词的意思似乎是说一个小伙子要和他心爱的姑娘在午夜秘密相会。但幽会的地点却很诡秘，是在一棵吊死过人的树下，被吊死的人杀了人。杀人者的恋人肯定也与这次谋杀有关，因而她必定要遭受惩罚，所以杀人者的尸首在呼唤她一起逃跑。一具尸首会说话，这故事已经很离奇了，但直到《上吊树》的第三段，故事才变得真正恐怖起来。歌者就是杀人者。他仍待在树上，虽然他叫他的爱人逃跑，可他却不停地问她是否来与他相会。那句**"这是我让你逃跑的地方，这样我们俩都会获得自由"**最奇怪。人们开始觉得他叫她逃跑，一定是要逃到安全的地方。之后才明白了他是让她来到他身边，一起奔向死亡。在最后一段很清楚地表明，这正是他一直等待的。他的爱人，戴着绳子做的项链，与他并肩吊死在那棵树上。

我过去一直觉得这歌者是最恐怖的人。但在经历了几次饥饿游戏之后，我觉得不能就这样下结论。也许他的爱人已经被判死刑，他只是想让她少遭些罪，他要让她知道他在等她，也许他觉得他爱人现在的处境生不如死。我不是也曾想让皮塔喝过量的糖浆，置他于死地，使他免遭凯匹特的折磨吗？那是不是我唯一的选择？也许不是，可当时我也想不起更好的办法了。

我想妈妈当时一定觉得这歌词对于一个七岁的孩子来说也太怪异了。特别是那个为自己做了绳子项链的女孩。被吊死也不仅仅发生在故事里，十二区的许多人以这种方式被处死。她肯定不愿我在音乐课上唱出这样的歌。现在如果她在这儿，也肯定不愿意我把这歌唱给波洛斯听。可至少我没有唱给其他人听——哦，等等，不，我错了。我朝旁边瞟了一眼，我看到卡斯特正在给我录像，大家都在专注地看着我，波洛斯的泪水已经顺着脸颊流下来。显然，我唱的这首匪夷所思的歌曲已经触动了他内心深处某些可怕的回忆。太好了。我叹了口气，靠在身后的树干上。这时嘲笑鸟开始模仿起这首《上吊树》。它们用清脆的歌喉鸣唱的这首歌很美。因为意识到在录像，我一直静静地站在那里，直到克蕾西达喊了声"停"。

普鲁塔什笑着走到我身旁。"你是从哪里学来的这歌？我们把节目制作出来以后，肯定没人会相信的！"他用胳膊搂住我，在我的头顶啪地大声亲吻了一下，"你真是太棒了！"

"我不是为了拍摄才唱的。"我说。

"还好，摄像机正好开着。好吧，各位，咱们去城里吧!"他说。

我们一行人在林中艰难地跋涉，回城的路上，我们遇到了一块大石头。我和盖尔不由自主地朝同一个方向看去，就像两条狗嗅到随风飘送的某种气味。克蕾西达注意到我们的动作，问我那边有什么。我们两人不约而同地答道，那是我们过去打猎时碰头的地方。她说想看一看，虽然我们告诉她那里也没什么特别的。

这地方没什么特别的，只是我很开心的地方。我心里暗想。

这是我们藏身的岩石，从这里可以俯瞰整个峡谷。也许这里不像平时那么绿油油的了，但黑莓已挂满枝头。在这里留存着无限多的回忆：打猎、下套、捕鱼、采摘野果、在林中漫步，我们把猎物袋填得满满的，心情无比轻松畅快。这里是一道门，通向衣食无忧、身心健康的美好生活。我们俩就是彼此的钥匙。

而现在，无须从十二区偷跑出来、也无须蒙骗治安警、也没有饥肠辘辘的家人等着我们。凯匹特从我们手里夺走了这一切。我甚至正在失去盖尔。那许多年来将我们维系在一起的感情纽带正在慢慢瓦解。我们之间出现了裂痕和阴影。面对十二区的一片废墟，我们竟至于因为生气连话都懒得说?

盖尔等于对我撒了谎。虽然他关心我的身体健康，但不对我说实话，我是不能接受的。可他的道歉似乎很真诚，而我却当着他的面羞辱他，让他感到无比难过。我们之间究竟怎么啦? 为什么现在我们总是有分歧? 真是一团糟，如果追溯到矛盾的根源，我感觉我的行为是问题的核心。我真的想把他从我身边赶走？

我从枝子上摘下一颗黑莓，用食指和拇指揉捏着。突然，我转过身，把黑莓朝盖尔扔过去。"祝你永远……"我说道。我把黑莓抛得很高，这样他就有时间决定是接住还是把它打向一旁。

盖尔没有看黑莓，而是盯着我的脸，在最后一刻，他还是张开嘴把它接住了。他在嘴里嚼着，然后慢慢咽下，过了一会儿才说"——永远都有好运。"不管怎么说，这句话他还是说了。

克蕾西达让我们俩坐在岩石凹里，这个令人难免会触景生情的地方。克蕾西达劝说我们俩说一些打猎的事，是什么让我们来到了林子里，我们怎样相遇，怎样一起度过最美好的时光。我们不再绷着不说话了，当谈到与蜜蜂、野狗和臭鼬遭遇的有趣经历时，我们甚至还笑了起来。当话题转到怎样将打猎的技巧在八区的轰炸中发挥作用，又有什么感受时，我不再说话，盖尔只说了句"早该派上用场了"。

我们回到城里的广场时，已近黄昏。我带着克蕾西达来到面包房的那堆废墟，要她拍一些镜头。在那片废墟之上，我感到身心无比疲惫。"皮塔，这里就是你的家。自从爆炸发生后就再也没有听到你家人的消息。十二区已经完了。难道你还要呼吁停火吗？"我望着眼前的大片废墟说，"这里已经没人能听到你说话。"

我们走到一堆燃化的废铁前，这里原来是绞刑架。克蕾西达问我们俩是否在这里被折磨过。盖尔扒下他的衬衣，把后背转向摄像机。我盯着盖尔身上的深深的鞭痕，仿佛又听到了鞭子抽打的声音，看到他被绳子拴着手腕，吊在绞刑架旁，血肉模糊的情景。

"我的已经拍完了。"我对大家说，"我在胜利者村和你们碰头。我要去取些东西……给妈妈的。"

我走回到胜利者村，心绪纷乱。当我回过神来时，发现自己正坐在厨房橱柜前的地板上，小心翼翼地把陶瓷罐子和玻璃瓶放在一个盒子里，中间塞满干净的棉绷带，免得打碎。接着又把干花包起来。

突然，我想起了我的梳妆台上的玫瑰。那玫瑰是真的吗？如果是，它还在那儿吗？我不得不抑制自己强烈的要去查看的念头。如果那花还在那儿，那只能把我吓个半死。我加快了打包的速度。

当橱柜的东西都收拾完以后，我发现盖尔已经不知何时来到了我家的厨房。他这么悄无声息的还真让人觉得不自在。他在桌旁俯身，张开手掌扶在桌面上。我把盒子放在我们俩中间。"还记得吗？"他问，"就在这里你吻了我。"

这么说他被鞭打后服用的大剂量吗啡也没能把这一切从他的意识里抹去。"我原以为你不会记得这些。"我说。

"只有死了才会忘记，兴许死了也忘不了。"他对我说，"也许我就像那个《上吊树》里的男人，仍然在等待着答案。"我从没见过盖尔哭，可此时他的眼里噙着泪花。为了不让他的眼泪流出来，我上前吻了他。我们的嘴唇是热的，浸透着灰尘和痛苦的滋味，真没想到这样的一个轻吻竟会有如此的味道。他首先停了下来，并狡黠地对我笑了笑，"我就知道你会吻我。"

"你怎么知道的？"我说，因为我自己也不知道。

"因为我痛苦。这是引起你注意的唯一的办法。"他说着，拿起了盒子。"别担心，凯特尼斯，一切都会过去的。"我还没有回答，他就离开了房间。

我太疲惫了，他最后一句话是什么意思，我也无心细想。在回十三区的短暂的路程中，我蜷缩在座位上，尽量不去听普鲁塔什谈论他最关心的话题——人类无法再随意支配的武器——超高空飞行的战斗机、军事卫星、细胞分离机、杀人蜂、标注有效期的生物武器——这都是因为环境破坏、资源短缺和道德的脆弱而导致的。在他的话里，可以感觉到一个一心梦想得到这些玩具的前饥饿游戏组委会主席的无限遗憾。可事实是，他能支配的武器装备只有直升机、地对地导弹和普通的枪炮。

脱掉嘲笑鸟服装，我一头倒在床上就睡了，饭也没吃。就这样，早晨起床时，还是波丽姆把我摇醒的。吃完早饭，我也没理会时间表上的安排，又躲在文具橱柜里眯了一觉。醒来时，我一起身，又把粉笔、铅笔撞翻，撒了一地。中午我吃了一大份豌豆汤，完后朝E房间走去。博格斯半道截住了我。

"**指挥部**有一个会议。别管你现在的时间表了。"他说。

"好的。"我说。

"你今天是不是没按时间表行动？"他有些恼怒地问。

"谁知道？我精神恍惚嘞。"我举起手来让他看我的医护标签，发现它早已不知去向。"你瞧，我甚至记不得医生已经把我的标签取走了。他们要我去**指挥部**干吗？我错过什么事情吗？"

"我想是克蕾西达想把十二区拍摄的录像给你看吧，可我想片子播出时你也能看得到。"他说。

"这才是我需要的时间表，电视片播放时间。"我说。他看了我一眼，也没再多说什么。

到**指挥部**时，里面已经挤满了人，不过他们在芬尼克和普鲁塔什中间还给我留了个位子。电视屏幕已经升到桌上，电视上播放的是凯匹特的常规节目。

"怎么回事？我们不是要看十二区拍的片子吗？"我问。

"噢，不是。我是说，有可能。我不清楚比特要给我们看什么。"普鲁塔什说。

"比特认为他已经找到了在全国播放节目的途径，这样我们的片子也可以在凯匹特播放。他现在正在**特防部**忙着这事。今晚有实况转播。斯诺要发表讲话。我想马上就要开始了。"芬尼克说。

伴随着国歌，电视上出现了凯匹特市徽。接着斯诺出现在屏幕上，我直视着他那双狡诈的毒蛇般的眼睛。他这次似乎站到了廊柱的后面，但他西服上别的那枝白玫瑰却格外显眼。镜头向后拉，皮塔也出现在屏幕上，他身后是一幅帕纳姆地图的投影。他坐在一张加高的椅子上，脚踩在椅子的金属横档上。他装义肢的那条腿不规则地抖动着。大滴的汗珠已经透过厚厚的粉从他上唇和额头渗出来。但最令我吃惊的是他的眼神——异常气愤但却散乱无神。

"他的状况更糟了。"我小声说。芬尼克抓住我的手，给我一点支撑。我尽量保持镇静。

皮塔用疲惫的声音呼吁停火。他强调战争对各辖区的基础设施造成了严重的破坏。他说话时，身后的地图就会部分地亮起来，那些被毁坏设施的图像也相应地显示出来。七区被破坏的水坝，一辆列车出轨，有毒废料从水箱内溢出，一个谷仓被点燃后颓然倒塌。所有这一切都被他归结为反抗行动的结果。

咔！没有任何警示，我的影像突然出现在电视屏幕上，我正站在面包房的那堆废墟上。

普鲁塔什激动地站了起来，"他成功了！比特插播了录像！"

屋子陷入一片嗡嗡声，人们低声议论起来，皮塔再次出现在屏幕上，他看上去心神不宁。他已经在监视器上看到了我的录像。他试图继续他的讲话，谈起一家水处理厂被炸毁的情况，这时芬尼克关于露露的谈话又插播进来。接下来展开了一场节目播出大战。凯匹特试图屏蔽比特插播的录像，但显然他们毫无准备，疲于应付。另一方面，比特肯定也已经预料到他不可能完全控制录像的播出，因而只选择了五到十秒钟的短片来进行插播。凯匹特的官方节目在被比特的短片不断干扰的情况下，简直难以继续下去。

普鲁塔什非常兴奋，所有的人也都在为比特鼓劲。只有芬尼克一声不响地坐在我身旁。我的眼光与坐在对面的黑密斯的眼光相遇，看到他的眼睛里有着和我一样的痛苦。我们都意识到，伴随着每一次欢呼，皮塔离我们越来越远。

凯匹特市徽再次出现，背景音乐显得有气无力。二十秒钟之后，斯诺和皮塔才出现。整个电视播放乱成一团糟。电视里传来人们在直播间慌乱的谈话声。斯诺的讲话在一片混乱中艰难地继续，他说显然反叛者正在破坏节目播出，目的是逃避对他们的指控，但真相会大白于天下，正义会战胜邪恶。节目在安防系统恢复后将继续播出。最后，他问皮塔，鉴于今晚的特殊情况，他是否要对凯特尼斯·伊夫狄恩倾诉离别之苦。

听到我的名字，皮塔的脸不自然地抽搐着。"凯特尼斯……你觉得这一切将会如何结束？还有什么会留下来？任何人都不安全，在凯匹特如此，各辖区也是如此。而你们……在十三区……"他大口地喘着粗气，好像喘不过气来了；他的眼睛里透出近乎疯狂的神情，"清晨就会全部死去！"

屏幕外，传来斯诺的命令"赶快结束"。这时比特又插播了我站在八区医院前的三秒钟的录像，使得场景一片混乱。但在交替播放的画面中，我们看到此时正在发生的真实的一幕。皮塔试图继续说下去。摄像机被撞倒，镜头里摄入了地板上的白瓷砖、在慌乱中跑动的人们的靴子，还有皮塔痛苦的喊叫，显然他遭到重击。

接下来，皮塔的血溅在地板上。

第二篇 袭击

 地底避难

　　我内心翻江倒海，想喊，声音却哽在喉咙里喊不出来。我成了艾瓦克丝，痛苦阻塞了我的喉咙。就算我能够放开喉咙，大声地喊出来，又有谁会注意到呢？房间里已经乱作一团，大家七嘴八舌地议论着，揣度着皮塔话里的意思。**"而你们……在十三区……清晨就会全部死去！"** 没有人关心将这消息传递出来的人，他在流血。

　　这时传来一个声音，要大家安静。"都闭嘴！"每双眼睛都落到黑密斯的身上，"这不是什么大秘密！那孩子想告诉我们，我们即将遭到袭击，就在这里，十三区。"

　　"他怎么会得到这个信息的？"

　　"我们为什么要信他的？"

　　"你是怎么知道的？"

　　黑密斯绝望地吼道："我们吵嚷不休的时候，他们把他打出了血。你们还需要什么？凯特尼斯，扶着我，让我出去！"

　　我振作了一下精神，才说出话来。"黑密斯说得对。我不

清楚皮塔从哪里得到的消息，或者这消息是否真实。但至少他相信这是真的。而且他们……"我无法大声说出斯诺对皮塔的所作所为。

"您不了解他，"黑密斯对科恩说，"可我们了解，让您的手下做好准备吧。"

在出现这一情况之后，总统似乎并不惊慌，而只是有些不解。在大家都议论纷纷时，她一言不发，只用一个手指轻敲着她面前的指挥控制板。当她终于开始说话时，她用平静的口吻对黑密斯说："当然，我们对这样的情况早有准备。虽然过去的几十年我们一直坚信，如果凯匹特对十三区发动攻击，凯匹特也同样会受到影响。核弹会把放射性物质释放到大气中，对环境造成无可挽回的不良影响。即使常规的核攻击也会摧毁我们的军事设施，我们很清楚其实他们一直很想重新得到这些设施。当然，他们这么做，也会招来核反击。一种可能性是，由于我们目前和各区反抗者联合一致，他们可能认为这是值得一试的冒险行为。"

"您这么认为？"黑密斯说。他的话里明显地带有讽刺，但在十三区，大家对话外音并不敏感。

"是的。不管怎么说，我们早该进行**五级安防演习**了。"科恩说，"目前，我们需要进入**一级战备状态**。"说完，她快速敲击键盘，把她的命令发送出去。在她敲完键盘，抬起头来的瞬间，命令已被执行了。

自从我来到十三区后，共进行过两次**二级安防演习**。我对第一次安防演习已经没有什么印象了。当时我在医院接受特护，我想病人是可以不参加的，转移病人非常麻烦，不如不让他们参加。我依稀记得当时拉响警报，指示所有的人聚集在黄色区域。**二级安防演习**是为了应对较小的灾情，例如流感大暴发，演习时要对公民实施暂时隔离，对他们进行身体检查。在第二次演习时，我们接到指令，要求我们回到自己居住的区域。当时我躲在洗衣房的大管子后面，对扩音器里传来的有规律的警笛声毫不在意，而是在静静地观察一只蜘蛛结网。在两次演习中，当这种刺耳的、令人恐慌的警笛大作时，我都置身其外。而现在这种恐慌却渗透到十三区的每一个角落。在十三区，任何人都不能无视这警笛声。尽管它似乎有意要将整个辖区的人们投入恐慌，但，这就是十三区，无人可以忽视警笛的存在。

博格斯领着我和芬尼克出了指挥部，穿过走廊和一扇门，来到一个很宽的阶梯前。人群已经聚集到这里，形成一股强大的人流，正在涌入更深的地下。没有人叫喊或者推挤，即使孩子也都很守规矩。我们朝下走，穿过一段一段的阶梯，大家都默默无语，此时任何话语都无法穿透这人流涌动的声音。我在人群中寻找着妈妈和波丽姆，但是除了我四周的人，其他人都看不到。她们俩今晚都在医院上班，所以她们应该不会错过。

我的耳鼓膨胀，眼睛也酸涩。我们已经来到与矿井深度接近的地下。唯一让人感到舒服的是，我们下得越深，警笛尖厉的呼啸声越微弱。这警笛似乎是有意将我们赶到地下，我想肯定是的。已经有人分组进入指定的大门内，但博格斯仍带着我们往下走。直到阶梯尽头，出现了一个巨大的山洞，才停了下来。我准备直接进去，博格斯拦住我，让我在一个扫描仪前挥动手臂，这样我就等于做了记录。显然，有关信息会通过计算机传递出去，以确认不会有人走错了路。

这个地方看上去很难确定是人工开凿的，还是天然形成的。有些地方是石壁，有些地方安装了钢架，或用水泥进行了加固。睡觉的铺位直接嵌入石壁。这里还有厨房、浴室和急救站。看来此处的设计是为了较长时间的紧急避难。

写有字母和数字的标识挂在巨洞的内壁。博格斯指示芬尼克和我向我们所相对应的区域指挥台报到——比如，E指挥台对应我所居住的E房间——这时，普鲁塔什朝我们慢慢踱了过来，他说："啊，你们来啦。"最近发生的许多事情对普鲁塔什的情绪都没有太大影响。他仍沉浸在比特成功插播电视节目的愉快情绪中。他看到了森林，而不见树木；他着眼于十三区即将面临的袭击，而对皮塔的境遇不予理睬。"凯特尼斯，显然这对你来说是最糟糕的时刻。皮塔已经遭到挫败，但你要知道其他人的眼睛都在看着你。"

"什么？"我说。我不能相信他把皮塔的不幸处境贬低为一种挫败。

"在掩体里坚持战斗的人们眼睛会盯着你。如果你勇敢，他们也勇敢。如果你惊慌，那惶恐就会像野火一样蔓延。"普鲁塔什解释道。我没吱声，只是看着他。"应该说，火焰已经燃烧起来了。"他继续说，好像我反应迟钝，没能马上理解他的话似的。

"那我干吗不假装正在拍摄，普鲁塔什？"我说。

"是的！太棒了。人们在观众面前总会变得更勇敢些。你瞧皮塔那样子！"

我强忍着才没给他一耳光。

"我要在**一级战备状态**启动之前回到科恩那里去。你干得不错!"说完,他转身走了。

我来到贴着一个大字母E的标识前。我们指定的居住区域是一块十二英尺见方的地方,地上画着线。两张铺位嵌在石壁上——我们家有一个人要睡在地上——地面有一个不大的空间用来储物。一张用透明塑料布包裹的白纸上写着:**铺位使用规定**。我使劲盯着纸上的小黑字看。有一会儿,飘浮在我眼前的血迹似乎使我无法看清其他的东西。慢慢地,我终于看清了上面的字迹。第一部分小标题是"入住"。

1.确保这个区域的所有人都已通过确认。

妈妈和波丽姆还没来,但我是首先来到这个居住区域的人。她们也许还在帮助安置病号。

2.到供给站为每位居住者取回一个包裹,将物品安置在居住区域内,之后将空包裹交回。

我环视整个洞穴,终于看到了**供给站**,那是一个前面有柜台的很深的房间。大家都在房间外等候,但现在人还不算多。我走过去,把我们的居住号码交过去,要求拿三个包裹。一名男子查了一下记录单,从架子上取了指定的包裹,然后扔到柜台上。当我背起一个包裹,用手抓住另外两个包裹之后,我发现身后已经很快排起了长队。"劳驾。"我边说,边拿着包裹往外走。是时间的关系?或者普鲁塔什说得对,人们在按我的行为方式做事？

回到自己的居住区域，我打开其中一个包裹，里面有一个很薄的垫子、被褥、两套灰色的衣服、一支牙刷、一把梳子和一支手电筒。在打开另外两个包裹后，我发现与前一个包裹的唯一区别是这两个包裹里既有灰色，也有白色的衣服。这是给妈妈和波丽姆的，万一她们需要完成医护任务时可以穿。我铺好床，放好衣服，归还了包裹之后，便无事可做，只好再看最后一条规定。

3.等待进一步指令。

我盘腿坐在地上等候。越来越多的人来到这里，找到自己所在区域、领取包裹。不久，这地方的人就满了。我纳闷是不是妈妈和波丽姆今晚要跟病人一起过夜。可是，不，应该不会，她们在这里的名单上。我开始有点担心了，这时妈妈出现了。我看着她身后陌生者的人流。"波丽姆呢？"我问。

"她没在这儿？"她答道，"她应该直接从医院来这儿啊。她比我还早走了十分钟呢。她在哪儿？她能去哪儿呀？"

我闭目静思，就像打猎时追寻猎物的踪迹一样，我试图想出她究竟在哪里。她听到警笛声立刻开始行动，她冲上前去帮助病人，当有人告诉她去地下掩体时，她点头答应，站在阶梯处却犹豫起来，内心不安。可为什么？

我突然睁开了眼睛，"是猫！她跑回去找那只猫了！"

"噢，不。"妈妈说道。我和妈妈都清楚我的猜测是对的。随即我们逆着人流往外走，试图走出地下洞穴。在阶梯上方，我已经看到有人正在关闭厚重的铁门。他们正缓慢地旋转门内侧的金属轮子。不知怎的，我知道这扇门一旦关闭，再说任何话都不可能让士兵把它打开了，也许到那时这门已经不是他们能控制的啦。我一边拼命推开人群，一边大喊着叫他们不要关门。门仍在缓慢关闭，只有一码的距离了，一英尺；在大门只剩下几英寸就要关闭的时候，我把手插在大门缝隙里。

"打开！让我出去！"我大喊道。

士兵一脸的诧异，他们开始把轮子反方向旋转。缝隙太小，我还是过不去，可已经不至于把我的手指挤烂。我趁机把肩膀挤进去。"波丽姆！"我冲着上面的阶梯大喊。在我设法往外挤的时候，妈妈在一旁不停地央求士兵。"波丽姆！"

这时我听到微弱的声音，脚步踏在阶梯上的声音。"我们来啦！"我听到妹妹的喊声。

"别关门！"那是盖尔的声音。

"他们来啦！"我对士兵说。他们把门又打开了一英尺。可我不敢出去，生怕他们把我们一起关在门外。这时波丽姆气喘吁吁地跑过来，脸涨得通红，怀里抱着毛茛花。我把她拽进来，盖尔跟在她后面，怀里还抱着一堆东西，他也侧身从缝隙里挤了进来。随着吮当一声巨响，大门终于关上了。

"你们干什么呢？"我生气地摇晃着波丽姆，然后把她抱在怀里，毛茛花夹在我们俩之间。

波丽姆早已准备好了充分的理由，她脱口而出，"我不能扔下它不管，凯特尼斯。不能再一次把它扔掉了。它在屋子里急得团团转，它是回来保护我们的。"

"好吧，好吧。"我做深呼吸，好让自己也平静下来。然后退后一步，揪起毛茛花的领毛，"我当初真该把你淹死。"它耷拉下耳朵，举起一只爪子。在它还没来得及叫的时候，我就呜呜地叫起来。它好像挺不高兴，它觉得只有它才能发出呜呜的猫叫以示蔑视。没办法，它只好发出猫的无助的喵喵声，这立刻招来妹妹为它辩护。

"噢，凯特尼斯，不要嘲笑它。"她说着，一边把它抱紧在自己怀里，"它已经很不安了。"

这么说我还伤了小畜生的感情，我真想好好奚落它一下。可波丽姆真的为它伤心。所以，我干脆就把毛茛花的皮毛当做一副不错的手套。许多年来我就是靠这种想象熬过来的。"好吧，对不起。我们的住处在石壁那边，有一个大E字母的地方。趁着还没人赶它，赶紧把它安顿好吧。"波丽姆赶紧走到了我们的居住区域。这时我发现我和盖尔正面对面站在那里。他抱着从十二区我家厨房拿来的医药用品。这时一幕幕场景在我的眼前闪现：我们最后一次谈话、接吻、一切的一切。我的猎物袋搭在他的肩上。

"如果皮塔说得没错，这些也都完了。"他说。

皮塔。血流如注，像打在窗上的雨水，像靴子上的湿泥。

"谢谢……你所做的一切。"我接过那些东西，"你去我们家干什么？"

"只是检查一下。需要帮忙的话，我们住在四十七号区域。"他说。

在大门关闭时，所有的人都已经到了自己的特定位置。所以，当我穿过石洞，来到自己的新家时，至少五百个人在看着我。刚才慌里慌张地向外冲，实在太莽撞了，为了弥补，我现在表现得极为镇静，好像这样能骗得过大家似的。别再想什么树立榜样的事了。噢，谁在乎呢？反正他们都觉得我是神经病。其中有一个人，我可能刚才把他撞了，与我的眼光相遇，正不无怨艾地揉着他的下巴。我差点冲他嘘出声来。

波丽姆把毛茛花安顿在下面的铺位，用毯子裹住它的身子，只露出头。毛茛花打雷害怕的时候，波丽姆就这么弄。妈妈小心地把她的盒子放在储物处。我背靠石壁，蹲在那里，想看看盖尔究竟在我的猎物袋里装了些什么。那本关于植物的书、打猎时穿的夹克、父母的结婚照，还有我抽屉里的私人物品。我的嘲笑鸟胸针——现在它别在西纳为我设计的服装上、金纪念挂链、银降落伞包裹的插管和皮塔的珍珠。我把珍珠紧紧裹在降落伞里，藏到猎物袋最里面，好像这就是皮塔的生命，只要我守护着它，就没人能把它夺走。

警笛微弱的响声突然停止了。扩音器里传来科恩的声音，她感谢大家能够迅速有序地从上面的楼层撤离。她强调说，这次撤离并不是一次演习，因为来自十二区的皮塔·麦拉克在电视访谈时暗示，今晚十三区可能遭到攻击。

这时，第一颗炸弹击中了十三区。先是一阵强烈的震颤，继而传来了轰隆的爆炸声。伴随着这声巨响，我的五脏六腑都跟着震动起来，它似乎在敲击着我的骨髓，震动着我的牙根。**我们都会死去的**，我想。我抬起眼睛看着石洞顶部，心想那里可能会出现裂缝，石块也会像雨一般落在我们的头顶，但地下掩体只是轻微震颤了一下。电灯突然灭了，洞里一片漆黑。四周人们发出的各种声音——尖叫声、粗重的喘息声、孩子的哭声、神经质的笑声——混成一片。接着传来发动机的嗡嗡声，昏暗摇曳的微光代替了十三区通常的白炽灯光。这很像在十二区家中的冬夜里昏暗的蜡光或微弱的火光。

我在这昏暗的灯光里，用力抓住波丽姆的腿，让自己靠她更近些。她用平静的声音安慰着毛茛花，"没事的，宝贝，没事啊。我们在这下面都会没事的。"

妈妈伸出手臂抱住我们俩。我让自己像小时候一样偎在妈妈的肩头。"这跟八区释放的炸弹不一样。"我说。

"也许是钻地弹。"波丽姆说。怕毛茛花受惊，她的声音很轻。"我在新公民知识指南里看到过。这种炸弹能钻入地下很深的地方，然后爆炸。反正轰炸十三区地面也没用。"

"是核弹吗？"我问，浑身一阵冷战。

"不一定。这种炸弹就是炸药特别多。可是……两种炸弹都有可能，我猜。"波丽姆说，

在昏暗的光线下看不清远处沉重的铁门。在核弹爆炸时，它能保护我们吗？假如这门能把核辐射完全挡在门外——这可能性并不大，那么我们还能从这儿出去吗？想到可能在这个石洞中度过余生令我感到害怕。我很想朝着大门疯狂地跑过去，要求开门把我放出去，不管外面是什么样的，可这也没有意义。他们恐怕永远都不可能让我出去，而我也不过是瞎跑乱窜一通罢了。

"在这么深的地方，我敢肯定咱们不会有事的。"妈妈有气无力地说道。此时她脑子里是不是在想爸爸当时被炸成碎片的情景呢？"好险啊，感谢上帝，幸好皮塔警告了我们。"

警告。这是一个多么平淡无奇的词语，可他为了给我们一个"警告"却付出了很多，首先要得到情报、还要找到时机、

并需拿出勇气。可这其中也有我想不明白的地方，皮塔似乎在发出这个情报时有颇多挣扎。为什么？轻松驾驭语言是他最擅长的事情。是否因为受到了太多折磨才使他难下决心？还是别的什么？是不是他的精神出了问题？

这时传来科恩的声音，她的口气听上去非常严肃。随着她说话声音的起落，灯光也摇曳不明。"很显然，皮塔·麦拉克的信息是准确的，我们对他万分感激。传感器显示第一颗炸弹不是核弹，但威力强大。我们预计还会有更多的炸弹袭击。在受袭击期间，如未接到通知，请各位公民一定要待在自己的指定地点。"

一个士兵过来通知妈妈，急救站需要她过去。虽然急救站离我们只有三十码远，可她并不愿意离开我们。

"我们会很好的，真的。您觉得有什么事发生了它会不知道？"我手指着毛茛花说。这时那猫心不在焉地冲我喵地叫了一声，我们都轻轻地笑起来。即使是我也为它感到难过。妈妈走后，我对波丽姆说："你干吗不和它一起爬上去睡会儿，波丽姆？"

"我知道这想法很愚蠢……可我害怕炸弹来的时候，那铺会塌下来，砸到我们。"她说。

如果铺位能塌下来，那么整个石洞也会塌下来，把我们所有人都埋在里面，可我觉得这种逻辑对我们也没什么帮助。所以我把储存物品的地方清理了一下，给毛茛花刨了个窝。之后又在猫前面铺了张垫子，好让我和波丽姆躺在上面。

大家都分成组，轮流使用卫生间，刷牙洗脸什么的。但今天是不允许洗澡的。我和波丽姆蜷缩在垫子上，垫子叠成了双层，因为地洞的湿气很重。而毛茛花，即使波丽姆不断安慰它，它仍然十分难过，它也蜷在自己的"窝"里，有气无力地喘着气。

　　尽管这里的条件很差，能跟妹妹在一起，我仍然很高兴。我来到十三区以后有许多烦心事——不，是从饥饿游戏开始以来，真的——我几乎没有关注过她。我本应像过去一样好好守护着她，可我却没有。不管怎么说，最后去我们住处检查的是盖尔，而不是我。我要弥补她啊！

　　我意识到我甚至没有问过她来到十三区，经历了这么大的变故之后有什么感受。"唔，波丽姆，你觉得十三区怎么样？"我开口问道。

　　"你是说现在？"她问。我们俩都笑了起来。"我有时候特别想念家乡，可我又想起家乡的一切都没有了。我在这里感觉更安全。我们不用再为你担心了。嗯，应该说，就算担心也是不一样的啦。"说到这，她顿了一下，接着羞赧地笑了，"我想他们要训练我当一名医生。"

　　这事我还是第一次听说。"他们当然会，谁不这么做谁就是傻瓜。"

　　"我在医院帮忙的时候，他们一直在观察我，我已经开始上药理课了。不过内容都是初级的，我在家的时候就已经知道不少了。可不管怎样，要学的还挺多的。"她对我说。

　　"这真是太好了。"我说。波丽姆当医生。要是在十二区，这是她想都不敢想的事情。忽然间，一团小小的希望之火在我心中悄悄燃起，一扫我心中的阴霾，也许，这就是反抗凯匹特的事业所能成就的一种未来吧。

　　"你呢，凯特尼斯？你对这里适应吗？"波丽姆边说，边轻轻地揉着毛茛花的脑门，"别告诉我你很好。"

没错。好,确实与我不沾边。所以我就把皮塔的事讲给她听,从电视上看皮塔的状况越来越糟,我觉得他们现在可能正在处死皮塔。波丽姆的注意力都转移到了我这里,毛莨花只好孤零零地自己待在一边儿。波丽姆挪过来,和我挨得更近些,她用纤细的手指把我的头发捋到耳后。我不再说话了,因为已经无话可说,我能感到的只是内心的绞痛,疼得甚至已经没有了心跳,但这又有什么好说的呢。

"凯特尼斯,我觉得斯诺总统不会杀死皮塔。"她说。她当然会这么说,为的是安慰我。可她接下来说的话确实让我吃了一惊。"如果他把皮塔杀了,**他就不再拥有任何你想要的东西,也就再也没有办法伤害你了**。"

她的话突然让我想起了另外一个目睹了凯匹特所有邪恶的女孩,她就是约翰娜·梅森,上次饥饿游戏中来自七区的"贡品"。当时丛林里的叽喳鸟正发出你所爱的人受折磨的声音,我担心她受到伤害,试图阻止她进入丛林,可她把我推开说:**"他们不可能伤害我,我不像你们,我已经没有可爱的人了。"**

是的,我想波丽姆的话是对的。斯诺不会再白白地让皮塔死掉,特别是在嘲笑鸟引起这么大混乱的现在。他已经杀死了西纳、毁坏了我的家园,而我的家人、盖尔,甚至黑密斯都不在他的掌控范围内。皮塔是他最后的一张牌了。

"那么,你觉得他们会怎样处置他?"我问。

波丽姆说出下面的话时,好像变成了一个深邃的老者。

"任何事,只要能摧毁你。"

11 疯狂阿猫

什么能摧毁我？

在等待从这个安全的监狱里被放出去的三天里，这个问题一直萦绕在我心头。什么能把我撕成成千上万的碎片，好让我再也不能恢复，再也无力做任何事？这件事我对任何人都没提起过。可无论昏昼，这个问题都在不停地咬啮着我、吞噬着我、折磨着我。

接下来，又有四颗钻地弹袭击了十三区，每一颗炸弹都威力巨大，但都没有造成大的伤害。不过炸弹爆炸的间隔时间很长，每当人们以为空袭已经结束时，又一声巨响会把人的肠子震断。投放这些炸弹目的似乎是为了让我们永远处于一级响应状态，而不是炸死十三区的百姓。他们想让整个十三区瘫痪，没错。这里的人们想要重建家园，就要费尽九牛二虎之力。可话说回来，也许凯匹特是想摧毁它？不。在这点上，科恩说得对。你不会摧毁你将来想要得到的东西。我想短期内他们真正想要的是摧毁十三区的**电视袭击**计划，同时不让我再出现在帕纳姆的电视屏幕上。

对于目前的形势，我们得不到任何消息。电视屏幕总是黑的，我们只能听到扩音器里传来的科恩的广播，告诉我们最近一颗炸弹是什么性质的。可以肯定的是，战争仍在继续，但战况如何，我们不得而知。

在地下洞穴，大家十分合作，并严格遵守时间表：吃饭、洗澡、锻炼、睡觉。大家有时可以进行短暂的社交活动，作为这枯燥的生活一点调剂。我们的住处成了大家特别爱来的地方，因为毛茛花让他们很着迷。它因为表演**疯狂阿猫**的节目而成了名猫。这个游戏是一年冬天断电时我发明出来的。只要拿着手电筒在地板上乱照，毛茛花就会去捉地上的影子。我很愿意玩这个游戏，因为这让毛茛花显得很愚蠢。难以置信的是，这里的人们都觉得它既聪明、又可爱。他们甚至好到给我多余的电池——这真是巨大的浪费——专门用来干这个。十三区的老百姓确实太缺乏娱乐活动了。

到了第三天晚上，我在表演"疯狂阿猫"节目时，终于得到了一直萦绕在我心里的问题的答案。这个疯狂的猫就是我自己的写照。我就是毛茛花，皮塔，我如此渴望加以保护的人，就是那影子。只要毛茛花对抓住那虚幻的影子还抱着一点希望，它就会不顾一切地去抓它。（自从我离开竞技场，知道皮塔还活着，我就一直处于这种状态。）当光线完全消失时，它就恢复正常，继续找些别的感兴趣的事情。（皮塔如果死了，情况就会这样。）但只要我一直开着手电筒，把光线打在毛茛花头顶的石壁上，打在它跳起来都够不着的地方，它就会一直疯狂地忙个不停。它在石壁下面打转儿，不住地哀嚎，它平静不下来，也不会关心别的事情。在我关掉手电筒之前，它什么都不会干。（斯诺现在对我所做的正是如此，只是我不清楚他会采用什么方式。）

也许斯诺需要的正是我这么想。他把皮塔掌控在自己手中，只要反叛继续，他就不停地折磨他。一想到皮塔受折磨完全是为了打击我，就让我难以忍受。它给我的巨大压力简直快要令我崩溃了。

"疯狂阿猫"表演结束之后，我们被指示上床睡觉。电时有时无；有时灯很亮，有时却极为昏暗，我们只有眯起眼来，才能看清彼此。就寝时间，他们把灯控制在很暗的程度，然后点亮每个铺位附近的安全灯。波丽姆终于觉得石壁不会塌下来，于是就和毛茛花蜷缩在下铺。妈妈睡在上铺。我提出睡在上铺，但她们不让，说我晚上睡觉又踢又打，很不老实，于是我仍睡在地面的垫子上。

但我现在不会踢打了，要强打精神的压力使我的肌肉僵硬强直。我内心那种痛苦的感觉又回来了，它像细菌，正传遍我的全身，从躯干一直延伸到四肢，继而又爬到我的脸上，在那里留下满布的裂痕。只要再来一颗钻地弹，我就会被震得粉碎。

当心神不宁的人们终于睡去时，我悄悄地从毯子里钻出来，蹑手蹑脚地在石洞里找到芬尼克。不知怎的，我觉得他能够理解我。他正坐在床位的安全灯下打绳结，他甚至不去假装睡觉。当我把斯诺企图使我崩溃的计划告诉他时，我突然意识到，这对他来说早已不是什么新闻。他就是这样崩溃的。

"他们就是这样对待安妮的，对吧？"我问。

"嗯，他们没有逮捕她是因为他们认为从她那儿不能得到叛乱的信息。他们也知道我不可能冒险告诉她任何这方面的事情，为了保护她。"

"噢，芬尼克，我很难过。"我说。

"不，应该难过的是我。我没能警告你。"他对我说。

突然，我想起了过去发生的一件事。我被绑在床上，在获救后因为气愤和痛苦而处于癫狂状态。为了皮塔的事，芬尼克设法安慰我，*"他们很快就会知道他什么都不知道。如果他们觉得能利用皮塔来对付你，就不会杀死他。"*

"你警告过我。在飞机上，可当你说他们会利用皮塔来对付我时，我以为他们会用他做钓饵，引诱我去凯匹特。"我说。

"我当时连这个都不该跟你说，我当时跟你说的时候已经太晚了，对你也没用。既然在世纪极限赛之前我没有警告你，那之后我根本不该跟你提起斯诺的伎俩。"芬尼克猛地一拉手里的绳子，一个复杂的绳结打开，又变回了一条直绳，"可当时你在某些方面我也不能理解。在你第一次饥饿游戏之后，我以为你和皮塔的浪漫故事不过是你的逢场作戏。我们都以为你会把这个策略继续下去，可是当皮塔撞上电磁力场，差点死了的那次，我却……"芬尼克犹豫了一下。

我回忆起在竞技场，当芬尼克救活皮塔的时候，我怎样伤心地哭泣。当时芬尼克的脸上确实露出不解的神情。他当时还替我解释，说我的情绪反应是因为怀孕的缘故。"你却怎么啦?"

"我却发现我错看了你。你确实爱他，虽然不能确定是哪种爱。也许你自己也不了解自己。但任何人只要稍加留意，就都会看到你多么地在乎他。"他轻声说。

任何人？胜利巡演开始前，斯诺曾到我家里去，他要求我打消所有人的疑虑，使他们相信我确实爱皮塔。"让我相信。"斯诺说。现在看来，在那片炙热的粉红色天空下，当皮塔身处地狱边缘的时候，我终于做到了这一点。而正是由于我做到了，所以才给了斯诺以击垮我的武器。

芬尼克和我不再说话，我们静静地坐了很长时间，我看着他手里的结打上又解开。最后我终于开口问道："你是怎么忍受这一切的？"

芬尼克抬起头，用难以置信的眼神看着我。"我没办法，凯特尼斯，显然，我没能做到。每天早晨我都从噩梦中醒来，可发现不睡觉时也好不到哪儿去。"看到我脸上的表情，他没再说下去，"最好不要放弃，要自己振作起来比让自己崩溃要难十倍。"

是啊，他一定知道那滋味是什么。我深吸了一口气，强迫自己振作起来。

"你找点事做，越能分散自己的注意力越好。明天早晨第一件事就是给你自己找一段绳子。到那时，你再像我一样干。"

那晚，我坐在垫子上拼命地打着绳结，然后拿到毛茛花面前让它检查。如果它觉得哪个绳结没打牢，它就击打、撕咬绳结，直到它觉得已经打牢了。到了早晨，我的手酸疼，但我仍在打。

在二十四小时没有炸弹袭击警报的情况下，科恩终于通知我们可以离开地下掩体。我们原来的家已经被炸弹炸毁了，每个人都必须按照新的指令搬到新的居住区。我们按指令清理好自己居住的铺位，然后有序地走出洞穴。

我走到一半时，博格斯出现了。他把我从队伍里拉出来，接着又示意盖尔和芬尼克也跟我们走。我们经过人群时，大家都主动给我们让开路，有几个人甚至还冲我笑笑，看来"疯狂阿猫"节目确实使他们觉得我更可爱了。我们走出大门，走上阶梯，穿过大厅，坐上一个多向电梯，最后我们来到**特防部**，我们一路经过的地方都没有遭到破坏，看来我们还在很深的地下。

博格斯引领我们进入一个和**指挥部**几乎一样的房间，科恩、普鲁塔什、黑密斯、克蕾西达围坐在桌边，每个人都面色疲惫。有些人终于忍不住，喝起了咖啡——尽管在这里，咖啡被视为紧急情况下提神的饮品——普鲁塔什用双手紧握着咖啡杯，好像杯子随时都会被人拿走一样。

大家没有见面后的寒暄，直接切入主题。"我需要你们四个赶快准备，到地面进行拍摄，你们只有两小时时间，拍摄地面被轰炸的情况，确认十三区的军事设施不仅没有被摧毁，反而非常强大，最重要的是，嘲笑鸟还活着，还有什么问题吗？"总统说。

"我们能喝杯咖啡吗？"芬尼克问。

热气腾腾的咖啡正好被端过来。我很不感兴趣地看着这闪着亮光的黑色液体。我对这东西从来都不怎么感兴趣，但我觉得它能帮我打起精神。芬尼克在我的杯子里倒了些奶，然后伸手去拿方糖。"来块方糖吗？"芬尼克用他一贯的极具诱惑力的口吻问道。这使我回忆起我们初次见面时的情景。当时，我们都已经为观众涂脂抹粉、穿戴整齐，正准备游行，四周全是彩车和马匹。芬尼克也用这种口吻问我吃不吃糖。那时，我们还没有结成同盟，我还对他的性格一无所知呢。想到这儿，我笑了起来。"喏,这样味道就更好了。"他接着用正常的声音说,边在我的杯子里放了三块糖。

当我转过身,准备去换上嘲笑鸟的服装时,我瞥见盖尔正不开心地盯着我和芬尼克。怎么?难道他真以为我和芬尼克之间有什么?也许他昨晚看到我到芬尼克那儿去了,也许我当时经过了霍桑家的住处,他看到我找芬尼克而不是去找他。唉,好吧。昨晚打绳结我的手指生疼,我的眼睛已经睁不开了,摄制组正等着我的良好表现,皮塔还攥在斯诺手里。在这节骨眼上,盖尔爱怎么想就怎么想吧。

在**特防部**的新化妆间里,我的化妆师们为我快速换上嘲笑鸟服装,整理好头发,在我的咖啡还没凉的时候,就已经化好了最简单的妆。不到十分钟,摄制组人员已经开拔了,在迷宫似的地下通道里转来转去。我边走边啜饮自己的咖啡,发现奶和糖确实使它增色不少。当我把杯子里残剩的最后一滴咖啡喝干净时,我确实觉得自己的血流加快了。

在爬到最后一个梯子时,博格斯拉开一个铁栓,打开了活板门。新鲜的空气扑面而来。我大口地吸着新鲜空气,第一次允许自己把对地下洞穴的厌恶感宣泄出来。来到树林里,我用手摩挲着头顶的树叶,有些叶子就要变黄了。"今天几号?"我随意问道。博格斯告诉我下周就到九月份了。

九月,也就是说皮塔在斯诺的手里已经有五到六周了。我看着掌心里的一片树叶,发现手在颤抖,停都停不下来。都怨那杯咖啡,我集中精神让自己急促的呼吸缓慢下来。

前面的树林子里出现了散落的弹片,一个弹坑也赫然呈现在我们眼前,这是我们看到的第一个弹坑,直径有三十码,至于它的深度，我说不清。很深很深。博格斯说在地下前十层的人都难以幸免。我们绕过大坑，继续往前走。

"还能重建吗?"盖尔问。

"近期不会。这儿也没什么重要设施，只有几个发电厂和养鸡厂。我们会很快把它封了。"博格斯说。

当我们走到隔离网附近时，树木消失了。弹坑旁堆满以前的和新产生的碎石。在爆炸发生前，十三区的大部分都在地下。地面只有几个岗哨、训练营，还有大约一英尺高的顶层建筑露在外面——毛茛花的窗户就是从这里打开的——再上面是几英尺厚的钢板。即使如此，这些建在地下的房子也抵御不了很猛烈的攻势。

"那男孩给你们的警报发挥了多大的作用?"黑密斯问。

"比我们自己的导弹预测系统要早了约十分钟。"博格斯说。

"可这确实帮上大忙了，对吧?"我问。如果他的回答是"不"的话，我是不能忍受的。

"绝对。"博格斯答道，"十三区公民都安全撤离了，在遭到攻击时，一分一秒都至关重要。十分钟意味着无数的生命被挽救。"

波丽姆，我想，还有**盖尔**，只是在袭击前几分钟才到达地下掩体。是皮塔救了他们。把他们名字列入长长的名单中，我为这一切而对皮塔心存感激。

克蕾西达希望我在司法大楼前的废墟上拍摄。这是一个讽刺，多年来凯匹特一直把这里当做他们拍摄虚假新闻的背景，说明这个区已经不存在了。在经历了最近一次的导弹袭击之后，司法大楼距离一个新弹坑只有十码远。

当我们靠近大楼原来入口处时，盖尔似乎看见前面有东西，大家立刻放慢了速度。一开始我不知是怎么回事，定睛一看，原来地上撒满了新鲜的粉红色和红色的玫瑰。"别碰它们！"我大喊道，"这是冲着我来的。"

那刺鼻的香气传到我的鼻子里，我的心怦怦地跳着。这么说我以前在梳妆台上看到的那朵玫瑰并非是自己胡思乱想。在我面前，是斯诺的第二批馈赠。长柄的粉色和红色的漂亮玫瑰，我们和皮塔在胜利后接受采访时，周围也摆满了这样的玫瑰。这不是送给一个人，而是送给一对情侣的。

我尽力向其他人解释着。表面看来，这些玫瑰是无害的。但可能是转基因花朵。两打玫瑰，有一点打蔫了。很可能是在最后一颗炸弹爆炸后送过来的。几个身着特别防护服的人员将它们捡起来，用手推车运走了。我敢肯定他们也不会发现这些玫瑰有什么与众不同。只有斯诺心里清楚他这样做对我会产生什么影响，这就如同西纳被打得血肉模糊时，我却只能眼睁睁地隔着玻璃罩看着。他是想攻破我的心理防线。

如同当时看到西纳被殴打时一样，我要振作起来，进行反抗。然而，在克蕾西达安排卡斯特和波洛斯进入拍摄位置的时候，一种焦虑感却悄悄地爬上我心头。那些玫瑰的乍然出现，使我满脑子想的只有皮塔，已无心顾及其他，我感到无比地疲惫和倦怠。真不该喝那杯咖啡，我现在最不需要的是兴奋剂，我的身体在明显地发抖，感觉喘不上气来。在地下待了好几天，我无论往哪个方向看都需要眯着眼睛，阳光让我感觉很刺眼。虽然微风徐徐，汗珠却不住地从我的脸上滴下来。

"那么，具体需要我做什么？"我问。

"只拍几个镜头，说明你还活着，并且在继续战斗。"克蕾西达说。

"好吧。"我站好位置，然后盯着镜头。只是盯着，盯着。"对不起，我不知该怎么拍。"

克蕾西达走到我身边，"你还好吗?"我点点头。她从兜里拿出一块布，把我的脸弄脏。"还用'问——答'的形式拍摄怎么样?"

"好的，我想，这样好一点。"我抱起双臂，以掩饰颤抖。我瞥了芬尼克一眼，他冲我竖起大拇指，可他看上去也很不安。

克蕾西达准备开始拍摄，"唔，凯特尼斯，十三区被轰炸，你幸存下来，这次轰炸和上次八区的轰炸你感觉有什么不同?"

"这次我们躲在很深的地下，没有真正的危险。十三区仍然存在，一切都很好，我也很好……"说到这儿，我停了下来。我声音干瘪、苍白无力。

"这里再拍一次，'十三区仍然存在，一切都很好，我也很好'。"克蕾西达说。

我深吸了口气，让气息往下沉一沉，"十三区仍然存在，一切都……"不，这不行。

我发誓我仍能闻到那玫瑰的气味。

"凯特尼斯，就拍这一条，今天你的任务就结束了。我保证。'十三区仍然存在，一切都很好，我也很好'。"

我活动一下胳膊，好让自己放松下来。一会儿把手臂背到身后，一会儿又垂下来。我嘴里的唾液在急速分泌，感觉快要吐了。我使劲吞咽，然后张开嘴准备把那句愚蠢的话说出来，之后我就可以躲到林子里，什么都不管了——可我却哭了起来。

我当不了嘲笑鸟，就算完成这一句话也不可能，因为我知道我现在所说的每一句话都会直接被用来对付皮塔，其结果就是加剧了他的折磨。他不会死，斯诺不会那么轻易地就放过他，他会让他生不如死。

"停。"我听到克蕾西达轻声说。

"她怎么啦？"普鲁塔什悄声说。

"她终于想明白了斯诺会怎样利用皮塔。"芬尼克说。

围在我前面的人都不无遗憾地叹气。我已经知道事情的真相，不可能假装不知道，十三区在遭受军事打击之后，又要失去嘲笑鸟，因为身为嘲笑鸟的我就要崩溃了。

有几个人同情地拥抱了我，但我最渴望的却是黑密斯的拥抱，因为他也爱皮塔。我喊着他的名字，希望得到他的安慰。他抱着我，轻拍着我的后背说："会好的，一切都会好的，亲爱的。"他扶着我坐到一根断开的大理石柱上，用一只手臂搂着我，而我还在不停地哭泣。

"我不能再干这个了。"我说。

"我知道。"他说。

"我满脑子想的只有一件事，如果我做了嘲笑鸟，他会怎样对待皮塔！"我大声说。

"我知道。"黑密斯把我搂得更紧了。

"你也看到了？他的样子多么奇怪！他们对他——做了什么？"我抽泣得说不出话来，但最后强忍着抽泣说出一句话，"这都是我的错！"接着我就失去控制，歇斯底里地嘶叫起来。随即，一支针头扎在我的胳膊上，我失去了知觉。

无论当时给我注射的是什么药，那药力一定很强，我醒来时，已经是一天以后了。可我睡得并不安稳，在梦中，我好似独自走在一个阴森恐怖的黑暗世界里。黑密斯正坐在我床边的一张椅子上，眼睛充血，皮肤蜡黄。我想起了皮塔，又开始发抖。

黑密斯伸出手，抓住我的肩膀，"没事的，我们会尽力把皮塔救出来的。"

"什么？"我没明白过来。

"普鲁塔什已经派出营救分队，他那边有内线。他认为我们能把皮塔活着救出来。"他说。

"那我们以前为什么没救他？"我说。

"因为那样做代价很大。但大家都认为现在必须这么做。这就像我们在竞技场时必须做出的抉择一样。我们现在不能失去嘲笑鸟，而你只有在知道斯诺不能再利用皮塔时，才能正常工作。"黑密斯递给我一杯水，"喏，喝点水吧。"

我慢慢坐起来，喝了一小口水，"你说代价太大是什么意思？"

他耸耸肩，"内线被破坏，有人会死。但不可否认每天都有人面临死亡威胁，不仅仅是皮塔；我们也准备为芬尼克把安妮救出来。"

"他现在在哪儿？"

"在屏风后面睡觉，他也打了镇静剂。我们把你弄晕过去以后，他也发疯了。"黑密斯说。我苦笑了一下，觉得身上稍有了点力气。"是啊，这次拍摄任务还真不错，你们俩疯掉了，博格斯去安排营救皮塔的事，我们又要回到过去了。"

"唔，如果博格斯亲自带领小分队去，那更好了。"我说。

"噢，这事由他牵头组织，是自愿报名，当时我举手，他却假装没看见。瞧，他的判断力可真强。"黑密斯说。

不对头啊。黑密斯为了让我振作起来，也太卖劲了。这不是他一贯的风格。"那么，还有谁自愿报名参加？"

"我想总共有七个人。"他支支吾吾道。

我内心深处有种不好的感觉。"还有谁，黑密斯？"我追问道。

黑密斯不再装作好脾气的样子，"你知道还有谁，凯特尼斯。你知道谁会第一个报名。"

当然我知道。

是盖尔。

 **再见皮塔**

今天我有可能会失去他们两个。

我设法想象盖尔和皮塔的身影都已消失的世界。我手指冰凉、目光呆滞，站在他们的尸体旁，看他们最后一眼，然后离开他们躺着的房间。当大门打开，我踏入外面的世界时，一切都如此空虚，等待着我的是苍白空芜的未来。

"需要给你打镇静剂吗？直到这一切结束。"黑密斯问。他没有开玩笑。这个人的大半辈子都跟酒瓶子打交道，麻醉自己，好从凯匹特给他带来的痛苦记忆中解脱出来。那个赢得了第二届世纪极限赛的十六岁的男孩肯定也有他所爱的人——家人、朋友、也许还有一个女朋友——他要拼力活着，回到他们身边。可他们都在哪里？为什么在我和皮塔偶然闯入他的生活之前，他的生命里竟然没有其他人？斯诺对他们做了什么？

"不，我想去凯匹特，我也要参加救援行动。"我说。

"他们已经走了。"黑密斯说。

"他们什么时候离开的？我可以赶上他们。我可以……"

什么？我还能做什么？

黑密斯摇摇头，"那是永远不可能的，你太宝贵、也太脆弱了。有人说在救援期间把你送到另一个区，以转移他们的注意力。但是大家都觉得你控制不了局面。"

"求你啦，黑密斯！"我在祈求他，"我必须做点什么，我不能干坐在这儿，等着听到有人死去的坏消息。我一定能做点什么！"

"好吧，让我跟普鲁塔什说说。你可不要乱动。"可我待不住。黑密斯的脚步声还没有从外面的走廊里消失，我就慢慢爬下床，从隔开病床的帘子缝里钻过去。我发现芬尼克正趴在床上，两手插在枕头底下。尽管把他从迷迷糊糊的梦境中、从镇静药物带来的无声世界里拉回到残酷的现实中是出于我的懦弱，对他也很残酷，但我还是这么做了，因为我不能独自面对这一切。

当我向他说明一切之后，他最初的不安却莫名其妙地减轻了。"你难道看不出来吗，凯特尼斯，很快事情就会明了。要么这样，要么那样。到了今天晚上，他们要么死了，要么回到我们身边。这……远远超出了我们的期望！"

是啊，这是对我们目前状况的乐观看法。令人感到安慰的是这一切总算有个了断。

帘子被拉开，黑密斯站在我们面前。如果身体允许，他会交给我们一项任务。现在仍然需要拍摄轰炸后的十三区。"如果在几个小时内拍完，比特就能在救援行动开始之前把它发送出去，这样也许能把凯匹特的注意力转移到别处。"

"是的，分散他们的注意力。给他们设个圈套。"芬尼克说。

"我们需要拍摄的是真正具有强烈吸引力的片子，即使斯诺总统也没法从电视机旁走开。有这样的东西吗？"黑密斯问。

现在我们必须做一项对救援有帮助的工作，这让我陷入沉思。我在吃早饭和在做上镜前准备时，极力在想我该说些什么。皮塔被打得鲜血四溅，斯诺又送给我玫瑰，斯诺一定想知道这些事对我有什么影响。如果他想让我崩溃，我就要坚强。可是光靠在摄像机前空喊几句表示蔑视的话语不足以说明什么。另外，这也不会帮救援队节约出时间。义正辞严的喊话并不能占据很长时间。

我不知这样行不行，但我愿意一试。当摄制组人员在地面集合后，我问克蕾西达能否从询问我有关皮塔的事情开始。我坐在折断的大理石柱上，也就是我上回疯掉的地方，等着红灯亮了以后，克蕾西达开始问我问题。

"你是和皮塔怎么相识的？"她问。

听到问话，我开始侃侃而谈——这是自第一次电视访谈以来黑密斯一直希望我做的事。"我见到皮塔的时候十一岁，那时我就快要死了。"接着，我把与皮塔相遇的过程娓娓道来。我讲述了那是怎样一个凄惨的日子，我怎样想在雨中卖掉波丽姆的婴儿服，皮塔的妈妈怎样把我从面包房的门口赶走，他又如何为了给我面包而挨打，那面包如何救了我的命。"在这之前我们甚至没有说过话。我第一次跟皮塔说话还是在去参加饥饿游戏的火车上。"

"可那时他已经爱上你了。"克蕾西达说。

"我想是的。"我羞涩地微微一笑。

"你们分开后有什么感受？"她问。

"感觉不好。我知道斯诺任何时候都可能杀死他，特别是在他警告十三区要遭到轰炸之后。这种生活真是太可怕了。但正是因为他们对皮塔的所作所为，我已不再犹豫，我要倾尽全力参加到推翻凯匹特的斗争中去。我终于自由了。"我抬起头，凝望着天空，目光追寻着在天空飞翔的苍鹰，"斯诺总统曾经向我承认过凯匹特十分脆弱。那个时候，我明白他说话的意思，那时我看不清事实，因为我太害怕了。但现在我不再害怕。凯匹特十分脆弱，因为他们的一切都要依靠各辖区供给，粮食、能源甚至管制我们的治安警。如果我们获得了自由，凯匹特就会崩溃。斯诺总统，还要感谢你，我今天正式宣布我自由了。"

我的话虽算不上慷慨激昂，但已切中要害。每个人都很爱听那个关于皮塔送给我面包的故事。我对斯诺说的那番话又激发普鲁塔什的新想法。他马上把黑密斯和芬尼克叫到跟前，跟他们紧张地谈论了一小会儿。我看得出黑密斯并不怎么高兴。但普鲁塔什最终似乎说服了他们——芬尼克脸色苍白，但最后还是点了点头。

芬尼克坐在镜头前我刚才坐过的位置，黑密斯对他说："你不必非得这么做。"

"是的，我决定了。如果这样能帮助她的话。"芬尼克把绳子攥到手心里，"我准备好了。"

我不知道他会说什么，和安妮的爱情故事？还是在四区曾受到的屈辱？可芬尼克·奥迪尔讲的话却全然出乎人们的意料。

"斯诺总统过去常常……出售……出售我的身体，我是说，"芬尼克开始用平静淡漠的口吻说道，"我不是唯一被出卖的人。如果有哪个胜利者招人喜欢，斯诺总统就会把他们当做一份奖励送人，或者允许某些人出大价钱把他们买下来。如果你拒绝，他就杀死你爱的人，所以大家都不敢拒绝。"

原来是这样。难怪芬尼克在凯匹特有那么多的恋人。她们根本都不是他真正的恋人。就像我们的前治安警长克雷，他出钱给那些绝望的女孩，可生杀予夺，全凭他处置。我真想让录像停下来，为以前对芬尼克所有的误解而请求他原谅。但我们现在还有工作要完成，而我感觉芬尼克的作用要比我大得多。

"我不是唯一的一个，但我是最受欢迎的。也许还是最无助的一个，因为我爱的人也都是那么的无助。我的那些赞助人为了让自己好受些，经常会送给我金钱或者珠宝作为礼物。但事实上，我发现了一种更好的获得报酬的方法。"

秘密，我心想。芬尼克曾告诉过我，他的恋人就是以此作为给他的报酬，只不过以前我以为这是他自己的选择。

"秘密。"他说，证实了我的想法。"别换台，斯诺总统，因为这里的许多事都和你有关。但是我们还是先从其他人说起吧。"

芬尼克开始讲述那些故事，其中涉及许多细节，使人无法怀疑故事的真实性。怪异的性取向，心灵的背叛，永不满足的贪欲，血淋淋的权力游戏，深夜醉卧枕边吐露的真言。芬尼克被出售和购买，他是一个来自辖区的奴隶。当然，是个漂亮的奴隶。但实际上，却不会对任何人构成威胁。他能告诉谁？如果他说了，又有谁会相信？但有些秘密太有趣了，不得不与人分享。我不认识芬尼克说的那些人——似乎都是凯匹特的大人物——但我从化妆师的嘴里知道，在凯匹特，即使最轻微的判断失误会引来怎样的关注。如果头型弄坏了都能导致他们唠叨不停的话，那么乱伦、刺杀、敲诈、纵火又会引起怎样的轰动。这些揭露丑闻的故事将在凯匹特掀起震惊的狂涛，但无论怎样，凯匹特都会等待，正如我此时一样，等着听关于总统的故事。

"现在，该说说我们的好总统科里奥兰纳斯·斯诺了。"芬尼克说，"如此年轻时就爬到权力顶峰，如此聪明能够保持自己的权力。你一定会问，他是怎么做到的？两个字，你们必须知道，那就是*毒药*。"芬尼克回顾了斯诺总统如何在政治上往上爬——对此我一无所知——最后怎样当上了总统。他提到了一些斯诺的对手、甚至对斯诺有潜在威胁的盟友的神秘死亡。这些人中有的在参加宴会时暴亡，有些人在几个月内奇怪地慢慢消失。有些人抱怨是因为吃了不新鲜的牡蛎、或染上不知名的病毒、或者对动脉血栓未加重视。斯诺本人也用放了毒药的杯子饮酒，来消除人们的疑虑。但解毒剂并不总能起作用。人们议论说这就是为什么他总是佩戴玫瑰花的缘故，因为它发出的香气能遮掩他腐烂的嘴里冒出的血腥味。他们说，他们说，他们说……斯诺列了一个名单，没人知道谁将是下一个受害者。

毒药。毒蛇的完美武器。

因为我对凯匹特及其尊贵的总统的评价一向很低，所以芬尼克的告白并不令我感到十分吃惊。可他的话似乎对那些凯匹特的反抗者产生了更大的影响。比如我们摄制组成员，还有富尔维亚——甚至普鲁塔什偶尔也会表现得很吃惊，也许他在纳闷为什么某个趣闻怎么会与他擦肩而过。当芬尼克讲完之后，摄像机还开着，最后芬尼克自己只好说："停。"

摄制组成员赶快到室内去编辑材料，普鲁塔什把芬尼克叫到一边聊了一会儿，很可能是想看看他是不是还有更多有趣的故事。我和黑密斯留在满是碎石的现场。我纳闷如果不是发生了这所有的一切，芬尼克的命运是不是也将成为我的命运。为什么不呢？斯诺完全可以给燃烧的女孩标个好价钱。

"在你身上也发生了同样的事情吗？"我问黑密斯。

"不，我妈妈和我弟弟，还有我的女朋友，他们在我戴上胜利者桂冠之后的两周都死了，是因为我用了电磁力场的绝技。斯诺已经无法再利用什么人来对付我了。"他答道。

"我很吃惊他为什么没有直接杀了你。"我说。

"噢，不。我是一个警示，要给芬尼克、约翰娜和凯什米尔这些后来人看，一个惹了麻烦的'贡品'会有什么样的下场。可他知道他无法利用什么人来对付我。"黑密斯说。

"直到我和皮塔出现。"我轻声说。黑密斯没理会我，甚至连肩都没有耸。

工作完成之后，我和芬尼克无事可做，只能干等。我们到**特防部**去打发漫长的时间。打绳结。吃不下饭，便拿勺子使劲搅和碗里的饭。把射程内的东西打爆。因为怕通讯信号被探测到，所以救援小组没有任何信息传回来。在15：00的预定救援时间，我们安静而紧张地待在满是屏幕和计算机的控制室，看着比特和他的工作小组竭尽全力控制转播信号。他平时放松自然的面部表情，被一种我从未见过的专注和坚定所取代。我的大部分采访没有剪切，片子的长度恰好说明我还活着，我仍然在反抗。但占据大部分播放时间的却是芬尼克讲述的关于凯匹特人的声色犬马、暴力血腥的故事。是比特的技术提高了？还是凯匹特的收看者对芬尼克的故事太着迷而不愿把他的频道屏蔽？在下一个的六十分钟播放时间内，双方展开争夺，一会儿是凯匹特标准的新闻，一会儿是芬尼克，一会儿电视出现黑屏。但反抗者的技术人员技胜一筹，最终占了上风，把揭露斯诺的那一整段录像全部成功播放。

"随他去吧!"最后,比特举起双手,把转播控制权交给了凯匹特。他用一块布擦擦脸。"如果他们现在还没有被救出来,那就已经全死了。"他把椅子转过来,看着我和芬尼克对他的话的反应。"可这个计划真的很周密。普鲁塔什给你们说了吗?"

当然没有。比特把我们带到另一个房间,给我们讲救援小分队怎样计划在内线的帮助下把胜利者从地下监狱里营救出来。整个过程似乎包括摧毁通风系统、切断电源、在距监狱几英里外的政府大楼引起爆炸,以及现在的电视信号干扰。比特看到我们听不太懂他讲的东西,觉得很高兴。这样的话,敌人也不会很容易就猜到。

"这就像你在竞技场弄的电流陷阱?"我问。

"完全准确。想看看它们是怎样发挥作用的吗?"比特说。

嗯……**还是别看了**。我心想。

芬尼克和我想进入**指挥部**,这里肯定最先得到消息。但我们未获允许,因为战事正在各地进行。可我们拒绝离开**特防部**,最后只能安排我们在蜂鸟观察室等候。

打绳结。打绳结。沉默。打绳结。嘀嘀嗒嗒。这是钟表。不要想盖尔。不要想皮塔。只打绳结。我们不想吃饭。指头已经酸了,在流血。芬尼克最后停下了下来,弯腰弓背地蹲在一旁,正像他在竞技场遭到叽喳鸟攻击时一样。我接着打小绳结。《上吊树》的歌词在我的脑子里一遍遍地重复。盖尔和皮塔。皮塔和盖尔。

"你是一眼就看上安妮的吗,芬尼克?"我问。

"不是。"停顿了很久他才接着说,"是慢慢喜欢上的。"

我在心里搜寻着,但在那一刻,我脑子里想的只有斯诺总统。

一定是到了午夜，一定是到了第二天凌晨，黑密斯突然推开了门。"他们回来了。要我们去医院。"我的问题像连珠炮一样涌向黑密斯，可黑密斯打断了我，只简单地说："我只知道这些。"

我想跑，可芬尼克太奇怪了，他好像已经不会走了。所以我拉起他的手，像牵小孩似的牵着他走。我们穿过**特防部**，上了电梯，忽而转向这边，忽而转向那边，最后来到医院的附楼。这里人声鼎沸，喧闹异常。医生大声喊着，指挥人们把躺在轮床上的伤员推过大厅。

这时过来了一辆轮床把我妈妈推挤到了一边，床上躺着一个剃光了头的消瘦的年轻女人，已经昏迷过去。她身上满是淤青和正在流脓的硬痂。是约翰娜·梅森，她实际上知道有关暴动的秘密。至少知道我的情况。而这就是她付出的代价。

透过大门，我瞥见了盖尔，他的上身衣服已经脱掉，医生正在用一副很长的医用钳从他的肩胛骨往外取东西。他受了伤，但仍活着。我大喊着他的名字，正要朝他走过去，一个护士把我推开，制止了我的喊叫。

"芬尼克!"一个夹杂着快乐和兴奋的尖叫声传来。一个浑身泥污但很可爱的女人——一头卷起的黑发，一汪泉水般碧绿色的眼睛——身上只披着一条被单儿，朝我们跑来。"芬尼克!"突然，这世界上好像只剩下他们两个人，其他人都不存在了，他们穿过隔开他们的空间，猛扑到彼此的怀抱里，纠缠在一起，却失去了平衡，撞在身后的墙壁上，于是他们就靠着墙壁，拥在彼此的怀抱里，难舍难分。

我感到一阵嫉妒。并不是因为芬尼克和安妮好，而是因为他们对自己的爱坚定不移。看到他们的任何人都不会怀疑他们之间有真挚的爱。

博格斯看上去已经筋疲力尽，但没有受伤，他看到了我和黑密斯。"我们把他们都救出来了，但就是没看到伊诺贝丽。因为她是二区来的，我们怀疑也许她正在特殊的地方监禁起来了。皮塔在大厅尽头，煤气中毒症状正在消失，等他醒过来，你们可以去看他。"

皮塔。

他还活着，并且很好——也许不太好，但还活着。远离了斯诺。安全了。和我在一起。过一会儿，我就能抚摩他，看他微笑，听他开怀大笑。

黑密斯咧开嘴冲我笑着。"去吧，嗯?"他说。

我高兴得有点头脑发昏。我该说些什么? 噢，谁会在乎我说什么? 无论我做什么皮塔都会高兴得发狂。他很可能会亲吻我。我不知道这吻会不会和在竞技场沙滩上最后的吻感觉一样呢，那是直到现在我才敢回忆的甜蜜的吻。

皮塔已经醒了，正坐在床边，三个医生边安慰他，边用手电筒照他的眼睛，检查他的脉搏，他看上去有些手足无措。我觉得很遗憾，他醒来时看到的第一张脸不是我的，但他现在看到了。接着，他显出难以置信的样子，似乎还有一种更强烈的感情，我一时说不上来是什么。渴望? 绝望? 肯定两者都有。他一下子把大夫推开，站起来，朝我走来。我跑上前去，伸出手臂去拥抱他，他也向我伸出了手臂，他的手已经触摸到我，去抚摩我的脸吧，我想。

我刚要叫出他的名字，却发现自己的脖子被他的手掐住了。

13 劫持状态

　　冰冷的脖套卡着我的脖子很不舒服，使得我更难控制自己的颤抖。在那个令人窒息的机器里，我听着转动的部件在我的耳边咯咯作响，同时还有一个机器发出的声音告诉我不要动，而我怀疑自己是否还能呼吸。现在，至少我已经从那机器里出来了。即使现在，已经告诉我不再有永久性伤害的情况下，我也极度渴望呼吸。

　　医生对我最大的顾虑——对脊椎的损伤、呼吸系统损伤、静脉动脉损伤——都已排除。淤伤、声音嘶哑、喉咙疼痛、还有奇怪的咳嗽，都无需太担心。这一切都会好起来的。嘲笑鸟不会失去她的声音。那么，诊断我是不是疯了的医生在哪里？只是现在不允许我说话。甚至博格斯来看望我时，我都不能开口对他表示感谢。他安慰我说，士兵在进行搏斗训练时，有些人受的伤比这严重得多。

　　当时多亏博格斯一拳打倒皮塔，我才不至于受到致命伤。我知道如果黑密斯不是毫无防备，他也会来救我的。同时让黑密斯和我都猝不及防并不是件容易事，都是因为我们一心只想着救出皮塔，担心他在凯匹特受尽折磨，又因为他获救而欣喜若狂，才放松了警惕。当时皮塔处于疯癫状态，如果我和皮塔是私下里相会，他弄不好就把我掐死了。

不，不是疯癫状态。我提醒我自己，**是劫持状态**。这是我坐轮椅穿过过道时听到普鲁塔什对黑密斯说的。**劫持状态**。我一头雾水。

我被袭击后没多久，波丽姆就来到病房，她紧紧靠在我身边，在我身上又加了一条毯子。"我想医生很快就可以把脖套取掉了，凯特尼斯。那时你就不会这么冷了。"妈妈正在进行一场复杂的手术，因此她现在还不知道皮塔袭击我的事。波丽姆抓住我紧攥着拳的一只手，轻轻地揉搓着，直到我的手指慢慢分开，血液在我的指尖流通起来。她正要揉搓我的另一只手，这时医生出现了。拿掉了我的脖套，给我注射了止疼消肿的药物。我按医生的指令静静地躺在床上，尽量避免引起颈部的疼痛。

普鲁塔什、黑密斯和比特一直在大厅里等候医生允许他们来探视。我不知道他们是否已经告诉了盖尔，但盖尔没来，所以估计没告诉。普鲁塔什请医生出去，同时命令波丽姆也出去。但波丽姆说："不行，如果你们非让我出去，我就把发生的一切告诉妈妈。而且我警告你，她一直都不想让饥饿游戏组委会的人给凯特尼斯拍什么录像，特别是你又没照顾好她。"

普鲁塔什觉得很没面子，可黑密斯却咯咯地笑了起来，"要换了我就不再较真儿了，普鲁塔什。"于是，波丽姆留了下来。

"是这样，凯特尼斯，皮塔的状况让我们所有人都感到吃惊。"普鲁塔什说，"在前两次电视访谈时，我们就注意到他的状况越来越糟。显然，他遭受了虐待，我们认为他不良的心理状态就是由此导致的。可现在我们推测，导致他目前状况的原因还不止这些。凯匹特在他身上使用了一种极为罕见的技术，叫做劫持。比特？"

"对不起。"比特说，"我无法把所有的细节都给你解释清楚，凯特尼斯。凯匹特对这种折磨人的手法十分保密，我相信受害者的情况是很不稳定的。我们所知道的是，这是一种恐惧感调节机制。劫持一词来自古老的英语，它的意思是'捕获'，或者说得更确切点儿是'抓住'。我们认为之所以使用这个词是因为这种技术和杀人蜂毒的介入有关，杀人蜂杀人首先要把人'抓住'，因此这种技术叫**劫持**。你在第一次参加饥饿游戏时被杀人蜂叮咬过，所以和我们不同的是，你对蜂毒有亲身感受。"

恐惧。幻觉。失去亲人的痛苦感觉。蜂毒袭击的正是大脑中控制恐惧感的神经系统。

"你肯定还记得那种恐怖的感觉。你事后是否还出现过意识混乱的情况？"比特问，"也就是说无法判断真伪？多数被咬过的幸存者都反映有类似情况出现。"

是的。我回忆起中了蜂毒之后见到皮塔的情形，当时我意识已经清醒，但还不敢肯定他是为了救我而宁肯跟加图较量，还是完全是我想象中发生的事。

"因为记忆系统也发生改变，所以受害者很难回忆起从前的事情。"比特敲敲他的前额说，"它把人的记忆集中到大脑最前端，然后人为地加以改变，之后再以改变后的形式储存起来。你现在设想一下，比如我让你记住一件事——不管是通过语言交流或观看录像——然后趁新的记忆信号还没有消失的时候，给你一定剂量的蜂毒。不会多到让你三天意识不清，但却足以在你的记忆里植入恐惧和疑虑。那么，这种感觉就会在你的记忆里长期储存起来。"

我感觉很不舒服。波丽姆替我问了我心里想的问题。"他们就是这样对待皮塔的？把他脑子里关于凯特尼斯的记忆抹掉，然后把它扭曲，使它变得很恐怖？"

比特点点头，"非常恐怖，以至于他觉得她在威胁他的生命，所以他要杀死她。是的，目前我们的理论就是如此。"

我用胳膊捂住脸，这不可能，这不会发生。皮塔不会忘记他爱我……没人能让他忘记。

"但是你们能让他好起来，对吧？"波丽姆问。

"哦……有关这方面的数据非常少。可以说，根本没有。即使劫持状态有过复原的先例，我们也没有这方面的记录。"普鲁塔什说。

"那么，你们会努力的，对吧？"波丽姆坚持道，"你们不会把他关在一间屋子里，让他自己去受罪，对不对？"

"当然不会，我们会尽力的，波丽姆。"比特说，"只是我们不清楚我们能做到什么程度。我猜那些恐怖的记忆是最难拔除的。这些记忆属于我们正常情况下记得最牢的部分。"

"除了有关凯特尼斯的记忆，我们不清楚他还有哪部分记忆也被改变了。我们正在成立一个由精神病专家和军事专家组成的小组，试图找到解决的办法。我本人对他的完全康复持乐观态度。"普鲁塔什说

"真的吗？"波丽姆不无讽刺地说道，"那你是怎么想的，

黑密斯!"

我稍微动了动胳膊，好从缝隙里看到黑密斯的表情。他异常疲惫，精神不振。他说道："我觉得皮塔会好起来，可是……我觉得他永远都不可能恢复到原来的样子。"我又把胳膊合拢起来，把他们都关在外面。

"至少他还活着。"普鲁塔什说，似乎对我们都已经失去耐心，"斯诺对皮塔的设计师和他的赛前准备团队判了死刑，今晚在电视上进行了直播。我们不清楚艾菲·特琳奇怎么样了。皮塔受到了很大伤害，但他总算来到了这里，和我们在一起。他目前的处境和十二小时前已大不相同。咱们首先要想到这个，好吗？"

普鲁塔什本来是想让我高兴，可他却道出了四个，也许五个人即将被判刑的消息，其结果是适得其反。皮塔的赛前准备团队。艾菲。我强忍着不让眼泪流出来，喉咙里又疼又堵得慌，呼吸困难。最后，医生没有办法，又给我注射了镇静剂。

我睡醒以后，心中暗自思忖，是不是只有靠在胳膊上注射镇静剂才能睡得着。我很高兴医生在几天之内不允许我说话，因为我也无话可说，无事可做。我成了一个模范病号。我身心的无比倦怠被看做了谨遵医嘱、自我约束。我已经不想哭了，脑子里只有一个人的脸：斯诺的脸，我在心里无声地呼喊，**我要杀死你**。

妈妈和波丽姆轮流照顾我，哄着我吃一点儿流食。不断有人来看我，告诉我皮塔的近况。他中蜂毒最严重的时期已经过去，给他治疗的医生都来自十三区，全是他不认识的人，十二区和凯匹特的人都不允许去看望他，以免引起他危险的记忆。

特别诊疗小组的专家花很长时间，研究他的治疗方案。

盖尔不能来看我，他也因为肩部的伤口正在住院治疗。但是在第三天晚上，我打了针，病房也打开夜灯，这时他悄悄来到我的病房。他没说话，只是用他的手指轻轻触摸我脖子上的淤伤，轻得像飞蛾的翅膀，接着又在我的额头上吻了一下，然后就走了。

第二天早上，医生允许我出院，但不让我跑动，只有在必要时才能说话。我胳膊上没有印时间表，所以我无目的地到处溜达。波丽姆找了个借口，从医院里溜出来，她把我带到我们新分配的2212房间。这房间和上次的房间一模一样，只不过没有窗户。

毛茛花新近也得到了分配的口粮和一盘沙子，沙子放在盥洗室水池的下面做它的窝。当波丽姆把我按到床上以后，它跳上我的枕头，想在她面前撒娇。她抱起它，但是注意力却全在我这里。"凯特尼斯，我知道皮塔的事让你很难过。可是你要记住，斯诺已经抓住他几个星期了，可他才跟我们待了几天。那个原来的皮塔，爱你的皮塔，还有可能存在他的体内，正在回到你身边。你不要放弃他呀。"

我看着我的小妹妹，心想她是多么好地拥有了我们家的优良传统：妈妈为人治病的巧手、爸爸冷静的头脑，还有我的干劲。除此之外，她还拥有了完全属于自己的能力，那就是在纷繁复杂的事物中洞悉一切的能力。有可能她是对的吗？皮塔能回到我身边？

"我得回医院去了。"波丽姆说着，把毛茛花放在我身边，"你们两个做伴吧，好吗？"

毛茛花跳下床，跟着她来到门边，对她丢下我们不管呜呜地抱怨着。要我跟它做伴与跟空房间做伴无异。三十秒钟之后，我再也不能忍受被关在这地下室里，我丢下毛茛花，溜了出去。在迷宫般的地下通道里，我迷了几次路，但最后我还是找到了**特防部**。人们从我身边走过时，都盯着我脖子上的淤伤看，最后没办法，我只好竖起衣领，遮到耳朵边。

盖尔肯定也是今早出的院，他正在科研室和比特待在一起。他们低着头，正全神贯注地研究一幅草图，边用尺子量着什么。在软木公告板上和计算机屏幕上还有另外一些草图。我认出其中一幅草图上画的是盖尔的吊绳圈套。"这是什么？"我粗声粗气地问，把他们的注意力都吸引了过来。

"啊，凯特尼斯，你终于发现了我们的秘密。"比特高兴地说道。

"怎么？这是保密的吗？"我知道盖尔一直跟比特在这里鼓捣什么，可我原以为是弓箭之类的东西。

"算不上。可我觉得有点负疚，总把盖尔从你的身边偷走。"比特承认。

自从来到十三区，大部分时间我不是头脑混乱、忧虑、气愤，就是生病或者被重新塑造成另外一个人，我不能说盖尔不在身边给我造成什么不便。再说，我们之间相处得也不怎么和谐。比特觉得他欠了我的人情，我也懒得纠正他了。"希望你好好利用他的时间。"

"来吧，看看。"他说着，一边挥手让我来到一个计算机屏幕前。

这就是他们一直研究的武器。利用了盖尔圈套的基本原理，把它改造成打击人类的武器。应该说是一种炸弹。这件武器与其说是利用了圈套的机械原理，倒不如说发挥了它的心理机制。首先在一个区域内提供人类生存的基本条件，例如水源或者食物等等。然后对捕猎对象进行恐吓，致使更多的猎物落入圈套。将猎物的孩子置于危险之中，从而吸引真正的目标，也就是他们的父母。引诱猎物进入看似安全的地段，其实等待他们的是死亡。从某种意义上说，盖尔和比特的着眼点不是旷野，而是人类的自然反应，例如同情心。先引爆一颗炸弹，留出时间让其他人去救他们，这时引爆第二颗炸弹，炸死更多的人。

"这好像有点太过分了吧。"我说，"那么进展还顺利吗？"他们两个都盯着我看——比特一脸疑惑，盖尔充满敌意。"我猜也没有哪本书上写着什么规则是不能用来对付人类的吧。"

"当然有。比特和我遵循的就是斯诺总统劫持皮塔的规则。"盖尔说。

够狠，但直中要害。我二话没说就走了。我感觉如果我要是不赶快出去，就又要发脾气了。但还没走出去，我就被黑密斯拦住了。

"快点儿，我们需要你到医院帮忙。"黑密斯说。

"什么事？"我问。

"他们要对皮塔尝试新的治疗方法，"他答道，"他们找来了十二区最不可能伤害他的人，一个可以和他分享童年的记忆的人，而且与你也没有什么关系。他们现在正在筛选合适的人。"

我知道这是一项艰巨的工作，能和皮塔分享童年记忆的人多数是城里人，而这些人中没几个能活着出来。当我们来到医院里皮塔的临时治疗室时，却看到她坐在那里，正跟普鲁塔什聊天。是黛丽·卡特莱特。像往常一样，她冲我甜甜地一笑，好像我是她在这世上最好的朋友。她对每个人都报以同样的微笑。"凯特尼斯!"她叫出来。

"嘿，黛丽。"我说。我已经听说她和她的小弟弟幸存了下来。她在城里开鞋店的父母，却没有他们这么幸运。她看上去长大了些，穿着十三区单调的统一服装，这衣服无论谁穿都不漂亮。她长长的金黄色的头发没有披散开，而是扎在脑后。黛丽比我记忆中瘦了些，但她是十二区为数不多还有几磅多余脂肪的人。毫无疑问，十三区单调的饮食以及失去父母的哀痛都可能是她消瘦的原因。"你好吗?"我问。

"噢，一切的变化太大了。"她的眼里含着泪花，"大家在十三区都很好，你说对吧?"

黛丽说的是真心话。她是从心眼里喜欢周围的人，所有的人，而不只是少数几个与她交往多年的好朋友。

"他们确实费了心思，让我们觉得自己是受欢迎的。"我说。我想这么说比较公平又不至于太过头。"只选了你一个人来见皮塔?"

"我想是吧。可怜的皮塔。可怜的你。我永远都不理解凯匹特为什么要这么做。"她说。

"也许还是不理解的好。"我对她说。

"黛丽认识皮塔已经很长时间了。"普鲁塔什说。

"噢，是的!"黛丽很兴奋，"我们从小就一起玩儿，我过去还常跟人说他是我哥哥呢。"

"你觉得怎么样?"黑密斯问我，"会不会引起对你的回忆?"

"我们过去都在一个班。但交往不多。"我说。

"凯特尼斯总是那么棒。我从不敢想让她注意我。她会打猎，还去霍伯黑市，一切的一切，大家都好崇拜她呀。"

黑密斯和我忍不住使劲盯着她脸看，弄不清她是不是在开玩笑。听黛丽说，好像因为我太特别了，所以几乎没有朋友。不对。我没朋友是因为我不够友好。随黛丽去吹嘘我吧。

"黛丽总想着人好的一面。"我解释道，"我觉得皮塔应该不会把不愉快的记忆和她联系起来。"接着我想起一件事，"等一下。当时我在凯匹特认出了那个艾瓦克丝女孩，那时我撒了谎。皮塔为了给我打掩护，说那女孩长得像黛丽。"

"我想起来了。可我说不好，我觉得她们长得并不像，而且黛丽当时也不在场，还是多年的童年记忆更能引起他的共鸣吧。"黑密斯说。

"尤其是黛丽又是这么开朗的伙伴。咱们试试吧。"普鲁塔什说。

普鲁塔什、黑密斯和我来到皮塔隔壁的观察室。里面已经有十个手拿钢笔和记事板的治疗小组成员。这种单面玻璃和通话系统可以使我们在暗中观察皮塔。他躺在床上，胳膊被绑住了。对此，他并没有反抗，但他的手却不安地来回扭动。此时，他的面部表情比掐我脖子的时候平静了许多，但仍不像原来那样温良和善。

当门被轻轻打开时，他警惕地睁大了眼睛，继而显出一脸困惑。黛丽试探着穿过房间，但当她走到他跟前时，还是很自然地露出了笑容。"皮塔，我是黛丽，从家乡来的。"

"黛丽？"他脸上的疑云渐渐散去，"黛丽，是你啊。"

"是的！"她显然松了口气，"你感觉怎么样？"

"很糟糕。我们在哪儿？发生了什么？"皮塔问。

"看样子能行。"黑密斯说。

"我已经告诉她不要提凯匹特或凯特尼斯，就看她能勾起多少他对家乡的回忆了。"普鲁塔什说。

"嗯……我们在十三区。我们现在住在这里。"黛丽说。

"那些人都这么说，可这没什么意义。我们为什么不住在家里？"皮塔问。

黛丽咬住了下嘴唇，"出……事了。我也很想念家乡。我一直想着咱们那时候在人行道上画的粉笔画。你画得可棒了。你还记得你给每个人画了一个不同的动物吗？"

"是的，猪啊，猫啊，狗啊，还有别的。你说……出事了？"皮塔说。

黛丽在尽力绕过这个问题，我可以看到她脑门上发亮的汗珠。"确实很糟糕。没人……能留在那里了。"她支支吾吾地说。

"别再说下去了，丫头。"黑密斯说。

"可我知道你会喜欢这里的，皮塔。这里的人对我们真好，这儿总有吃的和干净的衣服，学校也有趣多了。"黛丽说。

"我的家人为什么没来看我？"皮塔问。

"他们不能来了。"黛丽的眼泪又流下来了，"好多人没能从十二区逃出来。所以我们要在这里开始新生活。我敢肯定他们需要一个好面包师。你还记得以前你爸爸教我们做面人吗？男孩和女孩？"

"发生了一场大火。"皮塔突然说道。

"是的。"她小声说。

"十二区烧毁了，对吧？全是因为她。"皮塔气愤地说，"因为凯特尼斯！"他开始拽绑他的带子。

"噢，皮塔，那不是她的错。"黛丽说。

"是她跟你说的吗？"他放低了声音说。

"把她弄出去。"普鲁塔什说。门马上打开了，黛丽慢慢向后退。

"她没必要告诉，我当时……"黛丽说。

"因为她在撒谎！她是骗子！她对你说的每一句话都不能相信！她是凯匹特制造的变种人，用来对付我们所有人的！"皮塔大喊。

"不，皮塔，她不是一个……"黛丽试图辩解。

"不要相信她，黛丽。"皮塔疯狂喊道，"我过去相信了她，而她想杀死我。她已经杀死了我的朋友、我的家人，你甚至不要靠近她！她是变种人！"

从门外伸出一只手，刷的一下把黛丽拉了出去，门随即关上了。但皮塔还在喊。"变种人！她是个可恶的变种人！"

他不仅恨我，还想杀我，而且已经不相信我是人类。这比掐死我的滋味还难受。

我四周诊疗小组的医生正挥笔疾书，记下他说的每一个字。黑密斯和普鲁塔什抓住我的胳膊，把我推出了房间。他们让我靠在走廊的墙壁上，这里很寂静。但我知道皮塔在那堵墙壁和玻璃后面，仍在拼命地嘶喊。

波丽姆错了。皮塔回不来了。"我不能再待在这里了。"我木然地说，"如果你们想让我继续做嘲笑鸟，你们就把我送走吧。"

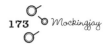

"你想去哪儿?"黑密斯问。

"凯匹特。"这是唯一一个我觉得还有事要做的地方。

"不行。要等所有的辖区都安全时才能去。现在的好消息是,除了二区,各区的战事已经基本结束。二区仍是一块难啃的骨头。"

没错。它一直位于各辖区之首,紧邻凯匹特。那里离斯诺也不远,二区拿下之后,接下来我就可以追踪斯诺了。

"好吧。那就送我去二区吧。"

 **死亡圈套**

　　二区是个很大的辖区，山脉绵延，村镇星罗棋布。每个村镇都有附属的矿井或采石场。但现在许多村镇以培训和输出治安警为主。因为十三区已经掌握了制空权，因而二区的军事力量并不能对反抗军造成很大的威胁。但有一点除外：位于二区中心地带的一座山可以说牢不可破，这里聚集了凯匹特的主要军事力量。

　　我们给这个山起了个诨名叫"硬骨头"，因为我在对二区反抗军指挥官提到这座山时沿用了普鲁塔什的说法"难啃的骨头"。这座山久攻不下，二区的指挥官已经为此感到既疲惫又泄气。这块"硬骨头"是在**黑暗时期**结束后不久建造的，因为当时凯匹特刚失去了十三区，急于要建立一个新的地下堡垒。当时他们有一部分军事力量和武器装备集结在凯匹特郊外——核武器、飞机、军队——但是大部分都已经在敌方的控制之下。当然，他们不可能再重建具有十三区规模的军事堡垒，因为那是花费几个世纪时间建造起来的。然而，他们发现二区的废旧矿井也可以加以利用。从空中俯瞰，"硬骨头"与平常的山无异，只不过上面有几个入口而已。但在山体内，却隐藏着巨大的空间。大块山石被挖掘出来，拖到地上，然后再通过泥泞狭窄的山间小道，运送到远处用于建造房屋。在"硬骨头"和二区主要城镇之间甚至还建造了铁路来运送矿工。其中一条铁路直接通到二区司法大楼所在广场。当时我和皮塔参加胜利巡演时曾站在司法大楼门前的台阶上，不敢面对台阶下加图和格拉芙哀痛不已的家人。

这座山所处位置并不十分理想，泥石流、山洪和雪崩时有发生，但它仍有一定优势。在山体被开凿时，由于矿井在采矿过程中留下了许多起到支撑作用的石柱、石壁等，这对于基本设施的建造发挥了一定作用。凯匹特在对原有构造加强之后，建成了新的军事基地，里面装配了大量的计算机，还拥有会议室、兵营和武器库。他们将出入口扩大，以方便机库中飞机的出入，并建立了导弹发射平台。但山体外观基本没有改变，仍是山石耸立，林木茂密，野生动物出没。这种天然的恶劣环境恰使其不易被敌方攻破。

在其他个辖区的眼里，凯匹特对二区可谓优宠有加。从二区反抗军的身上可以看得出他们衣食充裕，童年幸福。一些人长大后确实在采石场或矿井当了工人，其他一些人会接受教育到"硬骨头"里工作或者当治安警。他们从小受到训练，非常强悍，善于格斗。饥饿游戏被他们看做是一个致富成名的机会，这种观念在其他辖区是不多见的。当然，二区的人更容易受到凯匹特宣传的影响，也更易于接受凯匹特的思维方式。但不管怎么说，他们仍然是奴隶。如果说成为治安警或在"硬骨头"里工作的人没看到这一点，那么在采石场劳动的工人却不会迷失，而正是他们构成了主要的反抗力量。

两周前我到达这里时，交战双方仍处于胶着状态。村子的外围已被反抗军控制，城镇里双方力量各据一方，但"硬骨头"却一如既往，坚不可摧。几个入口处的军事工事已被加强，中心固若金汤。在其他个辖区已被反抗军夺取的情况下，二区仍在凯匹特的掌控之中。

每天，我会尽力做一些事情。看望伤员、和摄制组成员合作拍摄短片。他们不允许我参加实战，但经常邀请我参加军事会议，比在十三区参加的会议要多很多。我在这里感觉好多了，更自由了，胳膊上无需印制时间表，被占用的时间也较少。我住在地上由反抗军控制的村镇或山洞里。出于安全考虑，我经常变换住所。白天，只要带着一个警卫，不走太远，我就可以打猎。在大山上呼吸着清冷的空气，我觉得又有些力气了，思维也渐渐清晰起来。可是越是清醒，心里越能明显地感到皮塔的不幸遭遇所带来的刺痛。

斯诺把他从我的身边偷走了，将他扭曲成一个我不认识的人，又把他送到我身边。和我一起来到二区的博格斯后来告诉我，虽说营救计划十分周密，但营救皮塔的过程也显得过于容易了。他相信，如果十三区不去救皮塔，凯匹特也会把皮塔送还给我。或者把皮塔扔到一个激烈交战的辖区，或者直接送到十三区，打上丝带，挂上有我名字的标签。这么做的目的就是让我陷入万劫不复的深渊。

皮塔目前的疯癫状态比他死去更能让我看到一个善良、执著的皮塔，他热情似火。在这个世上，除了波丽姆、妈妈和盖尔，谁还会如此无条件地爱着我？如果换了我，我想我是不会同样爱他的。有时，当我独自一人时，便拿出藏在口袋里的珍珠。这珍珠让我想起那个拿面包给我的男孩、那个在火车上用自己坚强的臂膀为我除却噩梦的人、那个在竞技场吻我的人。这珍珠让我记住了我失去的是什么。可这又有什么用？过去的都已过去，他也已离我而去，我们之间曾拥有的一切都已随风飘散。而我拥有的只有一个承诺：杀死斯诺。这句话我每天都会对自己说十遍。

在十三区，皮塔的治疗仍在继续。我还没有问，普鲁塔什就会打电话给我，告诉我关于皮塔的令人高兴的消息。"好消息，凯特尼斯，我们基本已经使他相信了你不是一个变种人！"要不就是，"今天，他可以吃布丁了！"

黑密斯随后打来电话，告诉我皮塔的情况并没有好转。唯一的一线希望来自波丽姆的建议，"波丽姆想到一个办法，就是把他劫持回来。"黑密斯对我说，"先把他对于你的不良记忆调出来，然后给他用大剂量的镇静剂，比如吗啡。我们只实验了一项记忆，我们让他看了你们两个在竞技场山洞里，你给他讲波丽姆得到山羊的那段录像。"

"有什么进展吗?"我问。

"哦，如果说头脑极度混乱比极度恐惧强的话，那可以说是的。我不敢说这也算进步，他有几个小时的时间失去语言能力，似乎陷入一种昏迷状态。当他清醒时，他问的唯一的问题是关于那羊的。"

"好的。"我说。

"你那边怎么样?"他问。

"没有进一步行动。"我对他说。

"我们已经派出了一个小分队专门攻克那座山。比特，还有其他几个人。你知道的，智囊团。"

智囊团成立时，我毫不奇怪盖尔也在其中。我想比特一定会带上他，倒不是因为他有什么专业技术，而是比特希望他能想出办法智取这座堡垒。一开始盖尔提出要跟我一起来二区，但是我觉得这样就把他从比特的研究工作中分离出来了，我告诉他最好老老实实地待在最需要他的地方。可我没有告诉他的是，有他在身边，皮塔的不幸所带给我的伤痛就更加难以愈合。

一天下午，他们来到了二区，傍晚，盖尔找到了我。我正坐在村子边的石头上，给一只野鸭拔毛。我的脚边堆着十来只。自从我来这里以后，总有一群群野鸭在南迁，打鸭子毫不费力。盖尔二话没说，往我身边一坐就开始拔毛。我们拔到快一半时，他说："我们能吃到这些野鸭吗？"

"是的。大部分要送到营地厨房，但他们允许我留一两只给今晚和我一起吃饭的人，这样是为了留住我。"

"难道你获得的殊荣还不够留住你？"他说。

"随你怎么想。"我答道，"不过有人说嘲笑鸟吃了对身体不好。"

我们不说话了，静静地拔鸭毛。过了一会儿他说："我昨天看见皮塔了，从玻璃窗里。"

"你当时想什么来着？"我问。

"一些自私的想法。"盖尔说。

"你再也不用嫉妒他了？"我的手猛地一拽，一堆鸭毛散落在我们四周。

"不，正相反。"盖尔把一根鸭毛从我的头发上摘下来。"我想……我永远都争不过他，不管我有多痛苦。"他拿着鸭毛在他的拇指和食指间揉搓着，"如果他好不了，我就不会有机会，你心里永远都不可能放下他，你和我在一起永远都不安心。"

"我吻他时，老想着你，心里觉得不安，那时也是一样的。"我说。

盖尔深深地凝视着我，"如果我早知道是这样，其他的我都可以不计较了。"

"这是真的。"我承认道，"可你刚才说皮塔的那些话也没错。"

盖尔愤愤地发出一声叹息。我们把野鸭送回营地后，又自愿回到林子里拾柴火。在林子里，他把我拥到了怀里。他的嘴唇轻拂着我脖子上的淤伤，之后慢慢地移到我的嘴边。尽管我心里时时挂念着皮塔，时时为他感到难过，但直到这一刻，我才真正觉得他再也不会回到我身边了；或者，我再也不会回到他的身边了。我会一直待在二区，直到全国解放，然后去凯匹特，杀死斯诺，而后我会让自己悄然逝去。而他，也会在疯癫和愤恨中死去。所以，在这光线渐暗的黄昏，我闭上眼睛，吻着盖尔，把我一直深埋在心里的吻全部还给他。因为现在已经没有关系了，而我也太绝望、太孤寂了。

盖尔抚摩着我，他的气味和他身体的热量至少在提醒我，我还活着。此时此刻，这种感觉很好。我清空了脑子里缠绕着我的一切繁芜之事，尽情地享受着这种感觉，让它传遍我的全身。这时，盖尔轻轻地把我推开，我向前紧贴住他的身体，可他却用手托住我的下巴。"凯特尼斯。"他说。在我睁开眼睛的瞬间，觉得周围的一切似乎都扭曲了。这不是我们常去的那片林子，不是我们的那座山，也不是我们的过去。我不由得摸着左边太阳穴上的伤疤，这伤疤总和我的思维混乱紧密相连。"现在吻我吧。"我心里很乱，但是却很坚定。盖尔俯下身，用他的唇轻轻触碰我的唇。之后，他定定地看着我的脸，"你在想什么？"

"不知道。"我轻声说。

"这么说你就像在亲吻一个醉汉，这不算数。"他轻蔑地笑了一下说。他抱起一堆柴火，推到我的怀里。在那一瞬间，我又变回了原来的我。

"你怎么知道的？"我说，一心只想着掩饰自己的尴尬。"你难道吻过喝醉的人？"我猜盖尔在十二区时肯定亲吻过不少女孩子。肯定总是有人追在他屁股后头。我以前从未在这方面多想过。

他只是摇摇头，"没有，可这也不难想象。"

"那么你从来没吻过别的女孩？"我问。

"我可没那么说。你知道，我认识你时，你只有十二岁，还挺讨人嫌，难道我除了和你一起打猎，就没过过日子？"他说着，抱起了一堆柴火。

突然间，我的好奇心被勾起来了，"你吻过谁？在哪儿吻的？"

"太多，记不清了。在学校旁边，在煤渣堆上，随你说什么地方吧。"他说。

我骨碌着眼珠，"那么什么时候我成了你特别喜欢的？当我被带到凯匹特的时候？"

"不是，大约在那之前六个月，刚过完年那会儿。我们当时在霍伯黑市一起喝着格雷西·塞做的汤。大流士开玩笑说，他要亲你一下来换你的一只兔子。那时我突然觉得……我很在意你。"他对我说。

我仍记得那一天。到了下午四点钟，林子里就已经又冷又黑了。我们打了一天猎，飘落的大雪使我们早早就准备收工了。霍伯黑市里挤满了躲避大雪的人。格雷西·塞在卖肉汤，她的肉汤里放了我们一周前打的野狗骨头，可那天汤的味道不如平时。不管怎么说，汤是热的，我也确实饿了，我盘腿坐在她的柜台上大口喝汤。大流士倚在小摊旁边的柱子上，正用我的辫子梢抚弄我的脸颊。我没好气地把他推开。大流士却在一旁不停地絮叨，说他的吻能抵上一只兔子，也许两只兔子，因为人人都知道红头发的男人是最有男人味的。格雷西·塞和我看着他可笑的样子忍不住一个劲地笑，他还透露霍伯黑市的某某为了尝尝他的美唇的滋味，给他的好处可不止一只兔子。"看见了吗？你个戴绿围巾的女人，**如果**你真想问的话，就去问问她。"

这是八辈子以前的事，盖尔还记得。"大流士不过开个玩笑。"我说。

"也许吧。就算不是，他也不会承认。接受皮塔，或者接受我，甚至接受芬尼克。我担心他已经看上你了，不过最近他好像又恢复成老样子了。"盖尔说。

"你要觉得芬尼克喜欢我，那你就是不了解他。"我说。

盖尔耸耸肩，"我知道他很绝望，可绝望的人才会做出疯狂的事儿。"

我突然觉得他这话是在说我。

第二天一早，天气晴朗，我头脑也很清醒，开始琢磨"硬骨头"的事。尽管我也帮不上什么忙，但他们仍通知我去开会。在会议室，我没有坐在会议桌旁，而是坐在宽敞的窗台上，从这里能看到那座山。二区的指挥官是一个叫莱姆的中年妇女。她让我们看了"硬骨头"的模拟图，介绍了它的内部设施、防御工事，以及久攻不下的现状。我来到二区以后见过她几次，总觉得在哪里见过她。她很容易记，六英尺的身高，肌肉强健。我一直想不起在哪儿见过她，直到有一次我看了她在前线指挥军队进攻"硬骨头"山的短片时才想起来，我面前的这个人是另一个胜利者，二区的"贡品"。她多年前曾赢得饥饿游戏，属于上一代人。当时为世纪极限赛做准备时，艾菲曾把她的录像带连同其他胜利者的录像带一起拿给我们看。也许我在以前的饥饿游戏节目中看到过她，但她一直很低调。在我最近得知了黑密斯和芬尼克的经历后，我一直在想：在她赢得饥饿游戏比赛后，凯匹特又是如何对待她的？

　　莱姆介绍完战况，二区来的智囊团问了她许多问题。时间在一点一点地过去。大家吃了午饭继续讨论，试图找到攻破这座山的切实可行的办法。比特认为他有办法攻入敌方的计算机系统，也有人建议启用敌人内部的几个内线，事实上，没有人提出有新意的想法。在下午的时间悄然流逝的时候，人们的讨论又回到数次使用过的办法上——直接进攻敌人的入口。看得出莱姆很沮丧，因为数次这样的尝试已经失败。最后，她忍不住了，说："如果有人建议直接进攻入口，他最好能想到好的进攻方法，因为这个人必须负责指挥这次攻坚战！"

　　盖尔在桌子旁坐了几个小时了，早已不耐烦了，一会儿在屋子里踱来踱去，一会儿又坐到我坐的窗台上。开始，他好像和莱姆的看法是一致的，认为入口不可能攻破，所以已不再参加讨论。在刚过去的一个小时里，他一直一声不响地坐着，眉峰紧锁，透过窗户凝望着远处的"硬骨头"。莱姆说出最后通牒似的话之后，会议室一片寂静，这时他开口说道："我们真的有必要攻入'硬骨头'吗？把它摧毁是不是就够了？"

"这是正确的一步，你是怎么考虑的？"比特问。

"我们把它当做一条野狗的洞穴。我们不攻进去，那么就只有两条路可走，要么把狗憋在里面，要么把狗撵出来。"盖尔接着说。

"我们曾尝试炸开入口，可他们的防御工事伸入到山体内部，爆破没能对他们构成真正的威胁。"莱姆说。

"我想的不是这个。我在想如何利用这座山。"盖尔说。比特站起来，来到窗户旁盖尔坐着的位置，从他不合适的眼镜片后面看着那座山。盖尔接着说："你看到了吗？我们攻击它的边路？"

"那是雪崩多发地段。在这里要十分谨慎，我们要精确布置好引信，一旦爆炸开始，我们就无法控制了。"比特用很低的声音说道。

"如果我们放弃占领'硬骨头'的方案，也就无需控制它了。只把它关闭就行了。"盖尔说。

"这么说你是建议我们引起山体崩塌，然后堵住出口？"莱姆问。

"没错。把敌人困在里面，切断他们的给养，使他们的直升机也飞不出来。"

大家都开始考虑这一计划。博格斯翻着"硬骨头"的模拟图，皱着眉头说："这一下里面的人没有能活着出来的了。看看它的通风系统，最多只能算是简易通风系统。跟我们在十三区的通风系统没法比。它完全靠从山体两侧泵进空气。堵塞这些通风口，里面的人都会被闷死。"

　　"他们仍然能通过火车隧道逃到广场上。"比特说。

　　"但如果我们爆破，就不行了。"盖尔突然说。他的意图，整个的意图很明显，盖尔不想让"硬骨头"里的人活着出来。对于那些钻进圈套的猎物，他从不打算留着它们的命。

　　这是他的死亡圈套之一。

15 ▶ 故伎重演

对于盖尔的提议，大家莫衷一是，默默地在心里掂量着这件事的分量，脸上表情各异，有高兴的，也有悲伤的，有痛苦的，也有满意的。

"山里面的工作人员大部分都是二区的公民。"比特站在中立的立场上说。

"那又怎么样？反正我们也不可能再信任他们了。"盖尔说。

"我们至少要给他们一个投降的机会。"莱姆说。

"可是十二区被轰炸时，我们可没享受这样的待遇，你们因为靠近凯匹特已经比我们舒服多了。"盖尔的话一出口，莱姆的脸色变得很难看，看上去她恨不得一枪毙了他，或者至少跟他干一仗。她受过训练，兴许她还能占上风。但她的气愤只能是进一步激怒盖尔，他喊道："当时我们也只能眼睁睁地看着我们区的孩子被烧死，也束手无措！"

我闭上了眼睛，想象着爆炸后的情形。这么做确实能达到预期效果。我也想让山里的每一个人都死。我刚要开口说话。

但转念一想……我是十二区的女孩，而不是斯诺总统，这是不争的事实，我不能像盖尔那样，诅咒所有的人都去死。"盖尔，"我拉住他的胳膊，用平静的语气对他说，"整个'硬骨头'是一座旧矿井，这么干跟发生矿难是一样的。"我说的这番话足以让任何来自十二区的人在心中重新掂量这件事。

"可没有我们的矿难来得那么快，我们的父亲当场就死了。"他反驳道，"大家是不是想同一件事？应该给我们的敌人留出几小时，好让他们想想自己就要死了，而不是把他们直接炸飞？"

过去，当我和盖尔还是在十二区的林子里捕猎的普通孩子时，盖尔就说过类似的话。可那只是说说而已，可现在要付诸行动，就可能会带来无法挽回的严重后果。

"你不了解那些在山里干活的二区人，也许是他们被逼无奈，自己也不想这么干，还有些人是我们的内线，你连他们也要杀死？"我说。

"是的，为了消灭敌人，可以牺牲几个人的生命。如果我是那些人，我会说：'让山崩来吧！'"盖尔说。

我知道他说的是实话。盖尔会为了事业而牺牲自己的生命，对此毋庸置疑。或许，如果我们是内线的话，在需要做出最后的抉择时，也会这么做。我想至少我会的。但这是在为别人的命运做出抉择，这样做很残酷，无论是对这些人，还是那些爱他们的人。

"你刚才说有两种选择，把他们堵在里面，或者把他们撵出来。要我说，我们可以利用山体崩塌堵住出口，但把火车隧道留出来。这样有人就可以逃到广场，我们在那里堵住他们。"

博格斯说。

"我希望我们的人要全副武装，他们的人肯定也带着武器。"盖尔说。

"嗯，全副武装，然后我们把他们一举抓获。"博格斯表示同意。

"这事还是留给十三区去决定吧，让科恩总统权衡吧。"比特提出建议。

"她肯定会选择堵住火车隧道。"盖尔肯定地说。

"是的，很有可能。可你知道，皮塔在电视里说的那番话确实有它的道理，我们可能会自相残杀，导致大批人死亡。我一直在做统计数字，计算伤亡人数……我想至少这事值得我们好好商谈一下。"比特说。

留下来参加讨论的只有一部分人，我和盖尔不用参加。于是我带他去打猎，好让他宣泄一下心里的不满，可他也并没有再提这事。也许我刚才反对他，他还在生我的气。

电话打到了十三区，科恩总统做出了决定。到了晚上，我已经穿好了嘲笑鸟的服装，背上弓箭，戴上耳麦。耳麦与十三区的黑密斯连接，以便在合适拍电视片时随时通知我。我们在司法大楼的楼顶待命，前面可以清楚地看到我们的目标。

我们的直升机开始并没有引起对方指挥官太多的注意，搁在平常，这些飞机不过是些在蜜罐子边嗡嗡的蜜蜂。但在飞机对山顶进行了两轮轰炸之后，终于引起了敌方的注意。到了凯匹特的防空作战武器开始发挥作用时，已经太晚了。

盖尔的计划超出任何人的预料，比特说得没错，山体一旦崩塌，便无法控制。本来就不很坚固的山石，在遭到轰炸后，像泥石流一样迅速崩塌下来，"硬骨头"的整个一面山体在我们的眼前塌落，山上一切人类活动的痕迹瞬间荡然无存。我们呆呆地站在那里，惊得一句话也说不出来，感觉自己是多么渺小而微不足道。山石伴着巨大的响声轰然而下，成吨的碎石把出口堵塞，腾起的灰尘四处弥漫，把天空染成了黑色。"硬骨头"登时变成了一座坟墓。

我能想象山洞内可怕的景象。警铃大作，洞内一片漆黑，空气里充满了呛人的灰尘，被困在里面的人们极度惊恐，一边尖叫着，一边疯狂地奔向出口，却发现出口、火箭发射口、通风口都已经被石块和土堵住，并且石块和土还在向内涌。电线垂落地上，引起熊熊大火，散落在地上的碎石堵塞了熟悉的通道，使人们找不到路。当山体向内挤压，即将要压碎他们脆弱的躯体时，人们互相推搡、拥挤、像蚂蚁一样疯狂地四处奔逃。

"凯特尼斯？"耳麦里传来黑密斯的声音。我想回答，可却发现自己的双手紧紧地捂住了嘴。"凯特尼斯！"

在父亲去世的那一天，学校正在开午饭，突然警铃大作。没人等着放学，或者需要等放学。老百姓对矿井事故的反应甚至凯匹特也无从控制。我跑到波丽姆的班级。我仍记得她当时的样子，那时她七岁，小小的个头，脸色苍白，但两手交叉放在桌子上，身体坐得笔直，正在等着我来接她。我们早就约好了如果警铃响了，我就来接她。她从座位上跳起来，抓住我的袖口。我们穿行在正拥向矿井出口的人流中。到了那里，我们看到妈妈正手抓着为阻挡人群拥入而临时拉起的绳索。现在回想起来，我当时就应该知道一定是出事了，因为在这样的时

188

候，应该是妈妈去找我们，而不是我们找她呀？

罐笼吱吱嘎嘎地响着，不停地上上下下，把浑身漆黑的矿工从肚子里吐出来，吐到赤裸裸、惨白的阳光下。每上来一拨人，他们的亲人就发出了欣慰的哭泣声，就会从绳子底下钻过去，带走他们的丈夫、妻子、孩子、父母或兄弟姐妹。我们站在黄昏的寒风中，天上飘起了雪花。罐笼越走越慢，吐出来的人也越来越少。我跪在地上，手掌压在煤渣地上，我多么渴望能从这里把爸爸领回家呀。如果有哪种感情超越了对困在地下的爸爸的渴望，我并不知道，此时我是多么的无助和绝望。不断有受伤的人或者死者被拉上来，我们等了整整一夜。好心的陌生人给我们披上了毯子，端来了热汤，可我们没心思喝。最后，到了清晨，矿长脸上的悲哀表情只能说明一件事。

我们刚刚干了什么？

"凯特尼斯！你在那里吗？"黑密斯这时候兴许正琢磨着给我戴头箍了。

我把手放下来，"是的。"

"到屋子里去。凯匹特残余的空军可能会伺机报复。"他命令道。

"是的。"我重复着刚才的话。除了开机关枪的士兵，楼顶上所有的人都开始往屋子里撤。我下楼时，忍不住用手抚摩着光滑的大理石墙壁，这墙壁是如此的美丽而冰冷。即使在凯匹特，也没有任何墙壁能与这旧建筑的富丽堂皇的大理石墙壁相比。石头的表面坚硬无比，我手掌的肌肉被压扁，热量被带走。石头总能够征服人类。

我坐在大厅入口处的石柱旁，通过大门，我可以看到大理石地面向前延伸到台阶，台阶再往前走就是广场。我仍记得当我和皮塔在赢得饥饿游戏比赛后接受人们祝贺时的感觉，那是一种很不舒服的感觉。当时，我已被胜利巡演折腾得精疲力竭，又没能够平息各辖区的反叛情绪，而且时时被格拉芙和加图的死亡的记忆折磨着，特别是加图缓慢而悲惨的死亡。

博格斯蹲在我旁边，在阴影下显得脸色苍白，"我们没有炸毁火车隧道，你知道。一些人应该能出来。"

"然后等他们一露面我们就打死他们？"我问。

"只有在不得以时，才会这么做。"他回答道。

"我们可以把火车开进去，帮着疏散伤员。"我说。

"不，我们决定把火车道留给他们，这样他们可以尽可能地把人员输送出来。另外，我们也腾出时间把士兵调集到广场。"

几小时以前，广场还是无人地带，那里是反抗者和治安警的控制区域的交界线。当科恩批准了盖尔的计划后，反抗军对凯匹特军队发起了猛烈的进攻，将防线向前推进了几个街区，这样就将火车站控制在自己手中，以防"硬骨头"塌陷后有人从火车站逃跑。那么，现在那座山已经塌陷，这已形成事实。如果有幸存者，一定会逃到广场。我听到再次传来的枪声，知道治安警一定在全力抵抗，以救回他们的人。我方也在派兵增援，与对方交战。

"你冷了吧？我看能不能找到一条毯子。"博格斯说完就走开了，我还没来得及说不用。我不想要毯子，就任凭大理石地面吸走我身体的热量吧。

"凯特尼斯。"耳麦里传来黑密斯的声音。

"我还在这儿。"我答道。

"今天下午皮塔出现了有趣的转机。你肯定想知道。"他说。有趣不等于好。不等于转好。可我没有别的选择，只能听着。"我们把你唱的《上吊树》录像给他看了。这片子从未在电视上放过。所以凯匹特在劫持皮塔时不可能用到这首歌。他说他听过这首歌。"

忽地，我的心怦怦地跳起来。接着我意识到这不过是杀人蜂毒又使他的意识模糊罢了。"不可能，黑密斯，他从来没听我唱过这首歌。"

"不是你，而是你父亲。有一次你父亲去面包房换东西时，他听他唱过。那时皮塔还小，也许只有六七岁吧，可是他当时听得很认真，因为他想知道鸟是不是都不唱了。我猜那些鸟是不唱了。"黑密斯说。

六七岁。那应该是在妈妈禁止唱这歌之前的事。也许就在我学唱这首歌的时候。"当时我也在场吗?"

"我想没有吧。虽然没提到你。但这是他第一次遇到和你相关的事而没有发疯。总算有点儿进展，凯特尼斯。"

我爸爸。今天发生的一切似乎都和他有某种关联。他在矿井的死。他进入到皮塔混乱的意识中的歌声。当博格斯充满怜惜地在我的肩上披上毯子时，我在博格斯的眼神里又看到了他的影子。我好想念他，我的心好疼。

外面的枪声仍在继续，一些急于参加战斗的反抗者催促盖尔赶快行动。我没有请求加入战斗。不是他们不允许，而是我对战斗已经没有兴趣，我的血液里也失去了热情。我真希望皮塔就在这里——原来的皮塔——因为他会说明为什么当有人要从山里逃命时，与对方交火是不对的。也许是我的个人经历使我过于敏感了？外面不是在打仗吗？这不是为了消灭我们的敌人吗？

夜幕悄悄降临了。巨大的、明晃晃的探照灯被打开，照亮了广场。火车站里肯定也是灯火通明，每盏灯都开到了最亮。我在这里可以清楚地看到那个狭长建筑的玻璃幕墙。如果有火车或者任何人到达，是不可能错过的。但几个小时过去了，没有一个人出来。随着每一分钟的流逝，很难再相信"硬骨头"里还有幸存者。

直到午夜过后，克蕾西达才过来给我的衣服上夹上一个特别的麦克风。"这是干什么用的？"我问。

传来黑密斯的声音，他对我解释道："我知道你肯定不喜欢这样，但我们需要你发表一个讲话。"

"讲话？"我说，马上觉得想吐。

"我会把内容念给你听，一行一行地念。"他向我保证说，"你只需要重复我的话就行了。你瞧，那座山里已经没有生命迹象，我们已经胜利了。可是战斗仍在继续。所以我们认为，如果你从司法大楼里出来，站到台阶上，明白地告诉所有的人，'硬骨头'已经被攻克，凯匹特在二区已经完蛋了，你也许能劝说其他的部队投降。"

我凝视着广场前面黑暗的远方，"我甚至连他们的部队都看不到。"

"麦克风就是干这个使的。你的讲话将被播放出去，声音通过紧急播放系统，图像也会被所有看电视的人看到。"

我知道在这个广场有几个巨型电视屏幕，我在胜利巡演时看到过。如果我干得还不错，也许能起作用。可我不行，原来试验过，把提前准备的台词念给我，由我来说，可都失败了。

"你可能会挽救许多人的生命，凯特尼斯。"黑密斯终于说道。

"好吧，我来试试。"我对他说。

我站在司法大楼最上层台阶、身穿嘲笑鸟特定服装、被强烈的灯光照射着，准备发表讲话，但却一个观众也看不见，这种感觉真奇怪，好像我在给月亮表演。

"咱们最好快点儿，你的位置太暴露了。"黑密斯说。

摄制组人员拿着特殊的摄像机站在广场上，他们示意已经准备好了。我让黑密斯开始，夹好麦克风，仔细地听他念了第一句话。我开始讲话时，广场对面一个巨型屏幕上显出了我的图像。"二区的人民，我是凯特尼斯·伊夫狄恩，正在司法大楼门前，我要对你们说几句话……"

我的话还没说完，两辆火车尖啸着并排驶入火车站。车门打开后，一群人仓皇地从车里出来，身上还带着"硬骨头"崩塌起火时的烟雾和灰尘。他们肯定对广场的情况有所预料，因而从车里出来时十分警惕，多数人立刻趴在地上，一排子弹把车站里的灯打得粉碎。他们是带着武器来的，正如盖尔所说，但他们也都受了伤。在静谧的夜晚，可以听到他们的哀嚎。

有人立刻把大楼台阶的大灯也打掉，使我处于黑暗的保护中。车站内着火了——其中一列车可能已经着了火——浓浓的黑烟从窗户里冒出来。这些人在无可奈何的情况下拥入广场，他们被浓烟呛得直咳，但却不忘挥动手中的武器。我用目光扫视广场周围的屋顶，每个屋顶上都有手持机关枪的反抗军。月光照在架机枪的油桶上，泛出幽幽的光。

一个年轻人踉跄着从车站里出来，一只手拿布捂住一侧脸颊，另一只手拿着枪。他绊了一跤，摔倒在地，这时我看到他后背的衬衫已经烧焦，露出了里面血红的皮肤。突然，在我眼前的他变成了矿难中被烧伤的人。

我飞快地跑下台阶，向他奔去。"停！"我朝反抗军喊道，"别开枪！"我的声音从麦克风里传出去，在广场上方回荡。"停！"我跑到年轻人跟前，正要俯身去扶起他，这时他挣扎着跪起来，用他的枪顶住了我的头。

我本能地后退几步，把弓举过头顶，示意我并无恶意。这时他已经用双手举起了枪。我看到他脸颊上豁开了一个洞，很可能是被落石戳穿的，浑身散发着一股头发、皮肤和燃料烧焦后的混合味道，眼睛里透出了极度的痛苦和恐惧。

"站着别动。"黑密斯轻柔的声音传到我的耳朵里。我听从他的命令，我此时意识到所有二区的人，也许全帕纳姆国人都正目睹着这一时刻。嘲笑鸟正处于一个绝望的人的控制之下。

他含混不清地说道："给我一个不杀你的理由。"

此时，世界的一切都已退去，只有我和一个从"硬骨头"里逃生的痛苦的人四目相对，他要我给他一个理由。当然，我有一千个理由，但到我嘴边的话却是"我不能"。

从一般的逻辑上讲，下一步就该这个人扣动扳机了。但是他一时间却不知所措，竭力想弄清楚我话里的意思。当我意识到我说的完全是真话时，我自己也感到困惑。刚才奔向广场的高尚举动被此时的绝望所代替。"我不能，这就是问题所在，不是吗？"我放下弓，"我们炸毁了你们的矿井，你们烧毁我们的区，我们完全有理由杀死彼此。所以，你杀吧，让凯匹特高兴，我已经厌倦了杀死它的奴隶。"我把弓扔到地上，用脚踢开。弓滑过石头街面，停在他膝盖旁。

"我不是他们的奴隶。"那人嘟囔着。

"可我是，所以我杀死了加图……加图杀死了萨里什……萨里什杀死了格拉芙……格拉芙想要杀死我。这屠杀一直持续下去，可谁赢了？不是我们，不是各辖区，而是凯匹特。我已经厌倦了在这场游戏中充当棋子了。"

皮塔参加饥饿游戏前一晚在楼顶上他曾说过同样的话，他早已明白了这一切，甚至在我们还没有踏足竞技场之前就已明白。我希望现在他正在看电视，他会想起那晚的情形，也许在我死后会原谅我。

"接着说，告诉人们你看到那山塌下来时的感受。"黑密斯坚持道。

"今晚，当我看到那座山坍塌的时候，我在想……他们又故伎重演，让我们去杀你们——杀死辖区的人们。可我们为什么这么做？二区和十二区之间不应有争斗，是凯匹特要挑起他们之间的争斗。"那个年轻人眨眨眼，不明白我的话。我跪在他面前，用低沉而急切的声音说，"你为什么要和屋顶的反抗军对抗？为什么要和莱姆对抗？要和你的邻居，也许还有你的家人对抗？"

"我不知道。"他说。可他并没有把他的枪拿开。

我站起来，转过身，对着屋顶的反抗军说："你们在那里吗？我来自一个矿区。从何时起，矿工开始屠杀矿工，开始屠杀从碎石里爬出来的人？"

"谁是敌人?"黑密斯轻声说。

"这些人,"——我指着广场上受伤的人说——"不是你们的敌人!我们有共同的敌人,那就是凯匹特!我们可以结束它的统治,就在现在,但我们需要每个辖区的每一个人来共同完成!"

当我把手伸向那个年轻人。伸向那个受伤的人,同时也是伸向全帕纳姆国的反抗者时,摄像机镜头一直紧随着我。"请求大家!加入到我们当中,一起行动吧!"

我的话在夜空中久久回荡。我看着大屏幕,希望能看到人群当中出现交战各方和解的情景。

相反,我却看到了自己被射杀的影像。

16 ▶ 幸福的婚礼

"*总是这样。*"

在注射吗啡之后出现的幻觉中，皮塔对我轻声说着这句话，而我在寻找他。这是一个薄雾弥漫的紫罗兰色的世界，一切都是圆润平滑的，里面有许多隐秘的藏身之处。我拨开薄雾，循着模糊的痕迹，追随着肉桂和莳萝的香气。一时间，我感觉到他的手轻拂着我的面颊，我伸手去抓，可他的手却幻化成轻雾，从我的指间溜走。

当我终于从幻觉中清醒过来，意识被拉回到十三区满是消毒水味的病房时，我才想起了在什么地方听到过这句话。那是十二区时，我从通电的隔离网上方跳回到十二区里面时，脚跟受了伤。妈妈给我喝了睡眠糖浆，皮塔把我抱到床上，迷迷糊糊快要睡着时，我求他陪在我身边。他在我耳边轻轻说了句话，我没有听懂。但这句话却印入我的大脑，现在又在梦中浮现出来戏弄我。"*总是这样。*"

吗啡可以舒缓人们极端的情绪，所以此时我并不觉得痛苦，而只是觉得心里空荡荡的，就像过去盛开着花朵的地方，现在只有一堆枯死的灌木。不幸的是，药劲还不够大，我仍能感觉到身体左侧的疼痛。子弹就打到了这里。我用手摸摸肋骨上紧缠着的绷带，纳闷自己怎么还好好地活着。

朝我开枪的并不是他，那个在广场上跪在我面前，身体烧伤的年轻人。他没有扣动扳机。朝我开枪的是远处人群里的人。我被击中时，没有被子弹穿透的感觉，而更像是挨了一闷棍。子弹打中我的瞬间，四周枪声四起，陷入了混战。现在我想坐起来，却只发出了一声痛苦的呻吟。

隔在病床之间的白帘子拉开了，约翰娜·梅森出现在我面前，她定定地看着我。一开始，我觉得自己受到威胁，因为她在竞技场袭击了我。我必须提醒自己她袭击我是为了救我，这是计划的一部分。但这并不能说，她不再鄙视我。也许她这么对我完全是为了执行反对凯匹特的计划？

"我还活着。"我声音沙哑地说。

"没错，傻瓜。"约翰娜走过来，一屁股坐在我床上，引起我身体里针刺似的一阵疼痛。她看到我不舒服，高兴地咧开嘴笑了，我心里明白我们之间不会出现老友重逢后的热情和喜悦。"还有点儿疼，嗯？"说着，她熟练地把我的吗啡输液针头拔下来，插到她臂弯里的输液管上，"他们几天前开始给我减药量了，他们害怕我变成六区的那个怪人。所以趁着没人，我只好借你一点。你不会介意吧。"

介意？世纪极限赛后她几乎被折磨致死，我怎么会介意？我无权介意，而她是知道的。

当吗啡进入约翰娜的血液后，她叹了口气，"六区的那人也许早就想明白了，先用药麻醉自己，然后在身上画花。这样的人生也不错，似乎比我们所有人都开心。"

在我离开十三区的这几周时间里，她略微胖了些，剃光的头上也长出了小绒毛，把原来的一些伤疤给遮住了。但如果她还要借用我的吗啡的话，这说明她还在挣扎。

"有个脑科医生，他每天都来，看样子是想帮助我恢复。在这兔子窝里过了半辈子，现在又来给我治病，十足的傻瓜。每个疗程他都告诉我是百分之百安全的，至少得说上二十遍。"我苦笑了一下。是啊，这么说确实很蠢，特别是对一个胜利者来说。好像真的存在什么"百分之百安全"的事似的。"你怎么样，嘲笑鸟？你也感觉百分之百安全吗？"

"噢，是的，在我被打伤之前。"我说。

"噢，得了，那子弹根本没有打中你，西纳早给你考虑好了。"她说。

我想起了嘲笑鸟服装上一层层的保护，但我确实感觉疼痛。"是肋骨断了？"

"那也不大可能。也许是淤伤吧。你的脾被震破了吧，他们可修复不了。"她又满不在乎地挥了下手，"别担心，你不需要脾。如果你需要，他们就会给你找一个，不是吗？让你活下去，这是每个人的责任。"

"就是因为这个你才恨我的？"我问。

"那只是一部分原因，"她承认道，"嫉妒也包括在内，我还觉得你有点让人难以忍受，你那俗气的浪漫爱情故事，还有你那总想保护弱者的表演。可又不是表演，这就使你更让人难以忍受。请理解，这是我的个人意见。"

"本来你应该成为嘲笑鸟的。这样就不需要任何人给念台词了。"我说。

"没错，可没人喜欢我。"她对我说。

"可他们信任你呀，他们把我都排除在外了。"我提醒她，"而且他们还怕你。"

"也就是在这儿吧，可在凯匹特，你才是他们唯一害怕的人。"这时盖尔出现在门口，约翰娜赶快把吗啡针头拔下来，安到我的输液管上。"你的表兄可不怕我。"这是她的心里话。说完，她赶快从我的床上下来，朝门口走去。经过盖尔身边时，她用屁股顶了下盖尔的腿。"你好吗，帅哥?"她出去后，我们仍能听到从走廊里传来的她的笑声。

盖尔拉着我的手，我抬起眼睛来看着他。"害怕了吧?"他对我耳语道。我笑起来，可一阵疼痛让我立刻皱起眉头。"放松。"他用手抚摩着我的脸，疼痛慢慢减轻了，"你以后不要再这么冒失了。"

"我知道，可有人把山炸了。"我回答道。

盖尔没有挪开身子，反而凑得更近了，他直直地看着我的脸，"你觉得我心狠。"

"我知道你不是，可我不能说你这么做是对的。"我说。

这次他挪开了，甚至有些不耐烦，"凯特尼斯，把敌人压到矿井里和用比特的箭把敌人从空中打下来，你觉得这有什么区别? 结果还不都是一样的。"

"我说不清楚，首先，在八区时我们遭到攻击，医院也遭到袭击。"我说。

"是的，可那些飞机来自二区，所以，我们击败他们，也就等于阻止了他们进一步的袭击。"

"可你要这么想的话……在任何时间杀任何人都是有理的。你也可以说把孩子们送去参加饥饿游戏是为了阻止各区的反抗。"我说。

"你这么说，我可不能接受。"他对我说。

"我觉得你就是。一定是因为我去竞技场参加饥饿游戏，你才怀有了刻骨的仇恨。"

"好吧。我们总是意见不一，过去也是这样，也许这样很好。告诉你个秘密，我们已经占领了二区。"

"真的吗?"突然间，我感到一阵胜利的喜悦传遍全身。然后我又想起了广场上的那些人。"我被打伤之后，双方又打起来了吗?"

"没怎么打。'硬骨头'里的工人把枪口对准了凯匹特士兵。反抗军只是观望，没有参加战斗。事实上，整个国家的人都没有再参加战斗。"盖尔说。

"嗯，这样最好了。"我说。

本以为失去了一个器官，肯定可以多休息几个星期。但不知什么原因，我的医生让我马上下床，紧接着就可以活动了。就算打了吗啡，开始几天我身体里仍感觉到撕心裂肺的疼痛，但慢慢地，疼痛就大大减轻了。当然，我肋间的淤伤，还要等过一阵子才会好。我开始抱怨约翰娜用了我的吗啡，但不管怎样，我还是会让她用。

有关我死亡的流言四处传播开来，所以摄制组被派到医院，来拍摄我躺在病床上的情况。我在镜头前展示了我缝的针，肋侧的淤伤，并且祝贺二区终于取得战斗胜利，统一了本区。接着，我警告凯匹特我们很快会发起进攻的。

我每天下地走走，这是我的康复计划的一部分。一天下午，普鲁塔什来看我，告诉了我最近的战况。鉴于现在二区已经和我们联合起来，反抗军正进行短暂的休战，以重新调整联合阵营，同时加强后勤供给线、救治伤员、队伍重组。现在的凯匹特虽然对其他区仍具有核威胁，但已经与外界完全隔离，得不到任何援助。这一点与黑暗时期的十三区一样。但与十三区不同的是，它已无力再进行改造以形成完全自给自足的体系。

"噢，这个城市也许还能再坚持一段时间，当然，他们有自己的应急储备。但十三区和凯匹特最大的不同是百姓的期望值。十三区已经习惯了艰苦的环境，而在凯匹特，人们所知道的一切就是**帕纳姆和瑟森斯**。"普鲁塔什说。

"这是什么意思？"当然，我知道帕纳姆，但对另一个词却一无所知。

"这是几千年前流传下来的一个成语，是用一种叫做希腊语的语言写的，说的是一个叫罗马的地方。"他解释道，"**帕纳姆和瑟森斯**翻译过来就是'面包和马戏'，写这个词语的人是想说，平民百姓为了获得温饱和娱乐，放弃了他们的政治责任，也就放弃了他们的权利。"

我在想，在凯匹特，人们可以享用充足的食物和疯狂的娱乐，也就是饥饿游戏。"所以各辖区就是干这个的，给凯匹特提供面包和马戏。"

"是的。只要面包和马戏源源不断地提供给他们，他们就可以维持着这个小王国的运转。可现在，它什么都没有了，至少按照凯匹特人通常的标准是没有了。可我们有食物，而且我还要编导一出娱乐节目，肯定会受欢迎的。不管怎么说，人人都喜欢婚礼的场面。"普鲁塔什说。

听完这话，我呆在那里，觉得他的建议很让我恶心。导演一出我和皮塔铺张的婚礼。自从回到十三区，我一直都不敢面对皮塔病房的单面玻璃窗。事实上，应我的要求，只由黑密斯告诉我皮塔的最新情况。黑密斯每次说的并不多。已经在皮塔的身上做了各种尝试，他不可能真正痊愈了。而现在，他们想让我为了一档节目而去和皮塔结婚？

普鲁塔什赶紧给我解释，"噢，不，凯特尼斯。不是你的婚礼。是芬尼克和安妮。你需要做的就是出席他们的婚礼并且装出高兴的样子。"

"这是我不用假装的少数几件事之一，普鲁塔什。"我对他说。

接下来的几天，为了筹划婚礼又是一阵忙碌。在婚礼的举办上，凯匹特和十三区表现出截然不同的思维方法。科恩的所谓"婚礼"，是指两个新人在一张纸上签字，然后得到一个新分配的房间。而在普鲁塔什看来，"婚礼"的概念是数百人穿着华丽的服装，参加三天的欢庆活动。看着科恩和普鲁塔什为了一些细节而讨价还价，还真是一件乐事。普鲁塔什为了所邀请的每一个客人，每一个曲目，都要进行抗争。当他提出的举办宴会、娱乐活动和饮酒等建议都被科恩否定时，他大声喊叫道："如果没人玩得开心，那还要这档节目干什么！"

让一个赛组委主席精简预算还真是一件难事。但是，即使是平静的婚礼，在十三区也会引起轰动，因为在这里，人们似乎根本没有假期。当招募儿童演员来演唱四区婚礼歌曲的通知发出后，几乎每个孩子都踊跃报名参加。自愿前来布置婚礼现场的人也不在少数。在餐厅，人们兴奋地谈论着有关婚礼的各种话题。

也许大家的兴奋与快乐并不仅仅是因为这场婚礼，而是对美好事物的极度渴望，而每个人都想成为这美好事物的一部分。这也说明了普鲁塔什为新娘穿什么而发了通脾气的原因。解决的办法是，我自愿带新娘到我十二区的家中，因为在地下室的衣柜里，有许多西纳给我设计的晚礼服。他为我设计的婚纱都已运回了凯匹特，但还剩下一些我在胜利巡演时穿的礼服。和安妮在一起，我还心存戒备，因为我知道的一切就是芬尼克很爱她，大家都认为她疯了。在去十二区的飞机上，我发现她与其说是疯了，倒不如说情绪很不稳定。我们说话时，她不知怎的就会笑起来，或者心不在焉地停止讲话。有时，那双绿眼睛会死死地盯着某个物体看个不停，致使人们以为她真的在空中看到了什么。有时，她无缘无故地就会用双手把耳朵捂上，好像要隔开什么令人痛苦的声音。好吧，她是有些怪怪的，可要是芬尼克爱她，我也没什么好说的了。

我获得允许，可以让我的化妆师一起过来帮我，因此我自己也就无需为穿什么衣服而发愁了。当衣橱被打开时，我们都哑然无声，因为在衣服的每一条纤维里都可以看到西纳的身影。奥克塔维娅跪倒在地，把一条裙子贴在她的脸颊上，大哭起来。"我已经好长时间，"她哽咽着，"没看见过这么漂亮的东西了。"

尽管科恩担心婚礼过于铺张而对一切竭力精简，普鲁塔什却觉得婚礼的安排过于单调乏味，但婚礼的举办仍然大获成功。从十三区精心挑选的三百个公民和许多难民身着日常服装参加了婚礼，婚礼现场用秋天的树叶精心装饰，孩子们演唱婚庆歌曲，来自十二区的孤独的提琴手用他从十二区逃难时带出来的提琴为大家演奏。按照凯匹特的标准，这确实是一场简朴的婚礼，可这又有什么关系呢？婚礼上的一对新人光彩照人。安妮穿着我在五区巡演时穿的绿色丝裙，芬尼克穿的礼服由皮塔原来的衣服修改而成。但他们的美丽漂亮却并不是因为这些借来的衣服——尽管衣服也很漂亮，而是因为他们脸上放射出的幸福的光彩，要知道，这是一场原以为不可能的婚礼啊！道尔顿，来自十区的放牛娃，为他们主持了婚礼，因为这场婚礼与他们区的婚礼很相似。最特别的还是四区的创意，在新郎新娘宣誓时，他们用长长的草编织的网子罩在一对新人身上；新郎新娘把盐水洒在对方的嘴唇上，婚礼上还演唱了古老的婚庆歌曲，这首歌把婚礼比作了海上的远航。

不，我完全不需要假装为他们感到高兴。

在新郎新娘互相接吻之后，宾客发出了欢呼，大家用苹果酒干杯，接着小提琴奏出了欢快的曲调。这下子十二区的人都被这曲调吸引过来。虽然十二区在帕纳姆国最小最穷，可是我们十二区人却会跳舞。跳舞并不在原定的计划当中，但在控制室调度一切的普鲁塔什此时一定也祈求片子拍摄成功。格雷西·塞拉住盖尔的手，把他拽到大厅中央，和他面对面站好准备跳舞。许多人也加入进来，大家排成长长的两队，跳舞开始了。

我站在一旁，随节拍拍着手。这时一只瘦巴巴的手伸过来拧了我胳膊一下。是约翰娜，她瞪着眼对我说："你不想让斯诺看你跳舞吗？"她说得没错。还有什么比嘲笑鸟随着音乐欢快地起舞更能表达胜利的喜悦呢？我在人群中看到了波丽姆。在漫长的冬夜，我们有很多时间练习，所以我们是很好的搭档。我告诉她不用担心我的肋骨的伤，于是我们也站到了队列里。我的伤很疼，但一想到斯诺会看到我和小妹妹在跳舞，一切的疼痛也已不算什么了。

跳舞使现场气氛更加活跃起来。我们把舞步教给十三区的宾客，坚持让新郎新娘按特殊的舞步跳舞，大家拉起手来围成一个大圆圈，展示着自己的漂亮的脚底功夫。已经很久没有这么尽兴疯狂地玩耍过了，要不是因为普鲁塔什为电视片安排了特殊的环节，大家都会这样跳上个通宵。我事先并没有听说普鲁塔什还有别的安排，所以这完全是一个惊喜。

四个人用手推车推着一个大大的结婚蛋糕从侧面的房间走了进来。大家纷纷后退让路。这是一个令人目眩的大蛋糕，上面用糖霜做了美丽的造型，湛蓝的海水卷起白色的浪花，水上漂浮着帆船，鱼儿、海豹在游动，水里还有美丽的花朵。我赶紧推开人群走到跟前，想证实一下我的第一感觉。没错，正如安妮裙子上精制的花边出自西纳之手，这糖霜花也一定出自皮塔之手。

这看似不经意的小小发现对我来说却意味深长。黑密斯一定向我隐瞒了很多。上次我看到的那个疯狂嘶喊、拼命想挣脱束缚的男孩决不可能做出这样的东西，他不可能集中精神、不可能稳住手指、不可能为芬尼克和安妮设计出如此完美的造型。黑密斯好像预料到了我的反应，他已经站在了我身旁。

"咱们谈谈吧。"他说。

在大厅外面，躲开摄像机镜头之后，我问："他怎么样了？"

　　黑密斯摇摇头，"我说不好，谁都说不好。有的时候，他看上去很清醒，但不知怎么，过了一会儿他又糊涂了。做蛋糕是一种治疗，他这几天一直在做这个。在一旁看着他做蛋糕的样子，感觉他几乎跟从前一样。"

　　"这么说，已经允许他到处走动了？"我问。一想到这个，我的心七上八下了好一会儿。

　　"噢，不。他做蛋糕是在密切监视之下。他还被锁在屋里。可我已经跟他谈了。"黑密斯说。

　　"你和他面对面谈了？他没有疯掉？"我问。

　　"没有，可他对我很生气，当然，我没有告诉他反抗计划等等这些事，他也有理由生我的气。"黑密斯说到这儿顿了一下，似乎在犹豫下面的话该说不该说，"他说他想要见你。"

　　我感觉自己坐到了糖霜做的帆船上，随着碧蓝的海浪翻卷，甲板在我的脚下颠簸。我赶紧用手扶住墙壁稳住自己。事情完全出乎意料，我在二区时已经认为皮塔是无可救药的了，然后我会去凯匹特，杀死斯诺，然后自我了断。遭到枪击只是暂时中断了我的计划。我本不应该听到这些话的。*他说他想要见你。*可既然我听到了这些话，我也无法拒绝。

　　午夜，我站在医院皮塔房间的门外。我们不得不等到普鲁塔什拍完他的婚礼场面，虽然这过程中缺乏他所期望的令人眼花缭乱的热闹场面，但他一定很满意。"凯匹特这些年一直忽视十二区，最大好处就是老百姓还保持着自然的本性。观众喜欢这样。比如皮塔曾宣布他爱你呀，你所用的浆果计策呀，这些都很适合上电视。"普鲁塔什说。

　　我希望能与皮塔私下见面，但是一大堆医生已经站到了单面玻璃墙的后面，手里拿着笔和笔记本。当耳机里传来黑密斯准备就绪的指令后，我慢慢打开了门。

那双蓝色的眼睛目不转睛地看着我。他每只胳膊上都打着三道绑带，输液器和药物已经备好，以防他在失控时可以立即让他昏睡过去。然而他并没有试图挣脱，只是仍用警惕的眼神打量我，看得出他仍认为面前站着的是一个变种人。我走过去，在离他的床只有一码远的地方站住。我不知该把手放在哪里，所以我把手臂抱在胸前，挡住了我肋骨上的淤伤，然后说："嘿。"

"嘿。"他答道。这是他的声音，几乎就是他的声音，但里面还有些新的东西。一点怀疑和一点责备。

"黑密斯说你想跟我谈谈。"我说。

"你瞧，作为开头，"他慢慢说着，好像在等着我变成一个口中垂涎的变种狼。他盯着我看了很长时间，搞得我只好偷偷朝玻璃墙那边看，真想马上得到黑密斯的指令，可我的耳机没有声音。"你个头不高，对吧？也不是很漂亮。"

我知道他是经历了巨大痛苦才回到我们身边的，可他的话还是让我生气。"嗯，你看上去好多了。"

这时传来黑密斯让我后退的指令，但他的声音被皮塔的笑声给遮住了。"根本连好都算不上，我经历了那么多事，你却跟我说这个。"

"是啊，我们都经历了很多事。你在所有的人中算是不错的。可我不行。"我感觉一切都不对劲，我不知为什么总是心存戒备。他受到了折磨！他被劫持了！我这是怎么啦？突然，我觉得自己就要对他喊出来了——我甚至连这一点都没有把

握——所以我决定退出去。"哦，我觉得不太舒服，也许我明天再来吧。"

我刚走到门边，他说了句话，我不得不停了下来。"凯特尼斯，我记起了那面包的事。"

面包。那是我和他在饥饿游戏之前唯一一次真正的接触。

"你看了我讲述这个故事的录像带？"我问。

"不是，你有讲述这个故事的录像带？凯匹特为什么没用这带子来对付我？"他问。

"是我在营救你的那天录的。"我答道，内心的痛楚像一个巨大的钳子夹住了我的胸膛，使我透不过气来。刚才真不该跳舞。"那么，你想起什么了？"

"你，在雨里。"他温柔地说，"你在垃圾桶里刨，烧煳的面包，我妈妈打我，让我把面包拿出去喂猪，可是我却给了你。"

"是这样的，当时的情形确实如此。第二天放学以后我想谢谢你，可我不知道该怎么做。"我说。

"那天傍晚我们都在校园外，我想看着你的眼睛，可你却朝别处看了。后来……你好像摘了一朵蒲公英。"我点点头。他确实还记得。我以前从未对人提起过。"那时我一定很爱你。"

"确实是。"我的声音卡住了，我赶紧假装咳嗽。

"你那时爱我吗？"他问。

我低头看着铺瓷砖的地板，"人人都说我爱你。人们说这就是斯诺折磨你的原因，是为了让我崩溃。"

"这算不上回答。当他们给我看你的录像时，我不知道该怎么想，在竞技场，你好像要用杀人蜂杀死我。"他对我说。

"我当时想要杀死你们所有的人，你们把我逼到了树上。"

我说。

"后来，又有好多亲吻，你好像并不是真心的。你喜欢吻我吗？"他问。

"有时候。"我承认道，"你知道现在有人在看着我们吗？"

"我知道。盖尔怎么样？"他接着说。

我又开始感到气愤了。我不在乎他是不是在康复——玻璃后面的人，这不关他们的事。"他的亲吻也很好。"我简短地答道。

"我们俩都能接受这事？你亲吻别人？"他问。

"不是，这样对你们俩都不好，可我这么做也不需要获得你的允许。"我对他说。

皮塔又冷冷地、轻蔑地笑起来，"哦，你是被人制造出来的，对吧？"

我往外走时，黑密斯没有反对。我穿过大厅，跑过了一间一间的屋子，终于找到了洗衣房那根温暖的水管，并躲在那后面。我内心久久不能平静，可我不知道为什么。当我终于想明白的时候，却因为这一切太令人难堪而不愿意承认。是的，我想当然地以为皮塔觉得我完美无比的时候已经过去。终于，他看到了真实的我，暴虐、不值得信赖、喜欢操控一切，而且极其危险。

为此，我恨他。

17 ◎▶ 魔鬼训练

被震蒙了。当黑密斯在医院告诉我这个消息的时候,这就是我的感觉。我飞奔下台阶来到**指挥部**,大脑在飞速旋转,我推开门时正赶上他们在开会研究战况。

"你什么意思,我不能去凯匹特?我必须得去!我是嘲笑鸟!"我说。

科恩正在看屏幕,她连头都没抬。"作为嘲笑鸟,你联合各辖区的目的已经达到了。别担心——如果一切顺利,我们会在凯匹特投降时让你坐飞机过去。"

投降?

"那就太晚了!我会错过所有的战斗。你们需要我——我是你最好的射手!"我大喊道。我并不常吹嘘自己的射箭技术,可我说的也接近事实,"盖尔不是也要去吗?"

"只要没有其他工作,盖尔每天都参加训练。我们很肯定他在战场能很好地应对一切。你估计自己参加了多少次训练?"科恩说道。

一次也没有。次数是零。"是啊，有时候我也打猎。而……我在**特制军械部**时也和比特一起训练过。"

"那不一样，凯特尼斯。我们都知道你聪明、勇敢、箭术一流。可我们需要的是在战场上打仗的战士，首先你不懂得如何执行命令，其次你的身体状况也不太适合。"博格斯说道。

"我在八区或二区的时候你并没觉得有问题。"我反驳道。

"在那两个区时你本身就没有被授权参加战斗。"普鲁塔什说。他给我使了个眼色，示意我暴露的实情太多了。

是的，在八区轰炸时参加战斗，以及在二区的行动确实都是突发的、莽撞的，而且绝对没有获得允许。

"而且两次你都受了伤。"博格斯提醒我道。突然，我看到了他眼中的我。一个十七岁的黄毛丫头，肋骨的伤还没有好，连气都喘不匀。缺乏自制、不遵守纪律、身体也正在恢复当中。她不是一个士兵，而是一个需要被照顾的人。

"可我还是得去。"我说。

"为什么？"科恩问。

这样我就能找斯诺了断我的个人恩怨；同时我也不能忍受皮塔的脸整天在我眼前晃而盖尔却上了战场。这都是我说不出口的理由。可要想去凯匹特，我也不乏其他的理由。"因为十二区，因为他们毁掉了十二区。"

总统对这个问题思考了一下，又看看我，"那么，你还有三个星期。时间不长，可你可以开始训练。如果战斗指挥委员会认为你适合参加战斗，也许你的请求会被重新考虑。"

好吧，就这样。这是我能期待的最好结果了。这应该是我自己的错。每天除非有适合我的活动，否则我就不遵守时间表

的规定。那些活动在当时看来似乎也不怎么样，背着枪在操场上跑步，心里却揣着一大堆烦心事。可现在，我得为自己不遵守纪律付出代价。

回到医院，我发现约翰娜遇到了与我同样的情况，她也快气疯了。我把科恩的话告诉她，"也许你也该参加训练。"

"好吧，我训练。就算要把机组人员都杀死，我一个人飞到该死的凯匹特，我也一定要去。"约翰娜说。

"训练时最好别这么说。不过能搭上你的飞机，我还是挺高兴的。"我说。

约翰娜咧开嘴笑了。我感觉我们之间的关系发生了微小但却十分重要的转变。我们也许不该叫朋友，盟友应该是更适合的词。很好，我需要盟友。

第二天早上七点半，当我们报到参加训练时，却当头挨了一棒。我们被安排在一个刚开始进行训练的小组里，里面都是十四五岁的孩子，真是有点丢人。可是在实际训练中，他们却表现得比我们强得多。盖尔和其他被挑选参加战斗的人都进行了更高一级的训练。我们先做伸展运动——我的伤挺疼——接着是一两个小时的力量训练——我疼痛难忍——然后跑五英里——我疼得要死。即使约翰娜一直不停地在羞辱我，我也不得不在跑了一英里之后放弃。

"我的肋骨很疼。"我向教练解释道。她是一个话不多的中年女子，我们都叫她约克战士，"上面还有淤伤呢。"

"嗯，我告诉你，伊夫狄恩战士。那些伤要靠完全自己好还得一个月的时间。"她说。

我摇摇头。"我没有一个月的时间。"

她上下打量着我，"医生没有给你治疗吗？"

　　"需要治疗吗？"我问道，"他们说淤伤慢慢自然就好了。"。

　　"说是这么说，可是如果你自己建议，医生可以让你好得快点儿。可是我警告你，这可不是闹着玩的。"她告诉我。

　　"求你，我要回到医院。"我说。

　　约克战士没再说什么。她写了个条子，然后让我直接回医院。我犹豫了一下，真不想再错过训练了。"下午训练时我再来。"我保证说。她只是撇撇嘴。

　　我平躺在医院的病床上，二十四支针扎在我的肋部，我咬牙坚持着，真恨不得叫医生再给我用上吗啡。吗啡输液管一直在我床边，在必要时可以使用。最近我没有用，但为了约翰娜我还留着。今天，我化验了血液，验明我体内已经没有止痛剂了，两种止痛剂的混合剂——吗啡还有另一支令我的肋骨发烧的东西——具有危险的副作用。医生告诉我还要忍耐两天，我说没关系。

　　在病房的夜晚真是难熬，睡觉是不可能了。我觉得甚至可以闻到我肋骨周围的一圈肉被灼烧的味道。约翰娜在与停药后的脱瘾反应作斗争。早先，我为停用吗啡的事向她道歉时，她挥挥手表示无所谓，并且说总会有这么一天的。但是到了凌晨三点，七区所有的花哨的骂人话雨点般向我砸来。可不管怎样，到了清晨，她还是把我从床上拽起来，去参加训练。

　　"我恐怕不行。"我不得不承认。

　　"你行，我们都行。我们是胜利者，你还记得吗？无论有多难，我们都活下来了。"她冲我咆哮道。她病恹恹的，脸色灰里透青，身体抖得像一片树叶。我赶紧穿好衣服。

　　我们靠着胜利者的那股拼劲来完成上午的训练。当瓢泼大

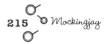

雨从天而降时，我觉得约翰娜快要不行了。她面如死灰，好像已经没有呼吸了。

"这只是水，要不了我们的命。"我说。她咬紧牙关，脚踏在泥地里。雨水浸透了衣服，我们在操场的泥地上艰难前行。我跑了一英里之后，不得不再次放弃。我强忍着才没把衬衫脱掉，那样冰凉的雨水就会打在我灼烧的肋部皮肤上，带走它的热量。中饭在野外吃，是泡了水的鱼和炖甜菜，我强迫自己往下咽。约翰娜吃了一半就都吐了出来。下午，我们练习组装枪支。我总算完成了，可约翰娜的手抖得厉害，没法把枪的部件组装起来。约克一转身，我就帮她弄。虽然雨没有停，但下午总算有所进展，我们开始练习射击。终于轮到我擅长的部分了。我把射箭的技巧运用到射击上。下午结束训练时，我的射击成绩全组第一。

我们回到医院，刚进门约翰娜就对我说："不能再这么下去了，我们不能再住在医院里了，大家都把我们当成病号。"

这对我不是问题，我可以回去和家人一起住，但是约翰娜没有分配房间。当她要求出院时，医生不批准她一个人住，即使她每天都到医院和主治医谈话也不行。我本想建议医生可以把使用吗啡的病人两个两个分配到一个房间住，可这只能让医生进一步认为她病情不稳定。"她不会一个人住，我和她住一个房间。"我宣布道。开始医生不同意，但黑密斯也帮我们说话，所以到了晚上就寝时间，我们在妈妈和波丽姆对面的房间住下，她们答应医生会对我们的病情加以留意。

我冲了个澡，约翰娜则用一块湿布擦了擦身，之后约翰娜打算在房间里四处看看。当她打开了盛着我的一些个人物品的抽斗时，她赶紧把它关上了，"对不起。"她说。

我想约翰娜的抽斗里除了政府发的几件物品，便别无其他了，她在这世上没有什么能称得上真正属于自己的东西。"没事，你想看就看吧。"

　　约翰娜打开了我的小纪念挂坠，仔细地看着盖尔、波丽姆和妈妈的照片。接着又打开了银降落伞，拿出里面的插管，把它套在她的小手指上。"看见这个我都觉得口渴。"接着她看到了皮塔给我的珍珠。"这就是……"

　　"是的，还是留下来了。"我不想提起皮塔。训练的好处之一就是让我可以不想皮塔。

　　"黑密斯说他好多了。"她说。

　　"也许吧，可他变了。"我说。

　　"你也变了，我也变了，芬尼克、黑密斯和比特都变了，更别说安妮·克莱斯了。竞技场让我们所有人都糟糕透顶，你不觉得？你还觉得自己是那个自愿替妹妹参赛的小姑娘吗？"她问我。

　　"不是了。"我答道。

　　"我的主治医生说得对，过去的事永远无法回头了。所以我们还得照样活下去。"她把我的物品小心地放回原处，然后爬到我对面的床上，这时正好到了熄灯时间，"你不怕我今天晚上杀了你？"

　　"不会，就像我不会杀你。"我答道。然后我们笑起来。我们俩的身体都累得快要垮掉了。如果明天早晨还能从床上爬起来，那可真是奇迹。可我们真的起来了。一周结束时，我肋骨的伤已完全康复，约翰娜也无需帮助，完全可以自己组装枪支了。

　　一天训练结束时，约克战士对我们点点头，表示肯定，"战士们，干得不错。"

　　我们训练通过之后，约翰娜嘟囔着说："赢得饥饿游戏也

比这还容易点儿。"可她的脸上还是露出了喜色。

我们去餐厅吃饭时，心情挺畅快。盖尔在那里等着我们。餐厅今天供应一份丰盛的炖牛肉，就更让我高兴了。"今天早晨刚运来的食物。"格雷西·塞对我说，"这是真正的牛肉，十区运来的，不是你的野狗肉。"

"那我也不记得你当时说过不吃。"盖尔讥讽道。

我们和黛丽、芬尼克、安妮坐到了一起。芬尼克婚后发生了巨大的改变。那个原来的他——我在世纪极限赛之前遇到的那个外形颓废的人、那个令凯匹特人痴迷的人、那个竞技场里神秘的盟友、那个精神崩溃却在不停帮助我的年轻人——已经变成了一个精神焕发的小伙子。芬尼克第一次显露出他不事张扬、温良随和的性情。不管是走路，还是吃饭，他总是拉着安妮的手，一刻都不松开。我想他从来就没有打算松开。安妮完全沉浸在幸福之中。虽然有时候她也会神情恍惚，精神游离到另一个世界里，但芬尼克的几句话就能把她拉回到我们身边。

黛丽，这个我从小就认识，但却没有十分留意过的女孩，在我看来也已经长大了。有人把婚礼当晚皮塔对我说的话都告诉了她，但她却并没有四处播扬。黑密斯说，每次皮塔疯掉、说我坏话的时候，她总是站在我一边维护我。她责怪皮塔全是因为凯匹特的折磨才让他有了错误的看法。她对他的影响比任何人都大，毕竟他和她相熟。虽然她对我的夸赞过了头，我还是应该感激她。坦率地讲，我还真需要一点美化嘞。

我饿了，炖肉好吃极了——牛肉、土豆、甘蓝、洋葱，炖在浓浓的汤汁里——我必须强迫自己慢点吃。在整个餐厅里，你可以感觉到一顿丰盛的大餐所带来的魔力。人们因此变得更和善、更幽默、更乐观了，它对人心灵的调节作用胜过医药，提醒人们生活不是一个错误。所以我要慢慢吃，要加入到人们的谈话中去。我用面包蘸上肉汤，在嘴里慢慢咀嚼，一边听着芬尼克讲一只乌龟戴着他的帽子游走的趣事。我笑着，吃着，却没有注意到他已经站在那里，站在桌子对面，约翰娜旁边的空位子后面，正在看着我。我看到他时，面包渣一下子卡在喉咙里，弄得我喀喀地咳了起来。

"皮塔！很高兴看到你出来……你能到处走走了。"黛丽说。

两个大块头的护卫站在他身后。因为他两手之间拴着一根短链，所以他很笨拙地端着托盘，两手尽量保持平衡。

"那个漂亮的手镯是什么？"约翰娜问。

"我还不值得信赖呢。我没有他们的允许甚至不能坐在这里。"皮塔说着，扭过头，意指他的护卫。

"他当然能坐在这里，我们是老朋友了。"约翰娜边说，边拍拍身边的座位。护卫点点头，皮塔才坐了下来。"皮塔和我在凯匹特时的牢房是挨着的。我们很熟悉彼此的喊叫声。"

坐在约翰娜另一侧的安妮赶紧捂住耳朵，把外部世界屏蔽在她的世界之外。芬尼克生气地瞪了约翰娜一眼，同时抱住了安妮。

"什么？我的主治医生说我不需要仔细考虑我是怎么想的，这是我治疗的一部分。"约翰娜回敬了芬尼克一句。

刚才我们几个人之间的活跃气氛不见了。芬尼克对安妮轻轻地耳语，直到她把手从耳边拿开。接着是久久的沉默，大家都假装埋头吃饭。

"安妮，"黛丽高兴地说，"你知道是皮塔为你们装点的结婚蛋糕吗？他们在家乡开了个面包店，所有的糖霜都是他做的。"

安妮让视线小心地越过约翰娜，"谢谢你，皮塔。真是太美了。"

"我很荣幸，安妮。"皮塔说。尽管皮塔的话不是冲我说的，但我仍察觉到他声音里那熟悉的温和善良，我原以为再也不会听到了。

"要是想留点儿时间散散步，咱们现在就走吧。"芬尼克对安妮说。他把两个餐盘摞起来，一手拿着餐盘，一手紧紧地拉着安妮。"见到你很高兴，皮塔。"

"对她好点儿，芬尼克。不然我会把她从你身边抢走的。"这本该是个玩笑，可他的语气很冷漠，使得这玩笑走了味。他的话里明摆着对芬尼克不信任，对安妮另眼相看，对我不屑一顾，好似我根本不存在。

"噢，皮塔。"芬尼克漫不经心地说，"别让我后悔救了你。"他很关心地看了我一眼，然后领着安妮走了。

他们走了以后，黛丽用责备的口气对皮塔说："他确实救过你的命，皮塔，不止一次。"

"是为了她。"他扫了我一眼，"为了反抗事业，不是为了我，我不欠他什么。"

我本该不上他的当，可我还是忍不住说道："也许是吧，玛格丝死了，而你还活着。这总能说明点儿什么吧。"

"是啊，很多事情都能说明它本不该说明的事，凯特尼斯。在我的记忆中，有些事情我自己也无法理解，我认为凯匹特并没有连这些记忆也改变了，比如，在火车上发生的许多事。"他说。

他又是话里有话。在他看来，在火车上发生的许多事意味深长，那些事情本身——在那些充满恐惧的夜晚，全靠他的臂膀我才不至于疯掉——已不再重要了，重要的是，一切都是谎言，一切都是为了利用他。

皮塔拿起勺子，朝我和盖尔这边指了指，"那么，你们俩现在是公开的一对，还是仍在上演明星恋人的那一套？"

"还是那一套。"约翰娜说。

皮塔的手一阵抽搐，他握紧了拳头，接着又用一种奇怪的方式把手张开了。他是不是尽力克制自己不去再次掐住我的脖子？我感觉到身边的盖尔已经绷紧了肌肉，准备随时迎接意想不到的突变。可盖尔只是说："如果不是我亲眼看到，我是不会相信的。"

"相信什么？"皮塔问。

"你。"盖尔答道。

"你说具体点儿，我什么？"皮塔说。

"他们把你变成了邪恶的变种人。"约翰娜说。

盖尔喝完了牛奶。"你吃完了？"他问我。我站起身，和盖尔一起把餐盘送过去。门口的老头看到我的手里还拿着吃剩的面包，就拦住了我。他也许是看到我脸上的表情，也许是觉得我根本没有藏面包的意思，并没有为难我。他让我赶快把面包塞到嘴里，就放我走了。盖尔和我都没再说话，快到我的房间时，他说："我没想到会这样。"

"我告诉过你他恨我。"我说。

"可他恨你的样子，是那么的……熟悉。我过去就有这种感觉。"他说道，"以前在电视上看到你亲吻他时，我只是觉得我这么想太不公平。他自己觉察不到。"

来到我的房间门口后，我说："也许他看到了真实的我。我得去睡觉了。"

盖尔一把抓住了我的胳膊，"你现在想的就是这些？"我无奈地耸耸肩，"凯特尼斯，我是你的老朋友了，请相信我说的话，他并没有看到真实的你。"说完，他在我的脸颊上吻了一下，然后离开了。

我坐在床上，尽量集中精力背着书本上的军事策略，脑子里却不停地想着在火车上和皮塔之间发生的事情。大约二十分钟之后，约翰娜回来了，她一骨碌倒在我的床头。"你错过了最精彩的好戏。黛丽对皮塔发脾气，觉得他不该那样对你。她吵吵的声音可大了，就像老鼠被叉子叉着了。餐厅所有的人都在看呢。"

"那皮塔呢？"我问。

"他和自己争辩，好像他是两个人。护卫不得不把他拉走。幸运的是，没人注意到我吃了他的炖肉。"约翰娜用手揉着她鼓绷绷的肚子。我看着她指甲盖里的泥垢。真纳闷，七区的人都不洗澡吗？

我们花了几个小时，互测军事术语。我去看了看妈妈和波丽姆，接着回到房间，冲了澡，躺在床上，在一片漆黑中问道："约翰娜，你当时真的能听见他叫喊？"

"叫喊只是我听到的一部分，那声音就像竞技场里的叽喳鸟模仿的叫声，不过这是真的。他会不停地叫上一个来小时。嘀，嗒。"

"嘀，嗒。"我轻声说。

玫瑰。变种狼。贡品。糖霜做的海豚。朋友。嘲笑鸟。造型师。我。

夜晚，我的梦里充满了喊叫。

 451小分队

我狠命地投入训练。除了吃饭、睡觉，无时无刻不在进行着测试、操练、使用武器、听战术讲座，包括我在内的几个人被转到一个加班，我觉得自己有希望参加实战训练。士兵们管这种训练叫"巷战"，但我胳膊上的标识却是S.S.C.，这是模拟巷战的缩写。在十三区地下，有一个凯匹特的模拟街巷。指导员把我们分成八个小分队，由我们完成各个作战任务——抢夺有利地形、摧毁目标、搜索民房——完全模拟在凯匹特的实战。在这里情况极为复杂，一点疏忽就会酿成大错。不小心迈错一步就会踩上地雷、屋顶会冒出狙击手、步枪会卡壳、一个孩子的哭声会把你引入埋伏圈、小分队首领——训练场只有他的模拟声音——被迫击炮击中后，队员必须在丧失指挥官的情况下见机行事。我们知道这都是假的，不会真的被杀死。但如果你踩上地雷，仍能听到爆炸声，这时你就倒在地上假装死去。但从另一个角度来讲，你又觉得这里的一切都很真实——地方士兵穿着治安警制服，炸弹散发出浓浓的烟雾。我们甚至有可能遭

到毒气的侵害。在遇到有毒气体时，只有我和约翰娜及时戴上了面具。我们小分队的其他队员被毒气熏晕过去十分钟。我只吸进了几口那所谓无毒的气体就头疼了一整天。

在射击场时，克蕾西达和摄制组其他成员拍摄了我和约翰娜的短片。我知道盖尔和芬尼克也在被拍摄过程当中。这是新电视片的一部分，是给即将进攻凯匹特的反抗军拍摄的。整体来讲，一切进展顺利。

之后不久，皮塔在我们早晨训练时也来参加。他手上的链子已经去掉了，但仍有两个护卫时刻不离其左右。吃完中午饭，我看到他和一些刚开始训练的人在一起。我不知道他们是怎么想的，如果和黛丽的小小口角都能使他神经质地自己跟自己辩论半天，那他学习组装枪支又有什么用呢？

我遇到普鲁塔什时，他告诉我这一切都是为了拍摄录像的需要。他们已经拍摄了芬尼克和安妮的婚礼，取得了预期效果，但全帕纳姆的人都想知道皮塔的情况。他们要看到皮塔正在为反抗事业而斗争，而非为斯诺卖命。而且如果人们能看到我和皮塔在一起，不见得非得亲吻，那就……

我听到这个马上走开了。这是不可能的。

在短暂休息的当儿，我会看到反抗军正在为进攻凯匹特做着各项准备，设备到位、后勤保障齐备、部队集合待命。从士兵剪短的头发，可以看得出那些部队已接到命令，因为这种发式是部队即将参加战斗的标志。大家都在谈论我方已展开进攻，以确保通往凯匹特火车隧道的畅通。

在第一批部队即将出发时，约克很意外地通知我和约翰娜，她已经推荐了我们俩去进行测试，要我们赶快报到。测试包括四部分：一障碍赛跑，其目的是为了测试体能；二关于战术技巧的笔试；三测试使用武器的熟练程度；四模拟巷战。我甚至没时间觉得紧张，前三部分就测试完毕，我表现不错。但最后一项是最难的。对方会为你设置技术障碍。我们小分队的队员在互相交换信息时，提到这次测试需要队员独立完成作战任务，这看来是真的。在测试中，你完全无法预料到会陷于何种险境。一个男队员压低声音说，据说这次测试专门针对每一个人的弱点。

我的弱点？这是一扇我不愿意打开的门。可我还是找到了一个安静的角落，仔细琢磨起自己的弱点来。我的弱点有一长串，真让我沮丧，我力量小，不够狠，训练时间短，甚至我嘲笑鸟的身份对于需要整体观念的团队来讲也不是优势。他们可以轻易地找到我的许多弱点。

约翰娜在我的前面，第三个被叫到。我冲她点点头，给她鼓鼓劲。我真希望我是第一个，因为现在我已经明显过于焦虑了。等叫到我时，我还不知道该用什么策略。但一旦进入场景，训练中学到的技能自然地发挥了作用。我遇到了埋伏。治安警快速出现在我面前，我不得不迂回后退，回到指定集合点，和我的小分队成员会合。我小心地在街道穿行，击毙了几名治安警，两个在我左侧屋顶，另一个在前方的一个门口。这次行动非常具有挑战性，但比我预想的要容易。用我挑剔的眼光来看，如果一切都这么容易的话，那肯定是我错过了什么。正当我距离目的地只有两座大楼时，出现了危险的情况。六个治安警出现在街角。他们的人数远远超过了我，可我注意到了一样东西。一只汽油桶很不经意地放在了地沟旁。没错，就是它。我的测试。我感觉引爆汽油桶是我完成此次任务的唯一办法。正当我抬手准备炸飞汽油桶时，我的队长轻声命令我卧倒，在这个节骨眼上，卧倒有什么用。我体内的每根神经都在嘶喊着，要我不要理睬他的命令，要扣动扳机，把治安警炸飞。可突然，我意识到自己在测试者眼中最大的弱点是什么。从我在饥饿游戏时抢夺橘红色背包，到八区参加战斗，到我在二区冲动地穿过广场，我从来都不服从命令。

我扑通一声卧倒在地，用力之大，需要用一个星期才能把沙粒从下巴上抠出来。与此同时，另外一个人引爆了油桶。治安警命丧黄泉。我也回到集合点。当我终于从街巷的另一头出来时，一个士兵对我表示恭喜，在我的手上印上我们分队号码451，然后让我去**指挥部**报到。我为自己的成功高兴得手舞足蹈。我跑过大厅，在跑过转角时由于跑得太快而脚底打滑，电梯太慢了，我干脆一蹦三跳地跑下楼梯。直到我闯进一个房间时还没觉得有什么不对头。我不该来**指挥部**，我该去剪头发。围桌而坐的不是满身薄荷香气的士兵，而是要参加战斗的士兵啊。

博格斯看到我后笑着摇摇头，"让我看看。"我现在又觉得心里没底了，伸出印着数字的手给他看。"你和我在一个分队。这是个特别小分队，人人都是神枪手，去找你的队友吧。"他冲着站在墙根的一队人点点头说。里面有盖尔、芬尼克，还有五个我不认识的人。我的小分队。我不仅参加了，而且还在博格斯的手下，和我的朋友在一起，真好。我强使自己镇静下来，然后像一个真正的士兵而不是蹦蹦跳跳的黄毛丫头，郑重地加入到他们的队伍中。

这个小分队一定很重要，因为大家在**指挥部**集合。而这一切和嘲笑鸟没关系。普鲁塔什站在桌旁一个很宽大的平面控制板前，向我们介绍了我们在凯匹特可能遇到的情况。真糟糕，我即使踮起脚尖，也看不到控制板上的东西，直到他摁了按钮。凯匹特街区的全息图像才投射到空中。

　　"比如这个，就是其中一个治安警营地周围的区域，并非不重要，但却不是最关键的目标。大家接着看。"普鲁塔什在控制板上输入了特殊的密码，一些由各种颜色组成的光束开始以不同的速度闪动。"每一个光束被称作一个'堡德'，它们各自代表一种不同的障碍，也许是一枚炸弹，也许是一群变种动物。不要出错，因为无论出现什么，它不是困住你，就是要你的命。有一些堡德在黑暗时期就已经设置好了。坦率地讲，这其中有好多是我设计的。这些堡德的设计图，我们的人在逃离凯匹特时已经带出来了，这是我们得到的最新情报。凯匹特不知道我们已经得到了这方面的信息。可即使如此，我们并不知道在过去的几个月中，他们是不是又激活了其他的堡德。这是你们即将面临的问题。"

　　我不知不觉地朝着桌子移动，直到我离全息图像只有几英寸远。我伸出手，罩住了一股快速闪动的绿色光束。

　　一个肌肉紧张的人凑到我身边，不用说，是芬尼克，因为只有胜利者才能立刻看到我已发现的东西。是竞技场。里面到处是大赛组织者设置的堡德。芬尼克用手摸着射到大门边的红色光束。"女士们、先生们……"

　　"第七十六届饥饿游戏现在开始！"他的声音不大，可我的声音满屋子都听得到。

我大笑起来，别人还没明白过来我刚才说话的意思。指挥部没有给大家留出提建议或意见的时间，已迅速作出决定，两人一组，分别行动。而我，根据指挥部的决定，离凯匹特中心区域越远越好。我是一个脾气大、主意也大的胜利者，有一层难以跨越的厚厚的心理伤疤，也许没人愿意和我在一个组。

"我真不明白你干吗还费劲让我和芬尼克参加训练，普鲁塔什？"我说。

"是啊，我们早就是你最好的两个士兵了。"芬尼克不无骄傲地附和道。

"别以为我不知道这一点。"普鲁塔什说着，不耐烦地挥了挥手，"现在言归正传，奥迪尔战士和伊夫狄恩战士。我还有最后的几句话要说。"

我们回到座位，也不理会别人投来的质询的目光。当普鲁塔什继续往下讲时，我特别认真地听着，还不时地点点头，不停变换角度来获得最清晰的视角。我一直对自己说，要坚持，无论是想喊、想骂、还是想哭，或者三者都有，要等进了林子里再说。

如果这是一次测试，那么我和芬尼克都通过了。当普鲁塔什讲完，会议结束之后，我得到了一项特殊的命令，这令我感觉很糟。他们不允许我剪头发，因为他们希望在凯匹特投降时，让人们看到的嘲笑鸟和我在竞技场时样子很近似。当然，这是为了拍摄的需要。我耸耸肩，表示我头发的长度是我最不关心的事。他们也没再说什么，就让我走了。

在走廊里，我和芬尼克不由自主地走到了一起。"我怎么跟安妮说呢？"他压低声音说。

"什么也别说。"我回答，"我对我妈妈和妹妹也不说。"我们都知道自己即将回到一个荆棘满布的竞技场，没必要让我们的家人知道。

　　"要是她看见了那幅全息图像……"他说道。

　　"她不会看到的。这是机密，一定是。怎么说这也和真的比赛不一样。没有生存者数量限制。我们有点儿太过敏感了，因为……嗨，你知道为什么。可你还是想去，不是吗?"我说。

　　"没错，我和你一样想亲手结果了斯诺的老命。"他说。

　　"任何事都没法与这件事相比。"我坚定地说，心想这也是我的愿望。兀地，我眼前一亮。"这次斯诺也成了大赛选手了。"

　　我们刚要往下说，黑密斯走了过来。他没有参加会议，因为他现在关心的不是竞技场，而是别的事情。"约翰娜又回到医院了。"

　　我一直以为约翰娜很好，已经通过了测试，只不过没分到特别小分队。她抛斧头的技术很厉害，可射击一般。"她受伤了吗? 怎么回事?"

　　"是在巷战测试的时候，测试人员想找到战士的弱点，于是他们就放水淹了街道。"黑密斯说。

　　这不会有问题，约翰娜会游泳。至少我记得她在参加世纪极限赛时会游泳。当然，没芬尼克游得好，我们大家都没芬尼克游得好。"那后来呢?"

　　"在凯匹特，就是这么折磨她的，先把她泡到水里，然后给水通上电。"黑密斯说，"在巷战时，她想起了过去的事，慌了神，不知道自己究竟在哪里了。她现在又用上了镇静剂。"芬尼克和我听完后好像呆了一样傻傻地站在那里。这时我明白

了约翰娜为什么从不洗澡，那天训练时下雨，她狠狠心才走进雨里，好像天上在下硫酸。我以为这是她停用吗啡的结果。

"你们俩应该去看看她，你们就算是她的朋友了。"黑密斯说。

真糟糕，我不知道约翰娜和芬尼克的关系怎样，可我并不怎么了解她。她没有家人，没有朋友，在她没标名字的抽斗里，除了政府发放的衣服，也没有任何带有七区特点的物品，什么也没有。

"我最好去告诉普鲁塔什，他肯定不会高兴的。"黑密斯接着说，"在攻入凯匹特之后，他希望出现在镜头里的胜利者越多越好，这对制作电视片有好处。"

"你和比特也会去吗？"我问。

"越多越好指的是年轻而有魅力的胜利者。"黑密斯纠正他自己道，"所以，不，我不会在那里。"

芬尼克直接去看约翰娜，可我在外面溜达了几分钟，这时博格斯从里面出来了。他现在是我的上司，所以我想可以给他提点特殊要求，可以求他给开个绿灯。当我把自己的想法告诉他之后，他给我开了通行证，这样只要我在警卫的视线范围内，就可以在**反省时间**到林子里去。接着，我赶紧跑回自己的住处，本想用降落伞，但是这东西附带着许多可怕的记忆，所以，我拿了从十二区带来的棉绷带。绷带是方的，很结实，就用它吧。

在林子里，我从一棵松树的枝条上摘下一些带有松脂香气的松针，堆在绷带中间，然后用绷带把松针裹起来，把绷带口拧紧，之后用一小段藤条把它绑起来，做成了一个苹果大小的圆球。

回到医院的病房门口，我观察了约翰娜一会儿，发现她平时凶巴巴的样子只不过是表面现象，一旦除去这外在的一切，她只不过是一个瘦弱的年轻女子。她现在正使劲地睁开眼睛，不愿让药物把她直接带入睡眠，害怕睡梦中那些可怕的记忆又会卷土重来。我走到她跟前，把松针包递给她。

"这是什么？"她哑着嗓子问，额头上的湿头发已打起了绺。

"我给你弄的，可以放在你的抽斗里。"我把它放在她的手里，"你闻闻。"

她把松针包举到鼻子边，试探似的闻了闻。"有股家的味道。"说着，眼泪扑簌簌地流下来。

"我就是这么想的，你从七区来的。你还记得咱们第一次见面吗？你是一棵树，哦，差不多是一棵树。"

突然，她的手像钳子似的抓住了我的手腕，"你必须要杀死他，凯特尼斯。"

"别担心。"我忍着才没把胳膊从她的手里挣脱出来。

"你发誓，以你在乎的事发誓。"她刺刺不休地说道。

"我发誓，以我的生命来发誓。"可她还是没有放开我的胳膊。

"以你家人的生命来发誓。"她坚持道。

"以我家人的生命发誓。"我重复道。我想自己的生存愿望可能是不够强烈了吧。她终于放开了我，我揉着手腕，"你怎么认为我就能去啊，傻瓜！"

听了这话，她脸上掠过一丝微笑。"我只是想听到你这么说。"她把松针包放到鼻子边，然后合上了眼睛。

剩下的日子过得飞快，我们的小分队除了每天早晨进行短暂的训练之外，一天中的大部分时间都在射击场度过。我绝大部分时间练习枪支射击，但他们每天都让我留出一小时专门进行射箭练习，也就是说我要用我的嘲笑鸟专用弓箭练习。盖尔使用重型武器，比特为芬尼克设计的鱼叉有很多特别之处，但最明显的特点是他可以通过按动金属腕环上的一个按钮，将鱼叉抛出去，之后，鱼叉会自动回到他手上，无需他亲自捡拾。

练习时，我们朝治安警人偶射击，来熟悉他们保护装置上易于受到攻击的位置，也就是我们常说的"软肋"。如果击中要害，就能看到一摊人造血流出来。那些人偶浑身都已变成红色。

看到我们小分队整体射击准确度那么高，还是挺令人欣慰的。小分队成员除了芬尼克和盖尔，还有十三区的另外五名战士。杰克逊，一个中年妇女，她是小分队的副总指挥，看上去行动有些迟缓，但她能击中我们其他人看都看不到的东西。远视眼，用她自己的话说。还有一对叫李格的姐妹，她们穿上军服后简直一模一样，为了便于区分，我们管她们叫李格一和李格二。我一直分不清她们谁是谁，直到有一天我发现李格一的眼睛里有些神秘的黄色斑点。另外还有两个年纪略大一些的男士兵，米切尔和霍姆斯，他们少言寡语，但能在五十码之外射中靴子上的尘粒。我注意到其他小分队的队员也都很棒，不知道我们有什么特殊之处，但有一天早晨，普鲁塔什也加入到我们的小分队里来，我这才明白。

"451分队队员注意了，把你们挑出来，是为了执行特殊任务。"他开始说道。我紧张地咬住下嘴唇，真希望派我们去刺杀斯诺，虽然我心里觉得这种可能性不大，"我们的军队里不乏神枪手，但摄制电视片却人手匮乏。因此，我们亲手挑选了你们八个人，作为我们的'明星小分队'成员，你们在进攻凯匹特期间，主要任务是拍电视。"

失望、震惊、气愤充满了每个队员的胸膛。"你的意思是，我们不会参加实战。"盖尔没好气地说。

"你们会参加战斗，但也许不会总在前线，当然，在这样的战争中，我们很难挑出哪里是前线，哪里是后方。"普鲁塔什说。

"我们不愿意。"芬尼克脱口而出，接着是一连串的抱怨声，可我却没有做声。"我们要参加战斗。"

"你们要在战争中发挥最大的作用。"普鲁塔什说，"而如果你们出现在电视上，就发挥了最大作用。只要看看凯特尼斯作为嘲笑鸟的巨大作用，你们就会明白，她能调动所有积极的力量，参加到反抗运动中来。你们注意到了吗？只有她没有抱怨，因为她理解了电视的力量。"

事实上，凯特尼斯没有抱怨是因为她不打算待在"明星小分队"里，是因为她知道要采取任何行动，都必须先到凯匹特。另外，太多的抱怨也会引起怀疑的。

"可我们不光是表演，是吧？那样是浪费人才。"我说。

"别担心，你们会有许多真实的攻击目标，可是别让别人击中你，在换掉你之前，我需要拍到足够的录像。现在，我们向凯匹特进发，你们要表现好一点儿。"

在出发的那天早晨，我跟家人道了别。我并没有告诉她们凯匹特防御体系和竞技场的杀人武器是何其相似，可是我去参战已经让她们很难过了。妈妈抱着我，久久不肯放开，我感觉到她的泪水已经从眼里滚落下来，可她并没有哭出声来。在我参加饥饿游戏时，妈妈也是这样强忍泪水的。"放心吧，我会很安全的，我连个士兵都算不上，只是普鲁塔什在电视上的牵线木偶而已。"我试图安慰她。

波丽姆一直把我送到医院大门口，"你感觉怎么样？"

"知道你们在斯诺够不着的地方，我感觉好多了。"我说。

"下次等我们再见面时，我们已经再也不会见到他了。"波丽姆坚定地说。然后，她伸出胳膊抱住我的脖子，"要小心。"

我想是不是要跟皮塔最后道别一下，但我最终还是觉得这样做对我们两个都不好。我只把珍珠放在军服口袋里。这珍珠代表着那个拿面包给我的男孩。

直升机把我们载到了十二区。在那里，在被大火舔舐的区域之外，建立了一个临时的运输站。这次出现在车站里的不是豪华的列车，而是普通货车，上面载满了身穿深灰色制服的士兵，他们正头枕着背包睡觉。我们坐了几天的火车，最后在通往凯匹特的一个山间隧道下了车，之后又步行了六个小时。在行军时，我们小心地沿着一条鲜艳的绿色路线前行，这是通往前方的安全路线。

我们最后到达了反抗军的营地，营地建在火车站外面，向前延伸了约十条街区的距离。我和皮塔曾经来过这个火车站。这里早已挤满了士兵。451小分队分到了一个指定地点，可以搭建帐篷。反抗军占领这个地方已达一周以上，在夺取这一地段的战斗中，凯匹特军队被击败，向市内溃退，反抗军也有几百个士兵死亡。目前，在两军阵营之间是一段雷区，空荡荡

的，但却在诱人深入。每条街区的堡德必须在完全清除之后，部队才能顺利前行。

米切尔很担心直升机空袭——我们在野外扎营确实感到自己暴露在敌人的火力攻击之下——但博格斯说这不是问题。凯匹特的空军力量在二区和在凯匹特作战时已被基本消灭。即使他们还剩下几架飞机，也肯定要用来干别的。必要时，斯诺也许会和他的内阁在最后时刻乘飞机逃离，躲到某个总统避难处。我们最初的几个飞行纵队被凯匹特的防空导弹大量击落，但后续的飞行纵队已突破敌人防线降落在附近。即将到来的战斗主要在街巷展开，我们希望战斗只会对基础设施造成一些轻微的损毁，也不带来太大的人员伤亡。反抗军想占领凯匹特，其迫切程度和当年凯匹特占领十三区是一样的。

三天之后，451小分队成员因为无聊，恨不得开小差。克蕾西达和她的摄制组拍摄了一些我们与地方火力交火的短片。他们告诉我们，我们是提供假情报的小分队。如果反抗军只攻击普鲁塔什提供信息的堡德，那对方不出两分钟就会得知我们已经拥有了堡德的全息图像。所以，我们要花大量时间来攻击无关紧要的目标。多数时间，我们的任务只是把糖果般绚丽的建筑外景玻璃打碎。我猜他们会把这些录像和摧毁凯匹特主要军事目标的录像一起播放。有的时候，小分队也需要狙击手执行真实的作战任务。每当此时，八双手都会举起来，而盖尔、芬尼克和我则永远不会被挑中。

"你长得这么适合上镜，这是你自己的错。"我对盖尔说。是啊，有时外表也具有杀伤力。

我想他们也不太清楚应该拿我们三个人怎么办，特别是我。我已经把我的嘲笑鸟服装带来了，可拍摄时，我只穿着军装。有时，我用枪，可有时他们要我用弓箭。他们好像既不愿意完全放弃嘲笑鸟的形象，可又愿意我作为一个普通士兵的形象来出现。我并不在乎，想到他们在十三区为了我应该以什么形象出现在观众面前而争吵，我感到的只是好玩，而非不安。

一方面，我表面上总是在抱怨不能真的参加战斗，另一方面，却在暗中准备自己的计划。我们每人手里有一张凯匹特地图，这个城市几乎是一个正方形。地图的上方标有字母，侧面标有数字，纵横的线条把这座城市分成了许多小方块。我一直在琢磨这张地图，记住了每一个十字路口和街道。可这张图只是一张辅助图，指挥官手里持有一个叫做"霍罗"的装置，它能显示我们在指挥部看到的凯匹特的全息图像。它可以把任何一个区域的图像放大，看清那里的堡德。霍罗是一个独立的装置，它既不能发射也不能接收信号，只是一个超级地图。可这地图比我的纸地图要好一千倍。

只要指挥官念出自己的名字，霍罗就可以被激活。霍罗一旦被激活，就会对小分队其他成员的声音有反应。例如，假如博格斯被射杀或严重受伤，另外一个人可以接替他。如果小分队成员连说三遍"索命果"，霍罗就会自动引爆，五码之内的物体就会被炸飞。这是出于一旦有人被捕的安全考虑。我们都必须谨记，一旦发生意外，我们要毫不犹豫地做到这一点。

所以，我现在要做的是，把博格斯激活后的霍罗偷出来，然后在他没有察觉时，从他眼前消失。可是，把霍罗从他身边偷走，只比偷走他的牙齿容易一点儿。

第四天上午，战士李格二误触了一个堡德，释放出来的不是一群变种昆虫——对这个大家是有准备的——而是大批的金属飞镖。医疗小分队还没来到,她就一命归西了。最后人们只找到了她的脑壳。普鲁塔什答应立刻派人来替补。

转天早晨,小分队新派来的队员到达凯匹特。他手腕上没有戴链条,也没有护卫,从火车站出来时肩上挎着步枪。在他的脸上既有震惊,也有困惑和反抗,但他的手背上分明印着451。是皮塔。博格斯拿走他的枪之后就去打电话。

"没关系。"皮塔对我们说,"是总统亲自派我来的。她觉得需要给电视片升升温。"

也许电视片确实需要升温。但如果科恩亲自派皮塔来,那说明她同时做出了另一个决定,她觉得我死去比活着对她更有用。

第三篇 刺杀

19 真的假的

　　我几乎从没见过博格斯发脾气，甚至在我违抗他的命令或者吐在他身上或者盖尔踹在他鼻梁上的时候都没有。但这次他给总统打完电话之后，却大为光火。他做的第一件事就是命令他的副手杰克逊战士立刻组成两人一组的警卫，二十四小时看护皮塔。之后，他要求和我一起散步。我们绕着四散的营房溜达，直到我们的小分队被远远地抛在后面。

　　"反正他会想办法杀死我的，特别是在这里，可以触发他许多可怕的记忆。"

　　"我会让他保持冷静的，凯特尼斯。"博格斯说。

　　"为什么科恩现在想让我死呢？"我问。

　　"她对此予以否认。"他答道。

　　"可我们都清楚这一点。而你至少应该有个解释。"我说。

　　博格斯没说话，他凝视着我，好半天才说："我能说的就是，总统她不喜欢你，从来都不。开始她想救出皮塔，但其他人不同意。当你要求赦免其他胜利者时，情况变得更糟了。可即使如此，你表现得如此出色，这一点她大可不必计较。"

"那又怎么样？"我接着问。

"这场战争不久就会结束，新的领袖将被选出。"博格斯说。

我的眼睛骨碌一转，"博格斯，没人认为我能成为领袖。"

"是的，他们不会认为你会成为领袖。"博格斯对我的话表示同意，"但是你总要支持某一方吧。你会支持科恩总统？还是别的什么人？"

"我不知道，我从没想过这件事。"我说。

"如果你的第一个答案不是科恩，那你就是一个威胁。你就刻上了反对派的烙印。要知道，你个人的影响力可是比别人都大啊。"博格斯说，"从目前的情况看，你对她所做的一切就是容忍她。"

"所以她就要杀死我，好让我闭嘴。"话一出口，我就知道我说的是对的。

"她现在已不再需要你做她的同盟。正如她所说的，你的首要任务是将各辖区联合起来，而现在这个目的已经达到了。"博格斯提醒我说，"现在的这些电视片没有你也完全可以拍。你只有最后一件事可以做，好让反抗的火焰燃得更旺。"

"去死。"我平静地说。

"是的，你成为一个牺牲者，激励更多的人去斗争。可这件事在我眼皮底下是不可能发生的，伊夫狄恩战士。我的计划是让你安度一生。"博格斯说。

"为什么？"这种想法只能让他陷入麻烦，"你并不欠我什么。"

"你应该得到这一切。现在归队吧。"他说。

我知道，博格斯为了我，甘愿置自己于险境，我应该感到高兴。可说实在的，我感到的却只是沮丧。我是说，以现在的情况，我还怎么能够偷走他的霍罗而离开小分队呢？就算我没有因他对我的坦诚而亏欠他什么，背叛他也会使事情变得更加复杂。更何况，他救了我的命，我已经欠了他的情。

由于我处于进退两难的境地，他悄悄地把帐篷搭在我帐篷的后面，这真让我生气。"我的岗是几点？"我问杰克逊。

她眯起眼睛，用怀疑的眼光看着我，也许她只是想更好地看清我的脸，"我没安排你轮岗。"

"为什么没有？"我问。

"我不能肯定必要时你是否能对皮塔开枪。"她说。

听到这话，我故意提高嗓门，全队的人都能清楚地听到。"我不会杀死皮塔，因为皮塔已经死了。约翰娜说得对，我要杀死的不过是凯匹特的另一个变种人而已。"在大家面前大声地诅咒皮塔，真是畅快淋漓，回敬了他回来之后让我遭受的所有屈辱。

"哦，就算你这么说，也不能派你去。"杰克逊说。

"让她参加轮岗吧。"我听到博格斯在我身后说。

杰克逊无奈地摇摇头，在本上做着记录，"夜里十二点到凌晨四点。你和我一起轮岗。"

开饭的哨声响了。盖尔和我在餐厅里排队。"你想让我杀死他吗？"他贸然地问道。

"那样的话，咱们两个肯定都得被送回去。"我说。虽然我很生气，但他说的话那么残酷，还是让我一惊。"我能应付得了。"

"你是说在你行动之前？在你拿着你的地图，也许还有霍罗离开之前？"这么说，我的计划没有逃过盖尔的眼睛。我希望我的计划不会也这么容易被别人看出来。当然，不可能有另外一个人像他那么了解我。"你没准备丢下我吧？"他问。

直到说话的这一刻，我是这么计划的。可是看来让我的打猎搭档盯着我背后，也不是什么坏事。"作为你的战友，我强烈建议你和你的队员待在一起。可你要来，我也没办法，对吧？"

他咧开嘴笑了，"是的，除非你想让我把队里所有的人都惊动了。"

451小分队的队员和摄制组的人都把饭从餐厅打来，然后围成一圈吃饭。开始我以为是皮塔的出现令我不安。但快吃完饭时，我发现有几个人都向我投来不友好的目光。这变化真是太突然了。因为刚来时我还很肯定大家关心的是他有多么危险，特别是对我。我给黑密斯打了个电话，才明白了这一切的原因。

"你想干什么？刺激他去攻击你吗？"他问我。

"当然不是。我只想让他离我远点儿。"我说。

"噢，那是不可能的，特别是在凯匹特对他做了那些事情以后。你瞧，科恩把他送到那里，也许是希望他能杀死你，可皮塔并不知道这一点。他不明白在他身上正发生什么。所以你不能怨他……"黑密斯说。

"我没有怨他！"我说。

"你怨了！你一直在为他不能控制的一切而不断地惩罚他。我并不是说你不该二十四小时手拿上了膛的步枪，可你现在也该好好想想了。假如是你被凯匹特抓走，又被劫持，你企图杀死皮塔，你觉得皮塔会这样对你吗？"黑密斯不依不饶地问。

我不吭声了。不会的绝不会。他会不惜一切代价把我拉回来，而不是拒绝我、抛弃我、不失时机地敌视我。

"你和我，我们要携起手来，把他救回来，记住了吗?"黑密斯说。我没说话，他顿了顿，接着说:"要记住这一点。"

秋季的天气已经由凉转寒。多数队员都盘坐在自己的睡袋里，也有的人睡在露天，但靠近营地中央的取暖设备，而其他人则睡在帐篷里。李格一终于因为妹妹的死而坚持不住了，我们在帐篷里能听到她隐隐的抽泣声。我窝在自己的帐篷里，想着黑密斯说的话。我羞愧地意识到，由于过于专注于暗杀斯诺的计划，已经忽略了更困难的问题，那就是把皮塔从他被劫持后的黑暗世界里拉回来。我甚至想不出一个像样的计划，与此相比，穿过机关重重的竞技场、找到斯诺、把子弹送进他的脑袋简直都成了小儿科。

到了午夜，我从帐篷里出来，在营地取暖设备附近找了一张凳子坐下来，和杰克逊一起执行看守任务。博格斯让皮塔睡在没有视线障碍的地方，这样大家都能看得见他。而此时，他并没有睡。相反。他把背包抱在怀里，正坐着用一截短绳笨拙地打绳结。这条绳子我很熟悉，正是芬尼克在地下洞穴时给我的那一条。看到这条绳子，我似乎听到芬尼克在重复黑密斯说过的话——我抛弃了皮塔。现在，如果我能说点什么，也许是弥补的好机会。可我不知该说什么，所以我也没说话，只是默默地听着士兵的鼾声随着夜晚的空气慢慢飘过来。

大约一个小时之后，皮塔开始说话了，"最近这一两天你一定很累吧。一直在杀我和不杀我之间徘徊。想来想去，想来想去。"

这太不公平了，我的第一反应是抢白他。但我立刻想起了黑密斯的话，我尽量朝与皮塔和解的方向努力。"我从来没想过要杀你，除了那次我以为你在帮助职业选手杀死我。从那以后，我一直把你当成……盟友。"这是一个安全的词，没有任何感情色彩，也不具威胁性。

　　"盟友。"皮塔慢慢地说着这个词，琢磨着它的意思。"朋友。爱人。胜利者。敌人。未婚夫。目标。变种人。邻居。猎人。'贡品'。盟友。我要把这个词加到我用来琢磨你的一串词里。"他拿着绳子在手里来回翻弄着，"可问题是，我已经分辨不出哪些是真的，哪些是编造出来的。"

　　周围士兵均匀的呼吸停止了，这说明他们已经醒来，或者根本就没睡。我怀疑是没睡吧。

　　这时黑暗处传来了芬尼克的声音，"那你就该问一问，皮塔。安妮就是这么做的。"

　　"问谁？我能够信任谁？"皮塔问。

　　"嗯，可以先问我们。我们是和你一起的队员。"杰克逊说。

　　"你是我的警卫。"他指出。

　　"我们也是。但是你救了十三区的好多人，我们是不会忘记的。"

　　接下来是一片寂静。我试图设想无法分辨现实和虚幻事物是什么感觉。我会不知道妈妈和波丽姆是否爱我，斯诺是不是我的敌人，不知道取暖器对面的人是救了我还是牺牲了我。只消一点想象，我的生活立刻变成了噩梦。我突然产生一股冲动，想要告诉皮塔他是谁，我是谁，我们怎么会在这里碰面。但我不知道如何开始。没用，我真没用。

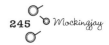

在离四点钟还差几分钟的时候，皮塔又转向我，"你最喜欢的颜色是……绿色？"

"没错。"然后我又想起些什么，"你最喜欢的是橘色。"

"橘色？"他似信非信。

"不是鲜艳的橘色，而是柔和的，就像落日。至少，有一次你是这么对我说的。"

"噢。"他闭起眼睛，也许在心里想象着落日的颜色，然后点点头，"谢谢。"

可更多的话语又从我的嘴里流淌出来。"你会画画。你会烤面包。你喜欢开着窗户睡觉。你的茶里从不放糖。你的鞋带总是系两个扣。"

在我还没有做出愚蠢的事——比如哭泣——之前，我赶紧钻进了帐篷。

早上，盖尔、芬尼克和我出发去执行打碎玻璃的任务，这是为了拍录像。当我们回到营地时，皮塔正跟十三区的士兵们围成一圈，坐在一起。士兵们都带着枪，可跟他谈起话来却无拘无束。杰克逊编了个游戏，名叫"是真是假"来帮助皮塔。皮塔提起一件他认为已经发生的事，然后他们会告诉他是真的还是想象出来的，通常他们还会简单解释一下。

"十二区的百姓大多在火中被烧死了。"

"真的。逃到了十三区的不到九百人。"

"着火是因为我的错。"

"不是真的。斯诺总统摧毁了十二区，就像他摧毁十三区一样，是为了给反抗者一个警示。"

这看上去似乎是个很不错的办法，但随后我也意识到，真正压在皮塔心头的问题只有我才能回答是或者不是。杰克逊把我们重新分配，轮流看守皮塔。她把芬尼克、盖尔和我分别和一个十三区的战士搭配，这样的话，皮塔总能接近一个熟悉他的人。与皮塔的谈话并不是很稳定。即使极小的细节，他也往往要花很长时间考虑，例如家乡的人在哪里买肥皂。盖尔告诉了他很多关于十二区的细节；对于皮塔两次参加的饥饿游戏比赛，芬尼克是这方面的专家，因为第一次他是指导老师，第二次他是"贡品"。但因为令皮塔困惑的事情大多是围绕我而产生的——并非所有的事都可以靠简单的解释来解决——我们的交流是痛苦的、沉重的，即使我们只触及最表面化的问题。在七区时我所穿衣服的颜色，我喜欢哪种奶酪面包，我们小时候数学老师的名字。在他的心中重构关于我的记忆是非常痛苦的过程。也许在斯诺对他做完那一切之后，这根本是不可能的。但我们感觉确实应该帮助他。

转天下午，我们得到通知，全体队员要拍摄一个相当复杂的电视片。皮塔在一点上是对的：科恩和普鲁塔什对于明星小分队所拍的片子并不满意。片子很乏味，又没有激励作用。他们的第一感觉是我们除了用枪射击，也没干别的。全是因为我们不是在自卫，而是在拍摄一个可用的片子。所以今天，专门留出一个街区用于拍摄，这条街区甚至还有真正的堡德。其中一个堡德会发出很强的火力，另一个会让闯入其中的人落入圈套，进行审讯或者执行死刑，全看抓人的人的偏好。但这个街区仍是一个不重要的居民区，并没有战略价值。

摄制组人员为了加强拍摄效果，特意释放了烟幕弹，加上了密集火力的声音效果。我们穿上了重重的防护服，即使摄制组人员也一样，好似我们正在进入战斗中心区域。我们也获得许可除枪支外，还可带上特种武器。博格斯把皮塔的枪也还给了他，但是又大声告诉他弹夹是空的。

皮塔耸耸肩，"反正我的枪法也不怎么样。"他似乎一直在专注于观察波洛斯，甚至已让波洛斯感到不安。最后，他的谜团似乎得到了答案，他志忐不安地问道："你是一个艾瓦克丝，对吗？从你吃饭的样子，我能看出来。在监狱时，我和两个艾瓦克丝在一起，大流士和拉威尼亚。但是卫兵总是管他们叫红头发。就因为他们在训练中心的时候曾做过我们的仆人，所以也被逮了起来。我眼看着他们被活活地折磨死了。她很幸运，他们给她用电刑，电压很高，所以她一下子就死了。可他却被折磨了两天才慢慢死去。他们打他，割下他的肢体器官，他们不断地问他问题，可他却不能说话，只能发出动物似的可怕的喊叫。那些人并不是想要什么情报，你知道吗？他们只是为了给我看。"

皮塔扭过头看着我们一张张吃惊的脸，好像在等待一个回答。可没人说话，他便问："真的还是假的？"没有人回答更让他不安。"真的还是假的？！"他又问道。

"真的。至少从我了解的情况来看……是真的。"

皮塔紧绷的神经松弛下来。"我也是这么想的。这里没有……闪光。"他神情恍惚地走开了，嘴里还嘟囔着什么手指头、脚指头的。

我心情压抑地走到盖尔跟前，把额头抵在他的胸口的盔甲上，我要感受他用坚实的臂膀紧紧抱住我的感觉。我终于知道了那个在十二区的林子里被凯匹特追捕的女孩的名字，也知道了那个曾想救盖尔一命的治安警的命运。此时此刻我们已经无法唤起美好的记忆。他们因我而失去生命。那些从竞技场开始被我杀死或因我而死的人的名单已经增加到数千人。当我抬起头来时，却看到盖尔的脸上有一种截然不同的表情。他似乎在说，即使炸崩再多的山也不足以报那深仇大恨，摧毁再多的城市也无法雪洗那似海冤仇，一切只能用死亡来回应。

我们穿过满是碎玻璃的街道，来到目的地，一个需要夺取的街区。一路上皮塔说的恐怖的话仍在脑子里盘桓，挥之不去。今天我们要夺取的街区虽然不大，却是真实的。我们围在博格斯身边，看着霍罗上此街区的全景图像。火力堡德的位置在街区的三分之一处，一个公寓遮阳伞的上方。我们用枪应该能激活它。拉网堡德在街区的尽头，几乎快到下一个转角了，这个需要有人亲自去触发它的人体传感装置。每个人都自告奋勇，但皮塔除外，他似乎并不明白是怎么回事。我没有被选中，却被派到麦萨拉那里，去为拍片补妆。

小分队队员在博格斯的指挥下占好不同的位置，之后我们要等克蕾西达让她的摄制组成员就位。他们都在左边的位置，卡斯特在前，波洛斯在后，这样他们就不会拍摄到彼此。麦萨拉为了加强拍摄效果释放了一些烟雾。因为这次行动既是执行任务，又是为了拍摄录像，因此我正想问问该听谁的，指挥官还是导演，这时克蕾西达喊道："开始！"

我们在烟雾弥漫的街道上慢慢前行，就像我们在巷战训练中一样。每个人至少要打碎一段街区的玻璃窗，但盖尔接受的却是真实的任务。当他击中堡德后，我们赶快隐蔽起来——急速钻到门洞里，或趴在浅橘色、粉色交替的漂亮的人行道

上——一颗颗子弹从我们的头顶穿过。一段时间过后，博格斯命令我们继续前进。

克蕾西达让我们先不要起身，因为她要进行最后的拍摄。我们轮流重新表演刚才的动作。趴倒在地、一脸的严肃紧张、急速隐蔽。我们知道这应该是件严肃的事情，可整个过程还是感觉很好笑，特别是当我发现在拍摄长镜头中我还不算最差演员的时候，就更觉荒唐可笑。这时米切尔建议我们在表现拼死战斗的场面时，要龇牙露齿、鼻孔张大，我们都拼命大笑起来。博格斯不得不喝令我们保持严肃。

"集中精神，451。"他严肃地说，但看得出他也在忍着尽量不笑出来。接着他检查下一个堡德，调整霍罗的位置，以便在烟雾弥漫的情况下看清图像。当他脸朝着我们、左脚踏上身后的橘色人行道时，砰的一声，一颗炸弹响了，炸飞了他的双腿。

 堡德袭击

刹那间，好似一扇彩色玻璃被震碎，露出了后面丑陋的世界。笑声变成了尖叫声，鲜血染红了彩色的石块，真实的浓烟遮盖了为拍摄电视片而制造的人造烟雾。

第二次爆炸声似乎要把空气劈裂，震得我耳朵嗡嗡直响。可我分辨不出爆炸声来自哪里。

我第一个跑到博格斯身边，被他撕裂的皮肉、炸飞的肢体惊呆了。我想找到什么来堵住汩汩流淌的鲜血。霍姆斯把我推开，赶紧打开急救箱。博格斯紧紧抓住我的手腕，他的脸一片死灰，看上去正在离我们而去。他缓缓吐出了两个字，是命令，"霍罗。"

霍罗。我四处乱摸，在沾满血的一堆堆的瓷砖碎片里寻找着。我的手碰到了一堆热乎乎的肉，不禁一震。最后，我在楼梯间发现它和博格斯的一只靴子挤在一起。我拿起它，用手把显示屏擦干净，递到我的指挥官面前。

霍姆斯正用止血绷带包扎博格斯左腿根，可绷带刚包住他

的腿，立刻就被鲜血浸透了。他用止血带绑在另一只腿膝盖上方的位置。小分队的其他人把我们和摄制组人员围在中间，形成了保护。芬尼克此时正使劲摇晃着麦萨拉，后者被炸弹的冲击波甩到了墙壁上，晕了过去。杰克逊则对着对讲机呼叫基地派遣医疗人员，但却没有联系上。我知道一切都太晚了。从儿时起，我就看着妈妈给受伤的病人包扎，我知道一个人一旦血流如注，也就回天乏力了。

我跪倒在博格斯身边，他快不行了，我想起了露露和六区的瘾君子，我又要像对待她们一样，当博格斯生命之光渐渐暗淡下去的时候，给予他最后的一点安慰。但博格斯却用双手操作着霍罗，他按下按键，输入指令，然后把拇指压在显示屏上确认身份，同时用微弱的声音说出一连串的字母和数字作为提示。显示屏随即发射出绿色的光，照亮了他的脸。他说："我已无法指挥，将一级安全审查许可权移交给451小分队战士凯特尼斯·伊夫狄恩。"他用尽全身力气把霍罗对准我的脸。"说你的名字。"

"凯特尼斯·伊夫狄恩。"我对着绿色的显示屏说。突然，我被这绿色的光攫住了，不能动，甚至不能眨眼，显示屏上一个个的图像在我眼前闪过。是在对我进行扫描吗？还是对我进行记录？还是要弄瞎我？光线消失了，我摇摇头，让自己清醒过来。"你干了什么？"

"准备撤退！"杰克逊大喊道。

芬尼克指着街区进口喊了声什么。大家一看，一股黑黑的石油似的东西泉水般涌了过来，迅即，黑色物体如滚滚浪涛，在两侧大楼的中间奔涌，像一面黑色的墙堵住我们来时的路。

它看上去既不像液体，也不像气体，既非人造，又非天然。它肯定是致人死命的。看来往回走是不可能的了。

接着传来巨大的爆炸声，盖尔和李格一引爆了位于街区尽头石头路面上的炸弹。起先我不明白他们在干什么，但紧接着在十码外传来另一个爆炸声，在街道上炸开了一个大洞。之后我明白了，这是为了清扫地雷。霍姆斯和我搀住博格斯的胳膊，拖着他在盖尔身后走。博格斯疼得大叫。我想停下来，找到更好的办法，但是那些黑色物质已经爬过楼顶，像巨浪一样翻滚着，似乎要把我们吞没。

后面有人猛地拽我，我松开抓住博格斯的手，一下子摔倒在石头地面上。皮塔此时正俯视着我，他已经疯了，又被抛回到劫持状态的黑暗世界，他把枪举在我头顶，想要用枪托砸碎我的脑袋。我赶紧一滚，接着听到枪托砸在地面上的声音，我看到一堆人拥上来，接着米切尔制服了皮塔，把他摁倒在地。可平时皮塔就很有力气，这时在杀人蜂毒的作用下，更是疯狂。他一脚踹在米切尔的小腹上，把他踹到了大街中间。

喀喇喇一声响，一个堡德被触发了。四条连接在大楼轨道上的钢索穿破石头路面，叭的一下弹了出来，把米切尔兜在里面。这不可能——他立刻血流如注——后来我们才看清网子上的铁刺。这东西我认得，在十二区的隔离网上，就有这东西。我大声喊着叫他不要动。这时黑色物质发出的像焦油一样的浓重的臭味却呛得我喘不过气来，它已经涌到最高处，形成了波峰，马上就要落下来了。

盖尔和李格一用子弹打穿了街角一处大楼的门锁，接着朝兜住米切尔的网子开枪。其他人制服了皮塔。我返回到博格斯身边，和霍姆斯一起把他拽进屋子里。我们穿过这家人的用粉白色天鹅绒装饰的客厅，穿过挂满家人照片的厅廊，进到铺了大理石地面的厨房，然后我们都倒在地上。卡斯特和波洛斯夹着皮塔走了进来，皮塔还在拼命地挣扎。杰克逊已经设法给他戴上了手铐，可这只能令他更加疯狂，他们被迫把他关在了储藏室。

客厅的大门啪啪作响，随着一阵惊呼声和脚步声，其他人也跑到了厅廊，紧接着那黑色的大浪咆哮着经过了门口。在厨房里，我们能听到门窗发出的吱吱嘎嘎的声音。那股焦油的臭味充斥在空气中。芬尼克扶着麦萨拉走来。李格一和克蕾西达紧跟在他们后面跟跄着走进来，一边喀喀地咳嗽着。

"盖尔！"我尖声喊叫。

他进来了，砰的一声把身后的厨房门关上，边咳嗽，边说："那臭味！"卡斯特和波洛斯赶紧抓起毛巾、围裙堵住门缝，盖尔却对着一个鲜黄色的洗碗槽哇哇地吐起来。

"米切尔？"霍姆斯问道。李格一只是摇了摇头。

博格斯把霍罗塞在我手里，嚅动着嘴唇。我听不出他在说什么。于是我把耳朵凑到他嘴边，他气息微弱地说："不要信任他们，不要回去，杀死皮塔，去做你来这里要做的事。"

我抬起头，看着他的脸。"什么？博格斯？博格斯？"他的眼还睁着，但已经死了。他推到我手里的霍罗沾满了他的血。

皮塔啪啪的踢门声盖过了大家急促的呼吸声。大家听着听着，他踢门的声音越来越弱了，之后就没声音了。我纳闷，他，是不是也死了。

"他死了？"芬尼克问，低头看着博格斯。我点点头。"我们

得从这儿出去。就现在。我们把满街区的堡德都激活了。他们现在准在用监视器看着我们。"

"没错。整条街都有监视器，我敢说他们是看到我们在拍摄电视片时，手动触发了黑浪。"卡斯特说。

"刚才我们的无线电几乎立刻失灵了，也许他们有电磁干扰装置。可我会设法让大家回到营地。把霍罗给我。"杰克逊说完，伸手来拿霍罗，我却把它紧紧抱在胸前。

"不，博格斯把它给我了。"我说。

"别傻了。"她不耐烦地说。她当然会认为这是她的，因为她是副指挥。

"是真的。他死之前把一级安全审查许可权移交给她了。我亲眼看到的。"霍姆斯说。

"他为什么要这么做？"杰克逊问。

是啊，为什么？我大脑飞转，想着刚才的五分钟内发生的这可怕的一切——博格斯受伤，快死了，死了，皮塔发疯行凶，米切尔浑身是血被网子兜住，然后被黑浪吞噬，我想求助于博格斯，我多么需要他活着。突然间，他，也许只有他一个人，完全站在了我一边。我在想他最后的指令……

"不要信任他们，不要回去，杀死皮塔，去做你来这里要做的事。"

他究竟是什么意思？不要信任谁？反抗者？科恩？还是现在正看着我的这些人？我可以不回去，可他知道我不可能对着皮塔的脑袋开枪。我能吗？我应该吗？博格斯已经猜出来我会离队，然后独自去刺杀斯诺？

我一下子想不明白。所以我决定执行前两项指令：不要信任任何人，继续深入凯匹特中心区域。可我怎么才能向别人证明我应该持有霍罗？

"因为我在执行科恩总统的特殊任务。我想博格斯是唯一的知情人。"

这么说根本就不能让杰克逊信服。"执行什么任务？"

干吗不告诉他们实话？这和我能想起来的任何理由一样，完全说得过去。可我要让这项任务看起来像是一项真实任务，而不是为了了却个人恩仇。"战争会导致更多人死亡，从而使我们的人口大量减少，难以为继，在此成为现实之前，我们要刺杀斯诺总统。"

"我不相信你。作为你现在的指挥官，我命令你将一级安全审查许可权移交给我。"杰克逊说。

"不，这直接违反了科恩总统的命令。"我说。

枪都端了起来。一半的枪口对着杰克逊，一半对着我。这时克蕾西达说话了。"是真的。这就是我们来这里的目的。普鲁塔什想对此进行拍摄。他认为如果可以拍到嘲笑鸟刺杀斯诺的录像，就可以结束战争。"

听到这话，杰克逊也迟疑起来。然后她用枪口对着储藏柜，"那他为什么来这里？"

她说中了要害。我想不出一个让人信服的理由来说明为什么科恩派来一个精神不稳定、一心想杀死我的人，来一起执行这么重要的任务。我的理由确实显得牵强。克蕾西达再次帮了我一把。"因为他们俩在饥饿游戏胜出后在斯诺的私人宅邸接受凯撒·弗里克曼的采访，普鲁塔什认为皮塔也许能帮着我们找到那个地方。"

我真想问问克蕾西达为什么替我撒谎，为什么替我分辩，好让我们去完成我自己计划中的任务。可现在不是时候。

　　"我们必须离开！我会跟着凯特尼斯。如果你们不想去，就回营地吧。行动！"盖尔说。

　　霍姆斯打开储藏室，把失去知觉的皮塔扛在肩上，"准备好了。"

　　"博格斯？"李格一说。

　　"我们不能带上他了，他会理解的。"芬尼克说。他把博格斯的枪从他的肩上摘下来，挎在自己肩上，"你带头吧，伊夫狄恩战士。"

　　我不知道怎样带头。我在霍罗上寻找方向。霍罗还处于激活状态，可就算没被激活也无所谓，因为它也帮不上我的忙。现在已经没时间去鼓弄那些按键，搞懂它的工作原理了。"我不知道怎么用这个，博格斯说我可以靠你来帮我。"我对杰克逊说。

　　杰克逊瞪着眼看着我，一把把霍罗从我手里拽过去，输入指令。显示屏上出现了一个十字路口。"如果我们从厨房门出去，就进到一个小院子里，院子对面是另一座楼的后门。我们现在看到的是四条路的交叉口。"

　　我看着地图，试图找到方向感，图上十字路口的各个方向都布满堡德。而这些堡德还只是普鲁塔什知道的，霍罗并没有显示我们刚才经过的街道布设了地雷，会出现黑浪，或有带钢刺的兜网。另外，现在敌人已经知道了我们的位置因此还有可能派出治安警。我咬住嘴唇，感觉每双眼睛都在看着我。"戴上面具，我们从来时的路出去。"

马上就有人反对。我提高了嗓门，"如果那黑浪的力量那么强大，那它也应该触发并且吸收了一路上所有堡德的能量。"

人们不做声了，琢磨着这事。波洛斯对他的兄弟快速做了几个手势，卡斯特把他的意思跟我们解释，"它很可能把监视器也破毁了。摄像头被糊住了。"

盖尔抬起脚，把靴子支在桌子上，查看上面的黑色斑点。他用厨房里的刀子刮掉了一点儿。"它没有腐蚀性，我想这东西是要闷死我们或者毒死我们。"

"这也许是我们目前最好的办法。"李格一说。

大家戴上面具。芬尼克替皮塔把面具罩在他没有生气的脸上。克蕾西达和李格一架着虚弱的麦萨拉。

我正等着有人站到领队的位置，但我马上意识到这是我的职责。我推开厨房门，发现门并没有被堵住。接着看到半英寸厚的黏性物质已经从客厅方向扩散过来，占据了走廊的四分之三。我小心翼翼地用足尖试探了一下，发现它已经凝固了。我抬起脚，那东西粘在我靴子上，被拉长了后旋即弹了回去。我往前走了三步，回头看时，发现并没有留下脚印。这是今天发生的第一件好事。当我穿过客厅时，胶状物变得稍微厚了些。我很轻易就打开了前门，以为会有几加仑黑色物质涌进来，可是没有。

外面，粉色、橘色为主色调的街区似乎已经涂上了一层光亮的黑漆，正等着晒干。石板人行道、大楼、甚至楼顶都被一层凝胶体覆盖。在街心上方，有一个大的泪滴形凝胶体，两个物体从里面伸出来，一支枪管和一只手。是米切尔。我站在人行道上，凝视着他，同时等着其他队员。

"不管什么原因，如果有人要回去，现在可以走了。我不会问问题，也不会怨你。"似乎没人愿意离开。所以我开始向凯匹特市中心进发，我知道我们的时间并不多。越往前走，凝胶体越厚，大约有四到六英寸厚，每次抬起脚来都会粘在靴子上而发出啪啪的声响，但它却可以不留痕迹。

刚才的黑浪力量一定非常强大，它穿过了几个街区。尽管我走路时十分小心，但我对于它触发其他堡德的猜测看来是对的。其中一个街区到处都是杀人蜂金黄色的尸体。这些杀人蜂肯定是被放了出来，又被浓重的烟雾熏死了。再往前走一点，整个一座楼倒塌了，变成了一堆碎石，趴在黑色凝胶体的下面。我快速跑过十字路口，高举起一只手示意大家等一等，同时我观察一下是否有危险。黑浪似乎已经触发了所有的堡德，比任何反抗军的小分队都干得干净彻底。

到了第五个街区，我看到黑浪在这里的力量已经减弱。凝胶体只有一英寸厚，在下一个交叉路口，淡蓝色的屋顶已经隐约可见。现在已近黄昏，我们很需要找到藏身之处，并制定下一步计划。我在这个街区三分之二处找到所公寓。霍姆斯撬开锁，我命令其他人进去。自己却在外面停留片刻，直到我看到我们几个脚印中的最后一个消失了，才进屋把门关上。

我们打开了安装在枪管上的手电筒，这是一个很大的客厅，四面安装了镜子，总能照见我们的脸。盖尔检查了窗户，没有任何损坏。于是他摘下了面罩。"没问题了，能闻出来，味儿已经没那么大了。"

这座房子的布局和我们先前去过的那个完全一样。黑色凝胶体使得室外一切自然的光线都暗淡无光，但不知怎的，从厨房的百叶窗却透进一丝明亮的光线。顺着厅廊有两个带卫生间的卧室，客厅里的旋转楼梯通向一处开阔的空间，那就应该是二楼了。楼上没有窗户，可灯还开着，也许是人们匆匆撤离时忘了关了。一个巨大的电视屏幕占据了整个一面墙。此时，电视上没有放映节目，但却开着，散发出荧光。长毛绒的座椅和沙发分散摆放在房间的各处。我们就在这里集合，深陷到舒适的座椅或沙发里，让自己歇口气。

霍姆斯把皮塔放在一张深蓝色的沙发上。尽管他的手被铐着，仍然没有苏醒，但杰克逊还是用枪对准他。天，我该拿他怎么办？拿这些队员怎么办？说实在的，除了盖尔、芬尼克，我真不知拿其他人怎么办？我宁愿和他们两一起追踪斯诺，不带其他人。即使我有霍罗，我也不可能带着十个人执行并不存在的任务。假如刚才有机会的话，我是否应该把他们送回去，我能够把他们送回去吗？不管是对他们个人或者对于我的任务来说，这样做是不是太危险了？也许我根本不该听博格斯的，也许他当时处于弥留状态，头脑混乱。也许我不该搅进这事，那样杰克逊就会接管小分队，我们就都回到营地，那样的话又要去面对科恩。

现在我使大家陷入混乱而复杂的状况，正当我为此郁郁寡欢时，突然从远处传来了一连串的爆炸声，震得屋子直颤。

"声音挺远的，应该在四到五个街区之外。"杰克逊安慰我说。

"是我们离开博格斯的位置。"李格一说。

就在这时，电视突然自动发出尖厉的哔哔声，我们一半人都站了起来。

"没关系！只是紧急播放。凯匹特每台电视都会在此时自动打开，播放节目。"克蕾西达说。

　　接着我们的图像出现在屏幕上，是从博格斯被炸弹击中时开始的。我们怎样重整队伍、怎样躲避顺街奔流的黑浪、怎样被打得措手不及，一个画外音在不停地进行着解说。屏幕上一片混乱直到黑浪糊住了监视器。我们看到的最后一个镜头是盖尔独自站在大街上，正对着将米切尔高高吊起的铁丝网开枪。

　　在电视报道中，他们已清楚地辨认出盖尔、芬尼克、博格斯、皮塔、克蕾西达和我，并且人和名字完全对号。

　　"没有空中俯拍，看来博格斯对他们空中力量的估计是正确的。"卡斯特说。我倒没有注意到这个，看来摄像师还是独具慧眼。

　　镜头转向我们藏身的公寓后院。一排排的治安警站在公寓对面的楼顶。炸弹雨点般落在那排公寓上，引起了一连串的爆炸，那就是我们刚才听到的爆炸声，楼房纷纷崩塌，扬起了大量灰尘。

　　镜头又切换到现场直播。一位记者和治安警一起站在楼顶上。在她的身后，公寓楼燃起了大火。消防队员在往火焰上喷水，努力控制火势。有人宣布我们已经死亡。

　　"总算来了点儿好运气了。"霍姆斯说。

　　我想他说得没错。凯匹特不再追杀我们，这当然是好事。可电视节目在十三区播出又会引起怎样的反应呢？妈妈、波丽姆、黑兹尔和孩子们、安妮、黑密斯、还有十三区所有的人都会认为他们刚刚目睹了我们的死亡。

　　"我爸爸，他刚失去了我妹妹，现在又⋯⋯"李格一说。

　　这段录像反复地播放，电视上的人们都为这次胜利而狂欢，特别是因为消灭了我而高兴。接下来的节目播放了我如何成为嘲笑鸟，又如何成为反抗军的一员的电视片——我想这个电视片他们早已拍好的，因为看上去编辑得非常完美——然后又进行现场直播，由几名记者来谈论我如何如何得到了应有的下场。随后，播音员播报说，斯诺要做官方正式声明。之后，电视屏幕没有了画面。

　　电视在播放上述内容时，反抗军并没有插播其他内容，这让我觉得他们已经相信了凯匹特的新闻。果真如此，那我们就只能靠自己了。

　　"那么，现在我们已死了，下一步行动计划是什么？"盖尔问。

　　"这还不明显吗？"没有人注意到皮塔已经清醒过来。我不知道他已经看了多长时间，但从他脸上痛苦的表情来看，应该已经看了不短时间，知道了大街上发生的一切。他怎样发了疯，怎样企图击碎我的脑袋，怎样把米切尔踹到了大街上，触发了堡德。他硬撑着让自己坐起来，冲着盖尔说：

　　"我们的下一个任务就是……杀死我。"

 **21** 险象环生

这是在不到一个小时的时间里第二次提出杀死皮塔的事情。

"别傻了。"杰克逊说。

"我刚刚杀死了自己的一个队员!"皮塔喊道。

"你只是推开了他,你也不知道在那个位置会触发拉网。"芬尼克说,尽力安慰他。

"谁在乎?他死了,不是吗?"泪水从皮塔的脸颊上滚下来,"我刚才什么都不知道了,我自己以前也从没见过我这样。凯特尼斯说得对。我是怪物,是变种人,斯诺已经把我变成了杀人武器!"

"这不是你的错,皮塔。"芬尼克说。

"你们不能带着我,我杀死下一个人只是一个时间问题。"皮塔环视着我们,大家都很矛盾,"也许你们觉得把我扔在什么地方对我更仁慈,让我去碰碰运气,可这跟把我直接交给凯匹特没什么区别。你们觉得把我送还到斯诺手里是帮了我的忙?"

皮塔。又回到斯诺的手里。被折磨、被摧残，直到他的最后一点自我完全消失为止。

不知怎的，那首《上吊树》的最后一段在我的脑子里盘桓。那男人宁愿他的爱人死去，也不愿让她去面对那邪恶的世界。

> 你是否，是否，
> 会来到这棵树旁，
> 颈上戴着绳子做成的项链，
> 与我肩并肩，
> 在这里发生了奇怪的事啊，
> 可更奇怪的是
> 我们午夜在这棵上吊树下相会。

"在发生这样的事之前，我会杀死你，我保证。"盖尔说。

皮塔犹豫着，似乎在考虑这样做是否可靠，之后他摇摇头，"这样不好。要是你没在我跟前怎么办？我想要一粒你们的那种毒药。"

索命果。在营地我有一片，缝在嘲笑鸟服装里。但在我军装的上衣兜里，也有一粒。有趣的是他们竟然没有发给皮塔一粒。也许科恩觉得他会在没找到机会杀死我之前，就有可能吞掉。不清楚皮塔现在要药片是想立刻结束自己的生命，免得让我们动手杀死他，还是等凯匹特抓住他时再自杀呢？以他目前的状态，他很可能会马上吃，而不是等到那时候再吃。当然这样对于我们大家来讲，事情就容易多了。不用枪杀他。同时，这样也就解决了他疯狂杀人的问题。

我不知道是因为堡德，还是因为恐惧，抑或是眼睁睁地看着博格斯死去，我觉得四周都变成了竞技场。我好像从来就没有离开过。我再一次投入到搏杀中，这次不仅为了自己的生存，也为了皮塔的生存。斯诺如果看到我杀死了皮塔，他会有多么的高兴、多么的满意啊。而我会在自己的余生，一直背负着杀死皮塔的罪恶感。

　　"这不仅是你一个人的事。"我说，"你对我们正在执行的这项任务是有帮助的。"我看着其他人，"觉得我们能在这里找到吃的吗？"

　　除了急救箱和摄像机，我们剩下的也只有军服和武器了。

　　我们一半人留下来看守皮塔，盯着电视新闻，其他人分头去找吃的。麦萨拉干得不错。他曾居住在与此类似的房子里，知道人们最有可能把食物藏在什么地方。比如在卧室的玻璃墙后面可能有一个储藏室，在走廊的通风网很容易被打开等等。所以，虽然橱柜是空的，我们却找到了三十多个罐头和几盒饼干。

　　这种囤积食物的做法让十三区的人很看不惯。"这难道不是非法的吗？"李格一说。

　　"正相反，在凯匹特，如果你不这么做，就会被认为是傻瓜。从世纪极限赛之前起，人们就开始储存短缺食物了。"麦萨拉说。

　　"而其他人却没的吃。"李格一说。

　　"是的，在这里就是这样。"麦萨拉说。

　　"幸好是这样，不然我们哪能有吃的。一人一罐。"盖尔说。

　　有的人似乎不情愿，可这不失为一个分配食物的好办法。

我可没心思按每个人的年龄、体重、身高，把食物平均分成十一份。我在那堆食物里刨了刨，正要拿起一罐鳕鱼杂烩，这时皮塔伸手递给我一个罐头，"给你。"

我拿着罐头，不知是什么。罐头的包装纸上写着：炖羊肉。

我咬住嘴唇，想起了我们在竞技场漏雨的石洞里的情形，想起我笨拙的亲吻，想起在寒冷的空气中飘散着的我最喜欢的凯匹特食物的香气。这么说他的脑子里还留存着有关过去的记忆。当野餐篮降落在我们的石洞外面时，我们是多么的高兴、多么的饥饿、又是多么的亲近。"谢谢。"我打开了罐头，"里面还有李子干呢。"我把罐头盖子弄弯，当做勺子，舀了一点儿放到嘴里。现在这个地方连味道都像竞技场了。

我们正在传递着一盒奶油甜点，这时，电视又哔哔地响起来。帕纳姆国徽出现在屏幕上，同时国歌响起。之后，电视上出现了死者头像，正如他们在竞技场播放死亡的"贡品"头像一样。首先出现的是我们摄制组的四名成员，接着是博格斯、盖尔、芬尼克、皮塔和我。在十三区的队员里只有博格斯的头像出现在屏幕上，因为凯匹特一则不知道其他人是谁，二则知道这些人在观众中无法引起很大的反响。接着，那个人出现了，他坐在自己的办公桌旁，身后是国旗，鲜艳的白玫瑰在他的西服兜里泛着幽幽的光。看样子他最近够忙的，因为他肥厚的嘴唇显得更加肥大了。而且他的化妆师应该给他少涂点颊彩。

斯诺首先恭贺治安警取得的成绩，对他们为国家除去了一个叫嘲笑鸟的威胁而大加褒奖。随着我的死亡，他预计战争形势会出现大的转机。因为那些由乌合之众组成的反叛者失去了头领。其实，她是什么呢？不过是一个可怜的、神经过敏的女孩，只不过会耍耍弓箭而已。她没有清醒的头脑，根本没有策划反叛的能力，她只是一介平民，凭借在饥饿游戏中的滑稽表演而引起了人们的注意。但最重要的是，反叛者没有真正的头领。

在十三区的某个地方，比特拨动了按键。画面上出现了科恩总统，而不是斯诺总统。她将自己介绍给帕纳姆国人民，说自己就是反抗军的领袖，之后对我进行了颂扬。她称赞那个女孩，那个来自于十二区的"夹缝地带"的女孩，在饥饿游戏中存活了下来，在她的感召下，帕纳姆国的奴隶变成了自由的斗士。"无论是生是死，凯特尼斯·伊夫狄恩的反抗者的面孔不会从人群中消失。你一旦发生动摇，就想想嘲笑鸟吧，在她身上，你会找到反抗凯匹特压迫的力量。"

"我不知道我在她心目中占多大分量。"我说。盖尔笑起来，其他人向我投来询问的目光。

接着屏幕上出现了一张经过修饰的我的照片，很漂亮，很坚定，熊熊烈火在我的身后燃烧。没有话语，没有口号。我的脸就是此时他们最需要的了。

比特又把画面交还给了斯诺。他看上去镇静自若。我有种感觉，似乎斯诺原认为紧急播放的电视节目是无法被别人切入的，今晚肯定有人会为此丧命。"明天上午，当凯特尼斯·伊夫狄恩的尸体被人从灰烬中扒出来的时候，你们会看到那个嘲笑鸟的真面目。一个死去的女孩，她谁也救不了，甚至她自己。"国徽，国歌，结束。

"只不过你找不到她。"芬尼克对着空荡荡的屏幕说。他也许说出了我们现在正在思考的问题。我消失的时间不会太长。

一旦他们挖开废墟，找不到十一具尸体，他们就会知道我们已经逃跑了。

"至少我们现在在时间上还是占先的。"我说。突然，我觉得很疲乏。我现在所需要的一切就是倒在旁边的绿色长毛绒沙发里，用兔毛毯子或者鸭绒被把自己裹住，好好地睡一觉。可相反，我却拿出了霍罗，坚持让杰克逊把最基本的口令都教给我——这些对于进入最近的交叉路口很重要——这样至少我可以自己进行操作了。当霍罗上显示出我们所处的环境时，我的心情更沉重了。我们现在一定非常靠近重要目标了，因为堡德的数量明显增加。我们怎么可能穿过这密集如林的堡德而不被发现？不可能。如果我们无法穿过的话，那我们现在就如同笼中之鸟。我决定既然和这些人在一起，还是不要端什么架子吧，特别是现在我正在担心坐在绿沙发上的那个人。所以我说："大家怎么想？"

"我们干吗不用排除法，先从排除各种可能性开始。从大街上走过去是不可能的。"芬尼克说。

"楼顶的情况和大街一样糟。"李格一说。

"我们还可以撤退，从来时的路撤回去。不过那就意味着行动失败了。"霍姆斯说。

我感到很内疚，因为那所谓的任务完全是我编出来的。"本来没想让大家都去，可不幸的是你们都跟着我来了。"

"唉，这么说毫无意义。问题是我们现在都和你在一起。那么，我们不能待在原地，不能前进，不能从旁路前进，那就只有一种可能了。"杰克逊说。

"走地下。"盖尔说。

地下。那是我最讨厌的，就像矿井、隧道或者十三区。地下，我最害怕死在地下。可我真蠢，即使在地上死去，不也很快被埋到地下嘛。

如同显示地上的堡德一样，霍罗也可以显示地下的堡德。我观察地下图，发现地上路线十分清晰、明确，而地下通道却似迷宫似的曲折迂回，但堡德确实也少了很多。

再往前走两座公寓，就会有一个竖井把地上的公寓和地下通道连接在一起。为了到达有竖井的公寓，我们则需要从一个贯通整个大楼的维修通道挤过去。而维修通道就在二楼柜橱后面。

"好吧，那咱们收拾一下这里，弄得像没来过一样。"我说。于是我们清除所有的痕迹，把空罐头盒扔进垃圾道，把没吃的装起来，留着以后吃，把沾上血迹的沙发垫翻过来，地板上的凝胶体擦掉。前门的门闩不大可能修复了，但是我们把第二个门的门闩扣死，这样门至少不会自己打开。

最后，只有皮塔没有被说服。他坐在蓝色沙发上，拒绝动地方。"我不跟你们走，我不是使你们暴露就是再伤人。"

"斯诺的人会找到你的。"芬尼克说。

"那就给我一粒药片。我只会在必要时，才会吞了它。"皮塔说。

"这样不行，走吧。"杰克逊说。

"不然你会怎样？打死我？"皮塔问。

"我们会把你打晕，然后把你拖走。这样既会耽误时间，又会使我们更危险。"霍姆斯说。

"别再那么高尚了，如果我死了，我并不在乎！"他冲着

我，用哀求的口气说，"凯特尼斯，求你。你难道看不出，我不想再被搅在里头了？"

问题是，我确实看出来了。我为什么不能就把他留在这里？给他一片药，扣动扳机？我不这样做是因为我太在乎皮塔，还是太不愿意看到斯诺赢？我在自己的游戏里是不是把他当做了棋子？这太可鄙了，可我并不清楚我内心是否有这样的私念。如果有，那么此时此地就杀死皮塔对他来讲是最仁慈的。但是不管我动机如何，肯定不是善良。"我们在浪费时间，你是自愿跟我们走，还是我们把你打晕？"

皮塔把脸埋在手里，犹豫片刻，然后站起来加入到我们中来。

"我们要不要把他的手放开。"李格一问。

"不!"皮塔冲着她喊道，同时把手铐贴近自己身体。

"不。"我也这么说，"但是把钥匙给我。"杰克逊二话没说，把钥匙给了我。我把钥匙揣在裤兜里，和珍珠放在一起。

当霍姆斯打开维修通道的小铁门时，我们又遇到另一个问题。狭窄的通道无法使摄像机的甲壳形状的大盒子通过，卡斯特和波洛斯把盒子拿掉，把应急备用摄像机也摘下来，每个摄像机都有鞋盒子那么大，这下应该能行了。麦萨拉想不出更好的地方来藏那盒子，所以最后我们不得不把它们堆在柜橱里。留下这么明显的踪迹让我很担忧，可我们又有什么办法？

我们排成一队向前爬行，背包和武器放在身体一侧，即使如此，通道也显得非常狭窄。我们穿过第一个公寓，接着向第二个公寓爬行。在这个公寓的一间卧室的门上标着"公用"，而不是"卫生间"。门后面，就是通向竖井的入口。

麦萨拉看到竖井上的大圆盖子，皱起了眉头，一时间又沉入到为琐事而烦恼的自我的小世界里。"就因为这个，没人愿意要中间的公寓，总有维修工人来来去去，而且没有第二个通道。但是房租也便宜得多。"接着他看到芬尼克在笑他，于是又说："哦，没什么。"

　　竖井的盖子很容易就打开了。一个很宽的，带塑胶踏板的楼梯可以让人轻松、快速地下到这个城市的腹部。我们爬下梯子，站在梯子旁边稍等片刻，使眼睛适应地下昏暗的光线，这里的空气混合着化学品味、霉味和下水道的臭味。

　　波洛斯脸色苍白，满头大汗，他紧紧地抓住卡斯特的手腕，好像要没人扶着他，马上就要摔倒。

　　"我兄弟成了艾瓦克丝以后就在这里干活。"卡斯特说道。没错，除了艾瓦克丝，谁会来这霉臭、潮湿、到处是堡德的地方干活呢？"他在这里干了五年，后来我们才花钱把他弄到地面干活，五年都没见过太阳。"

　　相比之下，我们的处境要好得多，每天没有那么多恐惧的事情，休息得也会好些，照理说，应该很容易就找些话来安慰他吧。可相反，我们都傻呆呆地站在那里，半天不知道该说什么。

　　最后，还是皮塔开口了，"这么说，你成了我们最宝贵的财富。"卡斯特笑起来，波洛斯也露出一丝笑容。

　　在地下第一个通道走到一半的时候，我意识到皮塔刚才说的话确实不同以往。他看上去更像原来的他，那个当别人不知该说什么好时，却总能找到合适的词语的他。略带嘲讽、略有夸赞、有些滑稽，却不会惹得任何人不快。我回头看了他一眼。他正在盖尔和芬尼克的看护下艰难前行，眼睛盯着脚下，向前探着身子，好没精神，但有那么一瞬间，那个原来的他确实回来了。

皮塔说得对，波洛斯抵得上十个霍罗。在地下，一些宽阔的通道织成了一个清晰的交通网，正好与地面上的街道相对应，就在主街道和十字路口的下方。它被称为"中转通道"，小卡车使用这些通道来为城市运送货物。白天，这里的许多堡德被关闭，但在夜晚，这里就成了危机四伏的雷区。除此之外，成百条各种通道、维修井、火车道、还有排水管道使地下构成了一个多层次的大迷宫。对于一个新来的人，许多地方极为危险，而波洛斯对这些地方却了如指掌，比如哪些分岔口需要戴面具、哪些地方有通电的电线、哪些地方有海狸般大小的老鼠。他提醒我们哪些下水道会间歇性放水，怎样避开艾瓦克丝换班的时间。他会把我们领到潮湿、昏暗的管道去躲避悄然通过的货车。最重要的是，他了解监视器的位置。在这个阴暗、潮湿的地方，监视器并不多，多数集中在中转通道里，但我们还是小心地避开了。

在波洛斯的带领下，我们节约了不少时间——如果和在地面上行进相比，应该说是大量时间。大约六个小时之后，我们已经疲惫不堪。现在是凌晨三点，凯匹特人一直在废墟里搜寻，以防我们从维修通道逃跑。所以我估计在他们发现我们失踪之前，还有几个小时的时间。

我建议休息，没人反对。波洛斯为我们找了一个温暖的小屋子，里面有许多带控制杆和仪表盘的机器，嗡嗡作响。他伸出手指，示意我们已经走了四个小时。杰克逊安排大家轮流值班担任警戒，因为我没被安排在第一班，所以我挤在盖尔和李格一之间，倒头就睡。

好像只睡了几分钟，杰克逊把我摇醒，告诉我轮到我警戒了。现在是六点钟，再过一个小时，我们就得出发。杰克逊让我吃一个罐头，并且要注意波洛斯，他坚持要整晚担任警戒。"他在这底下睡不着。"我强打精神，让自己警觉一点，吃了一个土豆豌豆罐头，同时靠墙坐着，脸冲着门口。波洛斯看上去十分清醒，他也许又重新体味到过去五年的幽闭生活。我拿出霍罗，设法输入我们所在的区域，对地下通道进行扫描。正如所料，我们越靠近凯匹特市中心，堡德越加密集。波洛斯和我不停地在地图上查找，以熟悉堡德的位置。当我开始觉得头晕时，我把它交给霍罗，靠在墙上休息。我低头看着正在熟睡的战士们、摄制组成员和朋友，我不知道我们中有几个人还能见到明天的太阳。

当我的目光落在睡在我脚头的皮塔时，我发现他并没有睡。我真希望能知道他脑子里正在想什么，这样我就可以进入他的脑子里，解开那些纠缠着他的谎言。然而，我还是做点我力所能及的事吧。

"你吃东西了吗?"我问。他轻轻摇摇头，表示他没吃。于是我打开一个米饭鸡肉汤罐头，递给他，同时把盖子拿走，免得他用它来割破手腕或者别的什么。他坐起来，把罐头倾斜，也没嚼就囫囵吞了下去。机器的影子反射在罐头盒的底部，这时我想起了从昨天起就一直萦绕在我脑子里的问题。"皮塔，你说起大流士和拉威尼亚的事，博格斯说是真的，你说你想也是的，因为它没有闪光。那是什么意思?"

"我不知道应该怎么解释."他对我说,"一开始,我脑子里是一片混乱,现在我能理出一点头绪了。这里有一个固定的模式,受杀人蜂毒影响而改变的记忆总觉得怪怪的,好像这种记忆太强烈或者影像很不稳定。你还记得我们被蜂咬时的感觉吗?"

"树都在摇晃,眼前有巨大的彩色蝴蝶,我摔倒在一个满是橘色泡沫的坑里。"接着,我又想了想,"闪光的橘色泡沫。"

"是的。可是关于大流士和拉威尼亚的记忆却没有这些。我觉得他们在这里没用蜂毒。"他说。

"嗯,这很好,不是吗?"我问道,"如果你能把这两者区分开,你就能知道什么是真的了。"

"是的,如果我能生出翅膀,我就能飞了。只不过人类不能生长翅膀。真的假的?"他说。

"真的。可人不需要翅膀也能生存。"我说。

"嘲笑鸟需要翅膀。"他喝完汤,把盒子递给我。

在荧荧的光亮之下,他眼圈下面看上去像是黑青色。"还有时间,你应该睡会儿。"他没有反对,躺了下来,但他却盯着一根来回摇摆的指针。我慢慢地,就像对待一头受伤的动物,用手轻轻地把他前额的头发捋到后面。他的肌肉绷得紧紧的,但却没有退缩。所以,我仍用手轻拂着他的头发。自从我们在竞技场分手之后,我还是第一次主动地去触摸他。

"你还想保护我。真的假的?"他轻声说。

"真的。"我答道。这话似乎还需要进一步解释。"因为你和我一直就是这么做的,保护彼此。"过了大约一分钟,他沉沉睡去。

快到七点时，波洛斯和我起身，把所有人叫醒。大家像平时睡醒时一样，照例都打哈欠，伸懒腰。可我的耳朵却听到了别的声音。几乎就是一种嘘声，很轻微，也许这声音是从一根管道或者下水道里传来的……

　　我让大家静下来，好仔细听听。是的，有一个很轻微、短促的声音，好像是多次轻呼组成的词，一个词，在地下回荡着。一个词，一个人名，一遍遍地重复。

　　"凯特尼斯。"

 地下的较量

　　我们争取到的这点时间已经结束。也许火势刚一控制住，斯诺就让他的手下连夜挖掘。他们发现了博格斯的尸体，感觉放下了心，但，随着时间的推移，他们没有找到更多的战利品，于是开始怀疑。到了某个时候，他们发觉自己上当了。而斯诺总统不能容忍自己看上去像个傻瓜。不管他们是追踪到我们在那所公寓的踪迹，或者推断出我们在地下，总之，他们知道我们在地下，他们已经释放出某种东西，也许是变种动物，正在追杀我。

　　"*凯特尼斯。*"声音已经很近了，我吓了一跳。我慌乱地四处寻找声源，早已搭弓上箭，找寻着射击的目标。"*凯特尼斯。*"皮塔的嘴唇几乎没有动，但毫无疑问，声音来自他。就在我认为他已经好一点了，正在慢慢地回到我身边的时候，却发现他中斯诺的毒很深。"*凯特尼斯。*"皮塔已被输入了程序，来对这轻微的声音做出反应，去参与对我的追杀。他开始扭动身体，没有别的选择，我把箭对准他，准备射穿他的脑袋。这

时射杀他，他几乎不会感觉到什么。突然，他坐了起来，呼吸急促，慌乱中眼睛睁得大大的。"凯特尼斯！"他猛地向我扭头，似乎没注意到我正对准他的弓箭，"凯特尼斯！快跑！"

我犹豫着。他的声音很惊慌，但却没有发疯，"为什么？那是什么声音？"

"我不知道。只知道它会杀死你。跑！离开这儿！快跑！"皮塔说。

在我的思维出现短暂的混乱状态之后，我决定不必杀死他。我放下手里的弓箭，"不管这是什么声音，它是冲我来的。现在我们应该分头行动。"

"可我们是保护你的。"杰克逊说。

"我们是你的摄制组。"克蕾西达说。

"我不会离开你。"盖尔说。

我看着我的摄制组成员，他们除了摄像设备，并没有任何武器。而芬尼克有两杆枪和一个鱼叉。我建议他把一支枪给了卡斯特，把皮塔的空弹夹取出来，装上真弹夹，给了波洛斯。因为盖尔和我有弓箭，所以我们把自己的枪给了麦萨拉和克蕾西达。已经没有时间教他们别的了，只告诉他们如何瞄准和开枪。在近距离内，这就够了。总比赤手空拳强。现在唯一没有武器的人是皮塔，可一个和变种动物一起呼唤我名字的人并不需要枪。

我们离开了小屋子，留下的只是我们的气味。当时也没办法除去这气味。我猜想那些轻声呼唤我的东西就是靠气味来追踪我们的，但我们没有留下很多。变种动物的鼻子应该是特别灵敏的，但很可能因为我们一直在水里行走，这帮了大忙。

走出房间，远离了机器的嗡嗡声，那声音更清晰了。但它也有助于我们找到它的方向。在我们后面，离得还相当远。斯诺很可能是在发现博格斯的那个位置把它们放出来的。理论上讲，我们应该远远在它们前面的位置，尽管它们的速度比我们快得多。我又想起第一次在竞技场里见到的像狼一样的动物，在参加世纪极限赛时见到的像猴子的动物，以及许多年来在电视上见到的动物。我心里纳闷这次出动的又会是哪种动物。斯诺放出来的肯定最能让我感到恐怖的动物。

波洛斯和我已经策划好下一步的行动路线，因为这条路能使我们远离那声音，所以我也没必要进行改动。如果走得够快，也许我们能在变种动物追上来之前赶到斯诺的私宅。但我们的速度一快，就不可避免地发出声响，不是靴子踏在水上，就是枪托碰在管子上。即使我发出指令的声音也很容易被察觉。

我们沿着流水的通道走了大约三个街区，又穿过了一段僻静的火车轨道之后，突然传来了惨叫声。低沉、含混，在地下通道回荡。

"艾瓦克丝。"皮塔马上说，"大流士被他们拷打时就是这个声音。"

"变种动物肯定找到了他们。"克蕾西达说。

"看来它们要找的不仅是凯特尼斯。"李格一说。

"它们很可能会杀死任何人。直到找到她，它们是不会停下来的。"盖尔说。他和比特一起研究了那么长时间，他说的应该是对的。

又是这样的情况。许多人会因为我而死。朋友、盟友、陌生人，为了嘲笑鸟而死。"让我一个人走吧，把它们引开。我把霍罗转交给杰克逊。你们其他人去完成任务。"

"没人同意这么做。"杰克逊生气地说。

"我们在浪费时间！"芬尼克说。

"听。"皮塔轻声说。

喊叫声停止了，代之而起的是我的名字，离得那么近，让我大吃一惊。它在我们的下后方。"**凯特尼斯。**"

我一推波洛斯的肩膀，我们开始奔跑。问题是，我们计划往下面跑，现在看来不可能了。当我们来到向下走的通道时，波洛斯和我开始在霍罗上查找可代替的行进路线，这时我感到喘不上气，想呕吐。

"戴上面具！"杰克逊命令道。

没有必要戴面具。每个人呼吸的是同样的空气。而我是唯一感到不舒服的人，因为只有我才会对这种气味有反应。那是从梯子口冒出来的气味，它穿透了污水冒出来。是玫瑰的气味。我开始发抖。

我为了躲开那气味，突然朝另一个方向跑去，却正好跑到了中转通道。这里都是光洁、镶了彩色瓷砖的通道，就跟上面的大街一样，不过通道两边是白瓷砖墙壁，而不是公寓楼。在这里运货车可以畅行无阻，避免了地面的交通堵塞。现在通道里空空如也，只有我们。我搭弓上箭，用炸药箭射掉了第一个堡德，把里面的食人鼠也炸死了。然后我快速朝下一个十字路口跑去，我知道，在这里只要迈错一步，地面就会塌陷，我们就会掉到在霍罗上标有"绞肉机"的机关里。我朝大家喊，要他们跟紧我。我本打算从街角绕过去之后，再触发"绞肉机"，但另一个霍罗上没有标出来的堡德却在等着我们。

它被触发时，悄然无声，要不是芬尼克一把拉住我，我就被它击中了。"凯特尼斯！"

我马上后退，准备射箭，可我能怎么办呢？盖尔射出的两支箭都没有起作用，只见一个金色的光柱从顶上照射到地面。在这金色的光柱里，麦萨拉像雕塑般静止不动，一只脚的脚尖落地，头向后仰，被光线定住了。虽然他的嘴大张着，却无法辨别出他是否在喊叫。我们只能眼睁睁地看着他的身体像蜡烛一样地化掉。

"帮不了他啦！"皮塔开始往前推大家。"没办法！"真令人吃惊，他是唯一一个保持清醒，催促大家继续前行的人。我不知道他为什么没有失控，而他在这样的时候本来完全有可能神志不清、砸碎我的脑壳的；但是这种事也许随时可能发生。他在推我的肩膀，我扭过头不再看麦萨拉那可怕的样子，而是急速前行。快，我跑得太快了，以至于快到下一个十字路口时，我差一点没停住脚。

一阵猛烈的枪响，我们头上的灰泥掉落一地。我急忙四顾，寻找堡德的出处，却发现中转通道的位置有一队治安警朝我们拥来。"绞肉机"就在我们前面，没办法，我们只能还击。他们比我们多出一到两个人，可我们的人里有六个明星小分队的队员，他们不可能边跑边射击。

"*瓮中之鳖*"当溅出的血染红他们的白色制服时，我心中暗想。四分之三的人被我们杀死，更多人从侧面的通道拥入。这些人身上带有一股我一直拼命要避开的气味，从……

他们不是治安警。

它们长着白色的身体，四条腿，和成人的体量相当，但相同之处仅此而已。它们裸露着身体，拖着与爬行动物类似的尾巴，弓背，头向前伸着。它们跃到治安警的身上，不管是死的还是活的，咬住他们的脖子，把他们戴着头盔的头一下子拧下来。显然，凯匹特血统在这里和在十三区一样无用。这些动物似乎只用了几秒钟就把治安警的头全部拧了下来。接着，它们趴在地上，四肢交替跑动，朝我们扑来。

"这边走！"我大喊，双臂抱住墙壁向右急转，以避开堡德。当所有人都到齐后，我朝十字路口冲过去。这时"绞肉机"启动了，巨大的机械齿爪穿破了大街，把地砖绞得粉碎。有了这东西，变种动物应该不会再追上我们，可也说不好。变种野狗和变种猴子能跳得非常远。

轻声呼唤我名字的声音让我耳根发疼，玫瑰的气味使我头晕目眩。

我抓住波洛斯的胳膊，"别理那项任务了，最快到达地面的路在哪儿？"

已经没时间查看霍罗了。我们跟在波洛斯后面，顺着中转通道走了大约十码，来到一扇门边。我已经意识到瓷砖变成了水泥，我们要穿过一个臭烘烘的狭窄管道，上到一个约一英尺宽的壁架上。我们的位置在主排水管道附近，在下面一码远的地方是由人类的废物、垃圾和化学废料构成的有毒的黏稠物，冒着泡，发出熏人的臭气。有些地方还有火苗，另外的地方冒着令人作呕的蒸汽。只要看一眼就知道，如果掉进去就别想再出来了。我们壮着胆子尽快在湿滑的壁架上行走，穿过窄桥。在远处一个凹进去的地方，波洛斯拉过一个梯子，梯子指向竖井。到了，这就是我们出去的路。

我快速向后扫一眼，发现不对劲。"等等！杰克逊和李格一在哪儿？"

"她们留在'绞肉机'那里，截住变种动物。"霍姆斯说。

"什么？"我说完扭头转向窄桥，我不愿意把任何人留给那些变种动物，但他一把抓住了我。

"不要浪费了她们的生命，凯特尼斯。要救她们，已经来不及了。看！"霍姆斯指着我们来时的管道，变种动物正要爬向壁架。

"退后！"盖尔大喊。他把炸药箭射向壁架，把壁架远处的支撑架打掉了，正当变种动物赶到时，壁架掉落到下面的污水里。

我第一次仔细地看到了这种动物。它们是人和蜥蜴，谁知道还有什么动物的混合体。它长着白色紧绷的爬行动物的皮肤，身上满是血迹，还有锋利的爪子，脸部特征很奇特，很难说清是什么样子。它们正发出嘶嘶的尖叫，那发音就是我的名字。它们的身体因为狂怒而扭曲着，正摇动尾巴，挥动利爪，用吐着白沫的嘴巴咬掉自己或同伴的大块肉。它们想吃掉我，嗜血的欲望令它们发疯了。我身体的味道对于它们，就如同它们的气味对于我一样是致命的。不仅如此，由于这种气味的作用，变种动物开始把它们自己扔到臭水里去。

在污水通道的这边，我们每个人都开了火。我毫不犹豫地选择了最具威力的箭支，火焰箭、爆炸箭，把它们射入变种动物的身体内。它们还没死，但坚持不了多久。任何自然的躯体都不可能在身中二十四发子弹时仍能扑上来。是的，我们最终能把它们杀死，但是它们的数量太多了。不断从管道里冒出来，毫不犹豫就跳入污水。

但让我双手发抖的并不是它们的数量。

变种动物都是邪恶的，所有的变种都想杀死你。一些直接夺取你的生命，就像猴子；另一些要搅乱你的精神，就像杀人蜂。然而最凶残、最可怕的变种动物扭曲人的心灵、恐吓它们的受害者，比如变种野狗长着死去的"贡品"的眼睛，叽喳鸟会模仿波丽姆被折磨时的哭喊声。而现在我面对的变种动物却是将受害者的血腥和斯诺总统的玫瑰气味混在一起。这气味穿过了污水，甚至盖过了污水的臭味，使我心跳加快、四肢冰冷、呼吸困难，感觉就好像斯诺正对着我的脸呼气，告诉我，我的死期已到。

其他人在对我喊叫，可我好像动弹不得。一只变种动物正抓住我的脚踝，我一箭射爆了它的脑袋，这时一只强有力的手把我抱了起来。我被扔到了梯子跟前，手被按在梯子的横档上，一个声音命令我赶快往上爬。我麻木僵硬的身体服从了命令。我慢慢活动肢体，才渐渐恢复了知觉。我发现前面有个人，波洛斯、皮塔和克蕾西达在我下面。我们来到一个平台，又转向第二个梯子。沾满了汗水和霉菌的梯子横档很滑。到了第二个平台，我的头脑清醒过来，才意识到发生了什么。我开始发疯似的从梯子上往上拽人。皮塔，克蕾西达。没了。

我做了什么？我把其他人丢给了谁？我正要顺着梯子下去，我的靴子却踢到一个人。

"往上爬！"盖尔冲我大喊。我又爬上来，把他拽上来，朝黑乎乎的梯子下面看去，希望还有更多的人。"不。"盖尔把我

的脸转向他，然后摇着头。他的军装已经被撕碎了，脖子的侧面被爪子抓出了好几个洞。

下面传来人的嘶喊。"还有人活着。"我哀求他。

我不能接受这个现实，用克蕾西达枪杆上的手电筒向下面照去。在下面，我只能辨认出那是芬尼克，当三只变种动物扑向他时，他在拼命挣扎。一只变种动物猛扯他的头，给了他最后的致命一击。这时奇怪的事发生了，我感觉自己变成了芬尼克，看到自己生活的一幕幕图像般在眼前闪过。船桅杆，银色降落伞，微笑的玛格丝，粉色的天空，比特的鱼叉，穿着婚纱的安妮，海浪拍击着岩石，之后一切就消失了。

我从皮带上摘下霍罗，吃力地喊道："索命果，索命果，索命果。"然后扔掉它，和其他人一起缩到墙根，爆炸声使平台颤抖着。随着爆炸声，变种动物的肢体和人肉从通道里飞出来，飞落在我们身上。

波洛斯砰的一声把通道的盖盖上，之后把它锁牢。波洛斯、盖尔、克蕾西达、皮塔和我。剩下的人就这些了。以后，也许人的感觉会回来，但现在我拥有的只是动物的本能，我要让剩下的人活下去。"我们不能在这里停留。"

有人拿来了绷带，我们把盖尔脖子上的伤口包扎上。"皮塔。"我说。没有反应。他又傻了？我蹲在他面前，把他捂着脸的手拿开。"皮塔？"他的眼睛像黑色的深潭，瞳孔已经放大，所以蓝色的虹膜已经全看不见了。他手腕的肌肉像石头一样僵硬。

"别管我了。"他有气无力地说，"我坚持不下去了。"

"能，你能！"我对他说。

皮塔摇摇头，"我快不行了，就要疯了，像它们一样。"

　　像变种动物一样。像那些狂暴的、企图撕裂我喉咙的野兽一样。终于，在这里，在这种情况下，我真的不得不杀死他。斯诺会赢。一股强烈的仇恨充满了我的胸膛。斯诺今天赢得太多了。

　　对于下面要做的事情，我没有什么把握，这甚至是自杀性的，但这是我现在唯一能想起来的办法了。我向前探身，深情地亲吻皮塔。他的整个身体开始颤抖，但我的嘴唇紧紧地贴着他的嘴唇，直到我需要呼吸时才停下来。我用手紧握着他的手腕，"不要让他把你从我身边夺走。"

　　皮塔在与纠缠着他的噩梦作着斗争，他喘息不停，"不，我不想……"

　　我紧抓住他的手，到了把他抓疼的地步，"别离开我。"

　　他的瞳孔收缩，但又急速放大，接着又恢复到几乎正常的大小。"总是这样。"他喃喃地说着。

　　我把皮塔扶起来，同时对波洛斯说："离街道还有多远？"他做手势，就在我们头上。我爬上梯子，推开盖子，来到某个人的"公用"房间。我正要爬上去，这时一个女人突然打开了门。她穿着一件鲜艳的绿宝石色丝质长袍，上面绣着异国情调的花鸟图案，洋红色的头发蓬蓬着，像一个云朵，上面别着镀金的蝴蝶。她手里拿着吃了一半的香肠，口红都被油脂弄花了。她脸上的表情显示她认出了我，她张开嘴准备喊人。

　　我二话没说，一箭射穿了她的心脏。

# 23 ◉ ▶ 隐藏

　　这个女人要喊谁还是个谜，因为我们在搜查完房间后，发现屋子里只有她一个人。也许她是想喊附近的邻居，或者只是一种害怕的表示。不管怎样，已经没人会听到她的喊声了。

　　这间公寓是个很漂亮的地方，如果能停留一段时间的话，这是个很适合的地方。但我们却享受不到这样的奢侈。"在他们推断出我们有几个人还活着之前，你觉得还有多长时间？"我问。

　　"我觉得他们随时都可能出现在这里。"盖尔回答道，"他们知道我们正朝地面上的大街走。也许爆炸会使他们耽搁一点时间，但他们很快就会寻找到我们逃跑的出口。"

　　当我来到一个能看到大街的窗口，从百叶窗向外看时，出现在我眼前的不是治安警，而是匆匆行走的人流。在地下，我们早把居民已撤离的区域远远地甩在了后面，进入到凯匹特繁华的闹市区。人群为我们提供了逃跑的唯一机会。我没有霍罗，但我有克蕾西达。她也走到窗边，肯定地说她知道我们目

前的位置，并告诉我一个好消息，我们离总统的府邸不远了。

只要看一眼自己的同伴，就知道现在不是偷袭斯诺的合适时机。盖尔的脖子仍在流血，我们甚至没有清洗他的伤口。皮塔坐在一张天鹅绒沙发上，正用牙齿咬住靠枕，要么是竭力控制不让自己发疯，要么就是尽力不让自己喊出来。波洛斯正靠在一个华丽的壁炉旁抽泣。只有克蕾西达坚定地站在我身边，但她脸色苍白，嘴唇没有一点血色。我的心中燃烧着仇恨的怒火，但这怒火消融时，我便也一无是处了。

"咱们检查一下她的衣柜。"我说。

在一间卧室，我们发现了数百套女人的套装、大衣、鞋、假发和够给整个房间涂上一层的化妆品。穿过大厅，在大厅对面的另一间卧室，我们发现了许多男人的服装，也许这些都是她丈夫的，也许是她情人的。幸运的是，今天上午他不在家。

我招呼其他人来换衣服。看到皮塔流血的手腕，我从口袋里拿出手铐的钥匙，可他躲着不让我开。

"不，不要，它们能让我保持冷静。"

"你也许需要用手。"盖尔说。

"每当我觉得自己快不行的时候，就把手腕使劲往铐子上压，疼痛帮助我集中精神。"皮塔说。我也就随他去了。

所幸的是，外面很冷。我们可以把军装和武器藏在宽大的大衣或者外罩里面。把靴子的带子拴上，挂在脖子上，这样就可以藏起来，然后换上样子愚蠢的鞋。真正麻烦的是我们的脸。克蕾西达和波洛斯有可能被熟人认出来，盖尔因为常在电视片或者新闻里出现，人们对他的脸也很熟悉，皮塔和我是每一个帕纳姆国人都认识的。于是，我们帮着彼此抹上厚厚的化

妆品，戴上假发和墨镜。克蕾西达拿围巾把我和皮塔的嘴和鼻子都捂了起来。

时间在一分一秒地过去，但我们还是用几分钟时间在口袋里装上吃的和急救用品。"不要走散了。"我站在大门口说，接着我们就走到了大街上。天上飘起了雪花，行色匆匆的人们与我们擦身而过，我们听到他们在用矫揉造作的凯匹特口音谈论着反叛、饥饿，还有我。我们穿过大街，经过了几座公寓楼。正当我们走到大街转角时，三个治安警从我们身旁走过。我们像那些普通公民一样，赶紧与他们保持距离，直到人流把他们挡住。我们没停，接着往前走。"克蕾西达，"我小声说，"能想起藏身的地方吗？"

"我正在想。"她说。

我们又穿过另一个街区，这时警报声响起。经过一个公寓的窗户，我看到了电视上正在播报紧急通知，我们的脸在电视屏幕上闪过。他们还没有弄清楚我们这些人中有哪些已经死了，因为我看到了芬尼克和卡斯特的头像。不久，每个路人就会像治安警一样危险。"克蕾西达？"

"有一个地方，不很理想，但我们可以试试。"她说。我们跟着她又走过了几个街区，穿过一道大门，进到一个似乎是私人宅第的地方。不过这是为了抄近路。我们穿过一个整洁的花园，走出另一道大门，最后来到一条横在两条主要大街之间的很窄的后街。这里有几家小店铺——其中一家出售旧货，另一家卖仿制珠宝。周围只有一两个人，他们对我们也没注意。克蕾西达开始用尖厉的声音大谈什么毛皮内衣，说在寒冷的天气这些东西多么有必要。"等会儿你会看到价格！相信我，价钱只有前街那些东西的一半!"

我们在一家肮脏的小商店门前停了下来,橱窗里摆着身穿毛皮内衣的模特。这地方看上去不像是在营业,但克蕾西达还是推开前门,门发出吱吱扭扭的声音。在昏暗、狭窄的商店里摆放着一排排的货架,屋子里满是毛皮的味道。这里的生意肯定很差,我们是仅有的顾客。克蕾西达径直走到一个弯腰弓背坐在那里的人。我走在她后面,边用手抚弄着柔软的皮毛衣服。

在柜台后面坐着一个人,她是我见过的最奇怪的人,显然是外科整形术失败的一个极端例子。可以肯定地说,即使在凯匹特,她的这张脸也不吸引人。她的皮肤被紧紧地拉向后面,上面有黑、金两色交替的纹饰。鼻子扁扁的,简直快没有鼻子了。我以前见过凯匹特人安猫胡须,可没见过这么长的。结果,她的脸成了一张古怪的半猫半人脸。此时,长着这张脸的人正用不信任的眼神看着我们。

克蕾西达摘下假发,露出头皮上的藤条纹饰。"泰格里丝,我们需要你的帮助。"她说。

泰格里丝(Tigris,英文和tigress母老虎谐音。)在我的记忆中,这个名字好像听说过。她是饥饿游戏比赛中的活跃人物——不过那时更年轻,也更可爱——从我能记起的最早的比赛开始,就有她参与。她是一个造型师,我想。我不记得她是为哪个区服务的了。不是十二区。这么说她一定是做整容手术过了头,把自己搞成了现在这副惹人讨厌的样子。

看来这就是过气的造型师的归宿。经营寒碜的内衣店,一直到死,永远从公众的视线里消失。

　　我盯着她的脸仔细看，我不知道泰格里丝是不是她父母给起的名字，启发她毁掉自己的面容；还是在她选择了造型师这一职业之后，自己改了名字，来和她脸上的斑纹相搭配。

　　"普鲁塔什说我可以信任你。"克蕾西达说。

　　很好。她是普鲁塔什的人。所以，如果她要做的第一件事不是向凯匹特汇报的话，那她就会通知普鲁塔什，继而科恩也会得知我们的消息。是的，泰格里丝的商店并不理想，但这是我们目前能找到最好的栖身之所，假使她愿意帮助我们的话。她犹豫着，目光在柜台上的旧电视和我们的脸上来回扫视着，好像不知该如何处置我们。为了帮助她弄清情况，我摘下围脖和假发，走近一步，这样她就能借着电视机的光亮看清我的脸。

　　泰格里丝低低唉了一声，对我的态度不比毛莨花更热情。她默不作声地从凳子上站起来，钻到了挂着一排皮毛护膝的货架后面。我听到一声什么东西滑动的声音，接着看到她伸出手，招呼我们过去。克蕾西达看着我，好像在问你肯定吗？可我们还有别的选择吗？以目前这种情况，跑出去不是被打死就是被抓住。我推开毛皮内衣，发现泰格里丝已经打开了墙上的一个拉门。里面似乎是一个向下的很陡的梯子。她挥挥手，让我进去。

　　我在心里呼喊着*这是陷阱*。我内心有点慌乱，盯着泰格里丝的脸和她茶色的眼睛看。她为什么这么做？她不是西纳，不是一个愿意为他人牺牲生命的人。在这个女人的身上，具有凯匹特特有的浅薄。她一直都是饥饿游戏的明星……直到，直到她不是为止。那么，就是为了这个？痛苦？仇恨？复仇？事实上，我觉得这种推断令我满意。一个人复仇的欲望是强烈而持久的，特别是每当一个人照镜子看到自己丑陋的面容时，这种感觉更强烈。

"斯诺禁止你参加饥饿游戏？"我问。她没说话，只是直愣愣地看着我，她的老虎尾巴在什么地方正不开心地摇动着。"因为我要杀了他，你知道。"她张开嘴说话时，在我看来像是在笑。此时，我可以确定，相信她并不是疯狂的想法，于是我走进了那扇门。

我走下梯子，走到一半时，我的脸撞上了一个吊在半空的索链，用手一拉，一个散发出幽幽的荧光的灯泡照亮了这个隐蔽的地方。这是一个小地窖，没有门窗，很浅，然而很宽。也许是两个真正的地下室之间的空当。这是一块偷出来的地方，除非你对尺寸很在行，否则是看不出来的。这里阴冷潮湿，堆放着成堆的毛皮，我猜它们已经很久没见过天日了。除非泰格里丝出卖我们，我想没人会发现我们。当我踏上地窖的水泥地面时，我的同伴也走上了阶梯。之后，木板拉门又关好了。我听到挂内衣的货架吱吱扭扭地拉回到原位。泰格里丝蹼回自己的凳子。我们被她的商店吞到肚子里。

我们进来得正好，盖尔似乎就要晕倒了。我们把皮草铺好，把他身上背的许多武器都拿下来，扶他平躺下。在地窖的尽头，离地约一英尺远的地方有一个水龙头，下面还有排水管。我打开水龙头，里面哗哗地流出许多带铁锈的黄水，过了好一会儿，清水才流出来。我们清理了盖尔脖子上的伤，我觉得光打上绷带是不够的，还需要缝几针，在急救包里有针和消过毒的线，但我们缺的是医生。我马上想到了泰格里丝。作为一个造型师，她肯定知道怎么使用针线。可那样的话商店就没

人照看了，而且她也已经为我们做得够多了。兴许，我是这里最有资格做这件事的人啦。我咬咬牙，下手在他的脖子上歪七扭八地缝了好多针。缝的针不好看，但却管用。我在上面抹上药，然后包扎起来。又给他吃了一些止疼片。"你可以休息了，这里是安全的。"我对他说，他很快沉入了睡眠。

克蕾西达和波洛斯给我们铺皮草，好弄个睡觉的地方，趁这机会，我赶紧检查皮塔的手腕。我轻轻地擦去上面的血，消好毒，在手铐的下面打上绷带。"必须要让它保持清洁，否则会发炎的，那样的话……"

"我知道血液中毒是怎么回事，凯特尼斯。"皮塔说，"就算你妈妈在身边也没用。"

他的话让我吃了一惊，一下子把我带回到过去。当时也是在处理伤口，也是在打绷带。"你在第一次参加饥饿游戏时也对我说过同样的话。真的假的？"我说。

"真的。而且你冒着生命的危险去拿药，好救我的命？"皮塔说。

"真的。"我耸耸肩，"当时你是激励我活下去的理由。"

"是吗？"他又困惑起来。一些闪光的记忆肯定在攫取他的注意力。他身体的肌肉紧绷着，刚打了绷带的手腕也很紧张。接着他体内所有的能量似乎都退去了。"我太累了，凯特尼斯。"

"睡吧。"我说。他不肯睡，没办法，我只好把他铐到了楼梯支架上。他躺在那，胳膊举过头顶，肯定不舒服，但是没过几分钟，他就酣然睡去。

克蕾西达和波洛斯已经给我弄好了睡觉的地方，弄好了吃的，收拾好了急救包，接着问我怎么警戒。我看了一下四周的人，盖尔脸色苍白，皮塔还戴着手铐，波洛斯已经几天没睡了，而克蕾西达和我只睡了几个小时。如果大批凯匹特的治安警真的赶到，我们也会像笼中的兔子一样被抓获。我们的生命都交付到那个过气的虎女身上，我只能寄希望于一点，那就是她对斯诺的仇恨之火仍在熊熊燃烧着。

"我觉得没必要警戒了。咱们都睡会儿吧。"我说。他们木然地点点头。于是我们都钻到了皮草堆里。我内心的复仇之火已变得微弱，我一点力气也没有了，我把自己交给了柔软而略带霉味的皮草，渐渐沉入梦乡。

我睡觉时，梦连着梦，我记得的却只有一个。在梦中我回到了十二区，那是多么令人疲惫而漫长的旅程啊。我梦中的家是完整的，人们都还活着。艾菲·特琳奇，戴着亮粉色的假发，身着裁剪合体的套装，正陪着我旅行。我总想甩掉她的看管，可她不知怎的总会出现在我眼前，她坚持说作为我的陪护，她必须掌握好时间安排。但是，时间安排总是在变化，不是因为有一个地方没盖章而出了问题，就是因为艾菲的高跟鞋坏了而被延误。我们在七区一个灰秃秃的车站的长凳上睡了好多天，等着一列总也不来的火车。我醒来时，疲惫极了，比做了那些充满刀光剑影的梦还要累。

几个人里只有克蕾西达醒了过来，她告诉我现在已经是傍晚了。我吃了一个炖牛肉罐头，又灌了一通水。然后才靠在地窖的墙壁上，回想着昨天发生的事。我们前进过程中伴着一个又一个的死亡。我伸出手指细数着。一、二——米切尔和博格斯死在大街上。三——麦萨拉被堡德融化。四、五——李格一和杰克逊在"绞肉机"处牺牲。六、七、八——卡斯特、霍姆斯、芬尼克被散发出玫瑰气味的蜥蜴变种人扯掉了脑袋。在二十四小时里死了八个人。我知道这一切都已然发生，但似乎并不真实。卡斯特肯定正在那堆皮草的下面睡觉，芬尼克过不了几分钟就会跑着从梯子上下来，博格斯会告诉我逃脱追捕的计划。

相信他们死了，也就等于承认我杀了他们。好吧，也许米切尔和博格斯不算在内——他们是在执行预定任务时死亡的。但其他人是在执行我瞎编的任务时，为了保护我而死去的。我刺杀斯诺的计划现在看来是如此愚蠢。我一边摩挲着从那女人那里偷来的鞋上面的流苏，一边掐指细算我们的死亡人数，我不禁浑身发抖。噢，对了——我忘了。我还杀了她，我说的可是一个没有武装的平民。

我觉得到了该跟大家坦白的时候了。

当大家终于都醒来时，我向大家承认，关于那项任务，我撒了谎，我为了复仇把所有人都置于危险境地。我说完后，大家久久地沉默。最后，盖尔说："凯特尼斯，当你说科恩派你去刺杀斯诺时，我们都知道你在撒谎。"

"也许你知道。可十三区的战士，他们不知道。"我答道。

"你真的以为杰克逊相信你得到了科恩的命令？"克蕾西达问，"她当然不会相信，可她信任博格斯，而博格斯很明确地希望你这样做。"

"我的计划从来都没对博格斯说过。"我说。

"可在**指挥部**你告诉了所有的人！这是你成为嘲笑鸟的条件之一。你说，'我要亲手杀了斯诺'。"

与科恩谈判在战争胜利后亲手杀死斯诺和执行进入凯匹特中心的任务，这似乎是不相干的两件事。"但不是以这种方式去杀死他，这完全是一场灾难。"我说。

"我觉得这项任务执行得相当成功，我们已经渗透到敌人的大本营，这表明凯匹特的防线也并非牢不可破，在凯匹特电视上也播放了关于我们的新闻，他们因为寻找我们已经陷入了全面的混乱状态。"

"相信我，普鲁塔什肯定也很兴奋。"克蕾西达加了一句。

"那是因为普鲁塔什并不在乎谁死了。只要他的游戏能成功就行。"我说。

接下来的时间，克蕾西达和盖尔一直在反反复复地劝服我。他们说话时波洛斯不住地点头，表示同意他们的看法。只有皮塔没有说话。

"你是怎么想的，皮塔？"我最后问他。

"我认为……你还是没弄明白你所具有的影响力。"他把手铐往支架上面推了推，好让自己坐起来。"这些死去的人没有一个是傻瓜，他们知道自己在干什么。他们之所以跟随着你是因为他们认为你能杀死斯诺。"

我不知道为什么他的话我就能听进去，而别人的话就不行。可他说得没错，我想是的。我欠别人的债，而这债只有一个办法能还清。我把地图从口袋里拿出来，铺在地板上。我又有了新的想法。"我们现在在哪儿，克蕾西达？"

泰格里丝的商店与城市圆形广场和斯诺的府邸相距五个街区。这一区域的堡德出于安全的考虑都已关闭，我们步行就可以走到。我们已经有了伪装，兴许再加上泰格里丝的几件毛皮

衣服，我们可以安全到达那里。可接下来呢？斯诺的府邸周围肯定有重兵把守，监视器二十四小时开着，周围布满堡德，恐怕连划一根火柴都可能触发。

"我们需要让他在公众场合露面。然后，我们中的一个可以将他击毙。"盖尔说。

"他最近还会在公众场合露面吗？"皮塔问。

"我想不会。至少在我看过的最近的几次讲演都没有，事实上在反抗军到来之前就没有过。我想，在芬尼克披露了他的丑行之后，他变得更加警惕了。"克蕾西达说。

没错。现在恨他的已不仅是泰格里丝，当人们知道了他对他们的家人和朋友的所作所为后，许多人都恨他。要诱使他出来简直是奇迹。可也许……

"我敢说为了我他可以出来，"我说，"如果我被抓住，他会希望让尽可能多的公众知道，他会在他的府邸门前把我处死，"我略顿了顿，让大家想想，"之后，盖尔可以混在观众里，将他击毙。"

"不行，"皮塔摇摇头，"这么做可能有多种结果。斯诺也许会留着你，然后折磨你从而得到有关情报；或者在公众面前处死你，而他自己不露面；或者在他的府邸把你杀死，然后在公众面前展示你的尸体。"

"盖尔？"我说。

"这好像是没办法的办法，先不要急于这么做，也许等所有其他办法都失败的时候再说，咱们再想想。"盖尔说。

接下来是一片寂静，我们听到头顶上泰格里丝轻轻的脚步声。现在应该差不多快关门了，也许她正在锁门，关窗户。几分钟后，梯子顶部的隔板被拉开了。

"上来吧，"她用低沉沙哑的声音说，"我给你们准备了些吃的。"这是自我们来了以后第一次听她说话。她是自然的发声，还是经过多年训练才做到这一点，我不得而知，但她说话时有些猫科动物的低沉的咕噜咕噜的声音。

我们上梯子时，克蕾西达问："你和普鲁塔什联系了吗，泰格里丝?"

"没法联系。"泰格里丝耸耸肩，"他会推断出你们在安全的地方，不用担心。"

担心？听到这个消息我马上感到宽心，这样我就不会接到——或者即使接到而不得不忽略——十三区的指令，不用为前几天我鲁莽的自作主张找什么冠冕堂皇的借口了。

在商店的柜台上，堆着一些陈面包，一角发霉的奶酪，还有半瓶芥末。这让我意识到在这些日子里并不是每一个凯匹特人都能填饱肚子。我觉得有必要把自己还存留着些食物的事情告诉泰格里丝，她手一挥，说："我几乎不吃什么，只吃些生肉。"这似乎也太符合她的特点了，不过我也没有多问。我把奶酪上发霉的部分切掉，把面包给大家分了分。

我们吃东西的时候，电视上开始播报凯匹特新闻。政府已将存活下来的反抗者人数进一步确定为我们五人。提供有关情报的人可以得到大笔奖金。他们强调说我们非常危险，画面上显示了我们与治安警交火的场面，但变种动物撕扯人头的画面却没有播放。他们对我射死的那个女人致哀，画面上，那个女人仍躺在我射杀她的位置，箭还插在胸膛里。为了拍摄的需要，还对她做了一番化妆。

反抗军方面对此画面并没有干扰。"反抗军今天发表声明了吗?"我问泰格里丝。她摇摇头。"我怀疑科恩得知我还活着以后,正不知如何是好呢。"

泰格里丝用她沙哑的喉音说:"没人知道该拿你怎么办,姑娘。"然后她给了我一副皮草护膝。尽管我付不起钱,可这是那种你必须要接受的礼物。不管怎么说,那地窖里确实挺冷的。

吃完饭回到地窖,我们继续绞尽脑汁地想一个可行的计划。始终没有好的想法,但是我们都同意五个人不能再一起行动,我在作为诱饵之前,必须先有人潜入总统府。我之所以同意第二点,是为了避免争执。如果我自己决定投降,我并不需要别人的许可或者参与。

给他们换了绷带,我把皮塔铐在梯子的支架上,然后睡觉。几个小时之后,我从梦中醒来,听到了悄悄的说话声。是皮塔和盖尔。我忍不住支起耳朵听起来。

"谢谢你给我拿水喝。"皮塔说。

"不客气,反正我晚上也得醒个十次八次的。"盖尔答道。

"是为了确定凯特尼斯还活着?"皮塔问。

"差不多吧。"盖尔承认道。

没声音了,过了好一会儿,皮塔说:"泰格里丝说的还真可笑,她说没人知道该拿她怎么办。"

"是啊,连*我们*都不知道。"盖尔说。

他们俩都笑起来。听到他们像这样说话真是太奇怪了。他们之间几乎就像是朋友。可他们不算是,从来都不是,尽管也不能说是敌人。

"她爱你,你知道。在你那次挨了打之后,我就看出来了。"

皮塔说。

"我不相信，在世纪极限赛时，看她吻你的样子……嗯，她从来没那样吻过我。"盖尔回答道。

"那也是为了表演。"皮塔对盖尔说，尽管他自己的语气也有些将信将疑的。

"不，你赢得了她的心。你为了她放弃了一切，也许那是使她相信你爱她的唯一的办法。"他们又沉默了好一会儿。"在第一次参赛时，我应该志愿代替你，去参赛，去保护她。"

"你不能那么做。她永远都不会原谅你，你要照顾她的家人。她们对于她比她自己的生命还重要。"

"唉，很快这就不再成为问题了。我觉得战争结束时，我们三个不大可能都活着。即使我们都活着，该选谁也是凯特尼斯自己的问题。"盖尔打了个哈欠，"我们睡会儿吧。"

"是啊。"我听到皮塔躺下时，手铐在梯子架上滑动的声音，"真不知她到时会怎么决定。"

"噢，我知道。"我听到盖尔在皮草底下说的最后几句话，"凯特尼斯会选那个没有他就无法生存的人。"

 **银色降落伞**

　　我禁不住打了个冷战。我真的那么冷漠，那么精于算计吗？盖尔没有说"凯特尼斯会选择没有了他她就会心碎的人"或者"选择她离不开的人"。这样说好像我还是重感情的人。但我最好的朋友却预言我会选"没有他就无法生存的人"。话里的意思根本就是说我不是为爱，或者为欲望，甚至是相互投缘来选择我的感情。我只能不掺杂任何感情因素，估算我的伴侣能给予我什么，来判断要不要他。这好像在说，我要在一个猎人和一个面包师之间衡量哪个能让我更长寿。盖尔这么说真可怕，而皮塔也竟然没有反对。要知道，我的感情几乎被凯匹特或者反抗军完全毁掉了。从眼前的情况看，我的选择很简单，他们俩无论缺了谁，我都会活得很好。

　　清晨醒来，我已经没有时间和精力去打理我受伤的感情。黎明前，我们一边吃早餐——猪肝酱和无花果饼干，一边在电视前观看比特插播进来的新闻。战事又有了新的进展，反抗军受到黑浪的启发，从百姓手里收了一些废弃的车辆，在无人驾驶的情况下穿过街道。汽车虽然没有触发所有的堡德，但显然能把大部分的堡德破坏掉。到了凌晨四点，反抗军开始在不同的街道向前开进——这些路线被简单地划定为A、B、C、D——目的地是凯匹特市中心。结果，他们占领了一个又一个街区，伤亡甚少。

"这种情况不会持续太久，事实上，他们能行进得如此深入，我很吃惊。凯匹特可以关闭某些堡德，然后等目标接近时，再手动触发一些堡德。"盖尔说。他话音未落，我们就在屏幕上看到他预料之中的事。一个小分队让无人驾驶的汽车开入一个街区，触发了四个堡德，一切看上去很正常。三名侦察员紧随其后，走到了街道尽头。但当二十人的小分队向前突进时，却被一个花店门前的灌木盆栽炸成了碎片。

"我敢说这个时候普鲁塔什没有在控制室真是要了他的命。"皮塔说。

比特又将节目的转播让给了凯匹特，屏幕上，一个表情严肃的广播员正在宣告哪些居民区的居民需要撤退。通过对她播报的新闻以及刚才看到的录像进行对比，我可以在地图上标出双方军队所在的位置。

我听到大街上一片嘈杂声，于是靠近窗户，从百叶窗的缝隙向外看。在微明的清晨，我看到一幅奇怪的图景。目前已被占领的街区的居民正在拥入凯匹特市中心区域，许多慌张的人们只穿着睡袍和拖鞋，而那些早有准备的人却穿着好几层衣服，带着许多东西，从宠物狗、首饰盒，到盆栽植物。一个穿着绒毛睡衣的人甚至只拿着一根熟透的香蕉。困倦、慌乱的孩子连跑带颠地跟在大人的后面，他们或许是受到惊吓或许是太

300

过慌张，连哭都不会了。混乱的景象在百叶窗前闪过，时而是一双惶恐的棕色眼睛，时而是一只抱着心爱的娃娃的胳膊，时而是一双已被冻得青紫、在人行道的石板路上乱跑的光脚丫。看到他们，让我想起了十二区逃离燃烧弹袭击时丧生的孩子。我赶紧从窗户旁走开。

泰格里丝答应为我们探探情况，因为她是我们中唯一没有被悬赏捉拿的人。在我们安全地藏到地窖之后，她就奔向凯匹特，去寻找有用的消息。

在地窖里，我不安地踱来踱去，其他人看到我这样也快给逼疯了。我内心的某些东西在告诉我，不利用这奔逃的人流是个错误。我们还能找到比这更好的掩护吗？从另一个角度讲，在大街上奔走的每一个人的每一双眼睛都成为五名在逃的反叛者的监视者。可是，反过来讲，我们待在这里又能得到什么？我们所能做的就是消耗我们不多的食物，然后等待着……什么？反抗军夺取凯匹特城？要等到那时还需要几个星期。而且，如果他们真的夺取了凯匹特，我也不敢肯定我又会怎么做。不会跑出去恭迎他们。在我还没来得及说"索命果，索命果，索命果"的时候，科恩就会把我运回十三区。我费尽千辛万苦跑到这里，又失去了那么多人，可不是为了把自己重新交回那个女人的手里。**我要杀死斯诺**。再说，对于过去几天发生的事情，要解释清楚并非易事。有几件事如果暴露了真实意图，那么给胜利者免除罪名的协议就只好告吹。先不说我，我有种感觉，其他的胜利者会需要这个协议。比如说皮塔。无论怎样为他辩解，毕竟是他使米切尔落入铁丝网，而且这一情景已经被人们在电视屏幕上看到。我可以想见科恩的法庭会怎样审判他。

到了下午，泰格里丝还没回来，我们开始感到不安。大家推测她可能已被捕，并被迫供出了实情，也可能在拥挤的人群中受了伤。但是到了六点，我们听见她回来了。楼上先是一阵脚步声，然后她拉开了隔板。一股炸肉的味道随着她飘了进来。泰格里丝给我们准备了碎火腿和烤土豆。这是我们几天来所吃的第一顿热饭，当我等着她给我盛第二盘的时候，我的口水差点流出来。

我一边吃，一边听泰格里丝向我们叙述她是怎么弄到这些吃的的。但我听到的一个最重要的信息是目前皮草内衣是很紧俏的商品，特别对于那些逃走时穿得很单薄的人尤为急需。许多人还在大街上踯躅，设法找到过夜的地方。那些住在市中心的人并没有打开大门欢迎这些逃难者。相反，多数人紧锁大门，窗户关闭，假装外出了。现在市中心到处都是逃难者，治安警正在挨家挨户地强令住家打开大门，去接纳这些逃难者。

在电视上，我们看到一个讲话很干脆的警长就居民的安置问题发表了简短的声明，说明了每平方英尺的住房应接纳多少逃难者。他提醒凯匹特市民，今晚的气温可能会降到零度以下，他同时警告居民，总统希望在这个特殊的危急时刻，每个公民都应心甘情愿地做一个热情的主人。然后电视上播放了一些居民欢迎逃难者进入他们家中的表演性的镜头。警长说，明天总统本人已经下命令腾出总统府邸的部分房间，来接纳各位公民。他又接着说，必要时请商店店主把地板也让出来供居民居住。

"泰格里丝，可能会轮到你。"皮塔说。我觉得他说得没错。在逃难人数不断增加时，在这个窄巷子里的商店也是合适的居处之处。那样的话，我们就会真的被困在这个地窖里，处于随时可能被发现的危险境地。我们还能有几天时间？一天？也许两天？

警长又对居民下达了新的指令。今晚似乎发生了一件不幸的事，一群人把一个长相酷似皮塔的人殴打致死。自此以后，所有看到反叛者的人，一律将情况上报给当局，并由后者担负起辨认和逮捕反叛者的职责。电视上出现了受害者的照片，在我看来，除了染过的卷发之外，他确实跟皮塔很相像。

"人们都疯了。"克蕾西达说道。

我们又看了最新的战况报道，一些街区今天刚刚被占领。我把刚被占领的十字路口在地图上做了记录，然后进行研究。"C区离这里只有四个街区。"我说。不知怎的，这比治安警为逃难者寻找住处更令我坐立不安。我突然变得勤快起来。"让我刷盘子吧。"

"我来帮忙。"盖尔把盘子都收了起来。

我感到我们走出房间时，皮塔的眼光一直跟随着我们。在商店后面逼仄的厨房里，我在水槽里装满了水和洗净剂。"你觉得这是真的吗？斯诺让逃难者进入他的府邸？"我问道。

"我想他现在不得不这么做，至少为了拍电视。"盖尔说。

"我今天上午准备离开。"我说。

"我和你一起走。其他人怎么办？"盖尔说。

"波洛斯和克蕾西达可能能帮上忙。他们是很好的向导。"我说。克蕾西达和波洛斯不是问题所在，"可是皮塔太……"

"难以预料。"盖尔把我没说的话说完，"你觉得他还会让我们把他留下吗?"

"我们可以好好劝劝他,就说他会给我们带来危险。如果我们能说服他的话,他可以留在这里。"我说。

对于我们的建议,皮塔倒是很理智。他也觉得和我们在一起会使我们四个的处境更危险。我以为这个问题已经解决,他可以在泰格里丝的地窖待到战争结束,这时他却说他要自己行动。

"去干什么?"克蕾西达说。

"我说不清,也许可以转移敌人的注意力。那个长得像我的人不就被打死了吗,你们也看到了。"他说。

"要是你……失控怎么办?"我说。

"你是说……我变成变种人?嗨,要是我感觉不好,我就尽量回到这里。"他安慰我说。

"如果斯诺又把你抓住了呢?你甚至连枪都没有。"盖尔说。

"那就得看运气了,和你们一样。"盖尔和皮塔说完交换了一个眼色。之后,盖尔把手伸进上衣兜里,把他的药片放在皮塔手里。皮塔张开的手托着药片没动,既没有拒绝,也没有接受,"那你呢?"

"别担心,比特早就告诉我怎样引爆我的弓箭。如果那也不行,我还有凯特尼斯。"盖尔笑一笑说道,"她不会让他们享受到活捉我的快乐的。"

一想到治安警把盖尔抓走的情形,我的脑子里就响起了那个旋律……

你是否,是否,

会来到那棵树旁……

"收起来吧，皮塔。"我说着，觉得嗓子眼发紧。我伸出手，把他的手合上，"到时没人能帮你。"

我们度过了一个难以入眠的夜晚，时时被噩梦惊醒，脑子里总是想着第二天的计划。到了清晨五点，我放松下来，不管今天遇到什么，今天已经开始了。我们把剩下的食物都扫荡干净——罐装豌豆、饼干、蜗牛——留下一罐沙丁鱼罐头给泰格里丝，算是对她的一点心意。她好像很感动，脸扭曲着，显出一副奇怪的表情。接下来她开始行动了，她用了一个小时的时间给我们打扮。给我们穿好衣服，在还没穿大衣和外罩之前就把我们的军装掩藏起来。她用毛皮装饰把我们的靴子罩起来，用卡子把假发夹好，把我们着急忙慌涂了一脸的化妆品擦掉，又重新化好。把大衣外罩搭在武器外边，然后又给我们手里塞上手袋和其他杂七杂八的物品。最后，我们看上去完全是一副逃难者的样子。

电视上似乎没有播放有价值的新消息。但是大街上的逃难者好像和前一天一样多。我们计划分三拨混入逃难的人群，第一拨是克蕾西达和波洛斯，他们走在前面，可以做我们的向导。之后是盖尔和我，准备混入进入总统府的逃难者中，最后是皮塔，他跟在我们后面，随时准备在必要时转移敌人的注意力。

泰格里丝在窗口看准了时机，然后打开门闩，对克蕾西达和波洛斯点点头。"小心点儿。"克蕾西达说完，就消失在人流里。

我们很快就会跟在他们后面走出去。我拿出钥匙，把皮塔的手铐打开，把它揣在兜里。他揉揉手腕，活动活动。我登时有一种绝望的感觉。我觉得自己似乎又回到了世纪极限赛，比特正把线圈递给我和约翰娜。

"听着，别做任何傻事。"我说。

"不会的，那是最后的一招，绝对。"他说。

我搂住他的脖子，觉得他犹豫了一下，才伸出胳膊抱住了我。虽然不像以前的拥抱那样坚强，但也很温暖有力。以前的一幕幕映现在我眼前，曾经，这双臂膀是我在这个世界上唯一的避风港。也许那时我并没觉得怎样，但在我的记忆里是多么的甜蜜，可这种感觉现在已经消失殆尽。"那么，好吧。"我放开了他。

"现在可以了。"泰格里丝说道。我在她的脸颊上吻了一下，系好我的风衣，把围巾拉高，罩住鼻子，跟在盖尔后面，跨入到寒冷的空气中。

冰冷、尖利的雪片打在我的皮肤上，像刀割一样。缓缓升起的太阳想用它的光线刺透雾蒙蒙的空气，但却被遮挡回去。在昏暗的晨光中，无论近处还是稍远的人都看不清楚。很好，真的，唯一的缺憾是我看不清克蕾西达和波洛斯。盖尔和我低着头，随着人流前行。昨天在窗边没能听到的声音，现在却听得清清楚楚。哭喊声、哀叹声、劳累的喘息声，混在一起，不远处，却传来了枪声。

"我们要上哪儿，叔叔？"一个哆里哆嗦的男孩问一个拿着小保险箱的男人。

"去总统的家。他们会给我们安排一个新的住处。"那人一边喘息，一边说道。

我们走出小巷，来到大街上。"靠右走!"一个声音喊道。我看到人群里有许多治安警，正在指挥着大家如何走。商店的橱窗里，一张张充满恐惧的脸正在向外张望。商店里已经挤满了人。以这样的速度，泰格里丝的商店到中午时应该也挤满了人。我们这时候出来看来是对的。

现在，虽然雪花还在飘，但天已经放亮了。我看到克蕾西达和波洛斯在我们前面大约三十码的地方，和步履沉重的人们一起往前走。我慢慢扭头，看看是否能找到皮塔。可我看不到，但我的目光却与一个穿着柠檬黄大衣的孩子的目光相遇，她正用探寻的眼光看着我。我用胳膊肘捅了捅盖尔，我们以丝毫不被察觉的速度慢了下来，让拥挤的人群挡在我们和女孩之间。

"我们也许需要分开行动，有个女孩……"我压低声音说。

这时，子弹从人群的头顶上呼啸而过，我旁边的几个人立刻倒在地上。人们尖叫着，乱作一团。又是一排子弹，撂倒我们身后的好多人。盖尔和我赶紧离开大街，跑到十码远的一家商店，躲在一排放高跟鞋的货架后面。

一排绒毛鞋挡住了盖尔的视线。"是谁? 你能看见吗?"他问我。我透过一排淡紫色和薄荷绿的鞋的缝隙，看到了满大街都是尸体。那个看我的小女孩跪在一个一动不动的妇女身旁，正在痛心地嘶喊着，要把她摇醒。又一排子弹穿透了她的胸膛，把女孩一下子背朝后掀倒在地，黄大衣被染成了红色。看到扭曲着倒下的幼小的身影，我一时间惊得说不出话来。盖尔用胳膊肘捅捅我，"凯特尼斯?"

"他们正从我们的屋顶上向下射击。"我对盖尔说。又是一阵枪声，许多穿白制服的治安警被击毙，倒在飘着雪花的大街上。"正在朝治安警射击，可枪法并不算好，肯定是反抗军。"照理说，我们的军队已经打进来了，我该感到高兴，可我却没有感到应有的那份喜悦。柠檬黄大衣完全攫住了我的神思。

"如果我们也射击，那就得了，全世界的人都知道是我们。"盖尔说。

没错。只有我们才有这种特制的弓箭。发射一箭等于在告诉双方，我们在这里。

"不，我们必须找到斯诺。"我坚决地说。

"那么我们最好等大家还没有走干净，赶快走吧。"盖尔说。我们贴着墙继续往前走。靠墙的一面大部分是商店的橱窗，每一扇橱窗上贴满了汗津津的手掌和惊惧的面孔。当我们从橱窗前匆匆经过时，我把围巾拉得更高，几乎快遮住了眼睛。在一家摆放着斯诺的镜框的橱窗前，一个治安警倚在两个橱窗之间的窄墙上，他请求我们帮助他。盖尔用膝盖撞击他的头部，然后夺了他的枪。在十字路口，他又打死了一个治安警，这样，我们两个都有了枪。

"那么，我们现在应该算是什么人？"我问。

"疯狂的凯匹特公民。治安警觉得我们和他们是一边的，这个时候希望反抗军别射杀我们，他们能找到更重要的目标。"

我们飞快地穿过十字路口，心里琢磨着这个新角色。到达下一个街区时，我们是什么身份，任何人是什么身份，已经不再重要了，因为没人看你的脸。反抗军已经打了进来，好吧，他们有的冲到大街上，有的躲在房屋门口，有的躲在汽车后面，四周枪声四起，有人大声地喊着命令，准备迎击朝这边赶来的治安警。只有逃难者被夹在激烈的炮火中间，他们手无寸铁、惊慌失措，许多人受了伤。

我们前方的一个堡德被触发，释放出滚烫的蒸汽，把附近的人立刻蒸熟了，死者皮肤一律变成了粉色。看到这一切，四周大乱。蒸汽继续裹挟着雪花四处扩散，遮住了我们的视线，在我的枪管以外的地方全部是一片模糊。治安警、反抗军、凯匹特市民，谁知道是谁，所有移动的物体都是射击目标。甚至自己人之间也相互射击。我也不例外。我心跳加快，肾上腺素激增，每个人都是我的敌人。只有盖尔除外，他是我打猎的搭档，为我警戒着来自后背的袭击者。我们只能前行，别无他路，挡住我们去路的一律打死。狂呼乱叫的人们、流血的人们，还有死人遍地皆是。当我们走到下一个街角时，前方的整个街区泛出浓艳的紫光。我们赶紧后退，躲在一个楼梯间里，眯起眼看着那光线。被光线照射到的人，正遭到某种物质的袭击……是什么？是一种声音？一种波？激光？武器从他们的手里掉落下来，他们用手指抓住脸，血液从七窍里流出来——眼睛里，鼻子里，嘴里和耳朵里。不到一分钟，所有的人都死了，光线也随之消失。我牙一咬，开始往前跑，我跳越过了死者的尸体，湿乎乎的血使我脚下打滑，我也不管。呼啸的寒风夹着雪花，模糊了我们的视线，但我们仍能听到一阵脚步声向我们这个方向传来。

"趴下！"我小声对盖尔说。我们立刻在原地卧倒。我的脸趴在一大摊还温热的血上，可我一动不动，假装成死人，一阵慌乱的脚步从我们身旁跑过。一些人避开满地的尸体，另外有些人踏在我的手上、背上，有些踢在我的头上。当脚步声过去

后，我睁开眼睛，朝盖尔点点头。

在下一个街区，我们遇到了更多逃难的人，正当我们觉得可以松一口气的时候，传来了一个声音，像是鸡蛋壳打在碗边的声音，但比那放大了一千倍。什么也没有发生。接着，我感到自己的靴子尖开始倾斜。"快跑！"我冲盖尔喊道。已经没有时间解释了，只不过几秒钟时间，这个堡德露出了它的真实面目。在街区中心裂开了一个大缝。石板大街像野兽的大口一样向内张开，慢慢地把街面上的人吞噬了进去。

我一时不知道该直跑到前面的十字路口，还是奔向街道旁的大门，然后破门而入。结果，我往前方斜插过去。当大口张得更大时，我脚步不稳，脚底越来越抓不住光滑的地面。那感觉就像在光滑的冰山上行进，每迈出一步，山就越陡。当脚下的石板路完全塌陷时，我的两个目标——十字路口和旁边的屋子——离我只有几英尺远。没办法，我只能脚下一用力，猛地扑向十字路口。我的手抓住街边的石头，发现石板路面已经直接掉落下去。我的脚吊在空中，没有了着落。张开的大口子有五十英尺深，一股恶臭扑鼻而来，就像夏天腐烂尸体散发的气味。黑乎乎的人影在里面乱爬，幸免于难的人都惊呆了。

我吃力地大喊了一声。没有人来帮我。我就快要抓不住光滑的石头了，这时我发现我距离堡德的犄角只有六英尺远。我沿着路面的边沿一点一点地往旁边挪，尽量不去听底下的人发出的惨叫。当我的手抓住犄角之后，我抬起右腿，身体用力向上一纵，脚搭在了什么地方，然后我用尽全身力气，把自己的身体拉回到地面。惊悸恐惧、浑身发抖，我终于爬了上来。我已踏到平地上，但还是赶紧抱住一根路灯柱子好稳住自己的身体。

"盖尔？"我冲着深洞大喊，也顾不上会不会被认出来了。
"盖尔？"

"在这里！"我慌忙朝左边看去，大楼的根基部分并没有滑落下去。十几个人因为紧贴着墙根，才算没有掉下去，他们都抓着不同的东西，门把手、门环、邮箱投递孔。与我相隔三个门的地方，盖尔正抓着大门口外的铁艺门栅栏。如果门开着，他很容易就可以进去。但尽管他不断使劲踢门，却没人来开门。

"你躲开！"我举起枪，他侧过身子，我向门锁开了几枪，门向内打开了。盖尔纵身跳到门里面，落在了地板的一堆东西上。我救了他，正在得意，突然，一双戴着白手套的手揪住了他的肩膀。

盖尔用眼睛盯着我，用口型默示了些什么，可我猜不出他说了什么，也不知该怎么办。我不能离开他，但也够不着他。他的嘴唇又动了动，我摇摇头，表示我不明白。不消几分钟，治安警就会明白他们抓到了谁，他们正在往屋子里拽他。"快跑！"我听到他大叫。

我转过身，朝远离堡德的方向跑去。现在一切都要靠自己了。盖尔成了囚犯。克蕾西达和波洛斯恐怕死掉十次都有可能。皮塔呢？自从我们离开泰格里丝的商店，就没再看见过他。我只能寄希望于他已经回去了，在他感觉自己快要失控时，赶快回到了地窖，他肯定意识到凯匹特的大街上已经不需要他来转移注意力了，他不再需要成为凯匹特的诱饵，也不必吞下索命果了——啊，索命果！盖尔已经没有毒药了，还说要引爆弓箭，他没有机会了。治安警做的第一件事就是夺了他的武器。

我倒在一个门洞里，泪水扑簌簌地流下来，刺得我眼睛生疼。**打死我**。那是他要说的话。我本该打死他的！这是我的职责，是我们不成文的约定，我们所有人的约定。而我没有做到。现在凯匹特可以杀死他、折磨他、或者劫持他——我的内心像裂开了一个大洞，要将我吞噬下去。我只有一个希望，就是凯匹特会倒台，会放下武器，在他们没来得及伤害盖尔的时候，就放了他。可，只要斯诺活着，这就不可能。

　　两个治安警从旁边跑过，对这个缩在门洞里呜咽的凯匹特女孩根本没有多加留意。我强忍泪水，把已经流出来的泪趁还没有冻上赶快擦干，强迫自己打起精神。好吧，我还是一个无名的逃难者。或者，他们发现盖尔在看我了？我把风衣反过来，把红色的一面穿到里头，露出黑色的里子。戴上兜帽，这样就能盖住我的脸。我把枪紧紧地握在胸前，探头看看大街上的情况。只有几个神情迷乱的人没跟上大队伍，落在后面。我跟在一对老人的后面走，他们对我并没有留意。没有人会想到我和老人呆在一起。当我们走到下一条街的尽头时，他们突然停住了脚步，我差点撞上了他们。已经到了市中心广场。广场对面有一排豪华的建筑，那里就是总统府邸。

　　广场上堆满了人，有的在哭泣，有的径直坐在地上，一任飘落的雪花堆积在他们身旁。我穿过人群，朝总统府邸走去，脚下不停地被人们丢弃的财宝或者冻僵的肢体绊着。走到约一半的距离，我发现总统府邸的门前有一些水泥路障。路障大约四英尺高，呈长方形围在总统府邸周围。本以为里面没有人，但是里面却堆满了逃难者。也许这些人是被挑选出来住在总统府邸的人？当我走近时，却看到围在路障里面的全部是孩子，从蹒跚学步的幼儿到十几岁的少年。他们都很恐惧，冻得要命。他们或挤作一团，或麻木地坐在地上摇摆。他们没有被领进总统府邸，而是被圈在这里，四周由治安警看守。我马上看出来治安警不是为了保护他们，如果凯匹特想保护他们，就会让他们去隐蔽的地方。这是为了保护斯诺，这些孩子们是他的人墙。

突然一阵骚动，人群拥向了左边，我也被挤到了旁边，远离了我的目标。我听到人们喊："反叛者！反叛者！"我知道反抗军已经攻破了凯匹特的防线，打过来了。人群把我挤到了一根旗杆旁，我赶紧抓住旗杆，顺着旗杆的拉绳爬了上去，躲开了拥挤的人群。是的，我可以看到反抗军攻入了圆形广场，把人群驱散到大街上。我扫视广场，搜寻着这里的堡德，心想一定会被触发，但堡德没有被触发。却发生了下面的事：

一架标有凯匹特市徽的直升机悄无声息地出现在那些孩子的上方。无数的银色降落伞纷然飘落。即使在这么混乱的情况下，孩子们也知道银色降落伞带来了什么。食物。药品。礼物。他们急切地把降落伞抱起来，用冻僵的小手试图打开绳子。直升机消失了，五秒钟过去了，之后约二十个降落伞同时爆炸。

人群里传来一片哭喊声。白雪上散落着许多短小的残肢断臂。许多孩子立刻毙命，可还有些痛苦地躺在地上。有一些在地上无声地蹒跚，盯着手里的银色降落伞，好像觉得里面应该还有一些珍贵的东西。治安警看来也并不知情，因为他们正搬开路障，打开一条通向孩子们的路。另外一群治安警拥入了刚打开的入口。不，他们不是治安警，是医务人员，反抗军的医务人员。这种制服无论到哪儿我都认识。他们冲到孩子们中间，迅速打开急救箱。

我起先看到了一个人，金色头发，辫子甩在身后。而后，当她脱掉大褂罩在一个孩子身上的时候，我注意到她的衬衫后面没有塞到裤子里，像一个鸭子尾巴露在外面。我的反应就像艾菲·特琳奇在收获节仪式上念出她的名字时一样，身子一下子瘫软了，滑落到旗杆底下，有几秒钟的时间动弹不得。接着我推开前面的人群，向她走去。就像以前一样，我扯开嗓子在嘈杂的人群里大喊她的名字。我就快要走到跟前了，就快要到路障了，我觉得她听见了我的呼喊。因为在那一瞬间，她看到了我，她的嘴唇嗫动着喊出了我的名字。

就在这时，其他的降落伞也爆炸了。

25 ▶ 死亡玫瑰

　　真的还是假的？我的身上也着了火。从降落伞炸弹里飞出的火球越过了路障，穿过飘雪的空中，飞落到人群里。我正要转身，一颗火球正击中了我，火舌舔舐着我的后背，把我变成了一个全新的人。一个浑身的怒火像太阳光芒一样不会泯灭的生物。

　　一个在火焰中诞生的变种人只有一种感觉：愤怒。没有影像、没有声音、没有感情，只有冷酷无情的火焰灼烧着她的皮肉。她也许会失去知觉，可即使失去知觉也无法逃避。我是西纳的鸟。燃烧的鸟，愤然飞起，去躲避不可能躲避的灾难。带火焰的羽毛从我的身体里生长出来，扇动翅膀只能令火苗更旺。我燃烧自己，但却没有尽头。

　　终于，我的翅膀开始摇摆不定，我失去了重心，地心引力将我拉向浮着泡沫的大海，那海是芬尼克眼睛的颜色。我仰面漂浮在海上，后背仍在水下燃烧，但是巨大的痛苦转成了疼痛。当我在海面上漂浮，失去方向时，他们出现了。那些死去的人们。

我爱的人们在我头顶的天空飞翔，他们飞得很高，在天空盘旋，呼喊着让我去到他们身边。我是多么想和他们在一起啊，但是海水浸湿了我的翅膀，使我无法将它们举起。我恨的人也漂浮在水里，满身鳞甲的可怕生物用它们尖利的牙齿撕扯着我浸满盐分的肉体。一遍又一遍，没有停歇。最后把我拖到了水下。

一只淡粉色的小鸟俯冲下来，把它的爪嵌入我的胸膛，它想让我浮起来。*"不，凯特尼斯！不！你不能走！"*

但我仇恨的那些家伙却更强大，如果她不放开我，也会葬身水下。*"波丽姆，放开我！"*最后，她不得不放开了我。

在黑暗的水下，我孤独一人。只有我呼吸的声音在耳边响起，但费了好大力气只吸进了水，又费了好大力气把水从肺里挤出去。我想停下来，我不呼吸，可是海水仍然从我的肺里出来，又进去，我无法控制。*"让我死吧，让我跟着其他人去吧。"*可四周一片寂静。

我被囚禁在海水里，几天，几年，也许几个世纪吧。死了，却不能真的死去。活着，却无异于死亡。我好孤独啊，任何人、任何事。无论它们多么令人讨厌，只要能出现，就很好啊。但等我终于有了来访者时，它确实是很温柔的。吗啡。它在我的血管里流动，除却我的痛楚，使我的身体飘然若仙，我又要飞起来了，但终于还是回到了泡沫里。

泡沫。我真的浮在泡沫上。我可以用指尖感觉到，它护养着我裸露的躯体。我仍然很疼，但好像又有些东西感觉很真实。我的嗓子像砂纸一样干。我闻到了第一次在竞技场里闻过的烧伤药膏的气味。我听到了妈妈的声音。这一切让我感到害怕，我极力深入到意识的深层，去感知这一切。可是，我再也回不去了。渐渐地，我不得不接受现在的我。一个没有翅膀的严重烧伤的女孩。没有了火，没有了妹妹。

在白晃晃的凯匹特医院的病房里，医生施展了精湛的医术，给我烧伤的地方植了新皮，使得那些几近坏死的细胞恢复了生命。医生同时帮助我做康复训练，弯曲腰身、伸展四肢，以取得好的医疗效果。总有人一遍遍地跟我说起我是多么的幸运。我的眼睛没事，脸的大部分没被烧伤，我的肺也有所恢复，最终我会完全康复的。

当我的新皮肤慢慢长好，能够承受被子的压力时，更多的人来看望我。吗啡为生者和死者都打开了大门。脸色蜡黄、不苟言笑的黑密斯，正在缝制新嫁衣的西纳，总是天真地夸赞别人的黛丽，都会出现在我眼前。爸爸唱了四段《上吊树》，并提醒我不要让倒班的间隙总睡在一张椅子上的妈妈知道这事。

一天醒来时，我意识到大家对我仍寄予厚望，不会让我一天到晚总是沉溺于梦境的。我必须用嘴吃饭，活动筋骨，自己去浴室洗浴。那天我无意中瞥见了斯诺总统，我的心就是一揪。

"别担心，我救他是为了给你留着的。"医生说。

她看到我不说话，感到奇怪。马上给我做了测试，结果我的声带受到损坏，可这并不是我说不出话来的原因。最后，科室的主任奥里利乌斯医生得出了一个理论，他认为我已成为精神上的艾瓦克丝，我失声是因为受到精神创伤。尽管人们提出了上百种治疗方法，他却只说不用管我。所以，尽管我什么也不说，什么也不问，人们却总是给我带来各种各样的消息。关于战事：在降落伞爆炸的当天，凯匹特就被攻陷了。现在帕纳姆国在科恩总统的管理之下。军队被派遣到各辖区镇压小股的凯匹特抵抗势力。斯诺总统：他已经被抓起来了，等待着审判。我们小分队：克蕾西达和波洛斯被派到各辖区报道战后的破坏情况。盖尔，正在二区扫荡残余势力。皮塔还在烧伤病房。原来他还是到了城市中心广场。我的家人：妈妈埋头工作，来排解心中的痛苦。

我无事可做时，忧伤和痛苦便把我吞没。让我支撑下去的唯一理由是科恩的许诺。只要这件事做完了，也就没有什么好牵挂的了。

终于，医生允许我出院。我在总统府邸分到了一个房间，和妈妈住在一起。她几乎从不在家里，吃饭睡觉都在医院。所以照顾我成了黑密斯的事，他要保证我每天正常吃饭、吃药。这不是一件容易事。我又犯了原来在十三区时的老毛病，不经允许就在这大宅子里乱转。一会儿去办公室、卧室，一会儿钻到舞厅和浴室，寻找着奇怪的小小的藏身之处。我终于找到了一个堆满毛皮衣服的衣橱和书房的一个小隔间，又在一个堆满废弃家具的房间找到了一个久已不用的浴缸。我找的这些地方又暗又静，没人找得到。我缩了起来，把自己变小，试图从人们的眼前完全消失。在这寂静的地方，我不停地转动手腕上的手环，上面写着：精神障碍患者。

我叫凯特尼斯·伊夫狄恩。我十七岁。我的家在十二区。十二区已经不存在了。我是嘲笑鸟。我导致了凯匹特的崩溃。斯诺总统恨我。他杀死了我的妹妹。现在我要杀死他。这样，

饥饿游戏就结束了……

我发现我也会周期性地回到自己的房间，不知道是出于对吗啡的依赖，还是黑密斯把我搜了出来。我吃饭、吃药、按要求洗浴。我倒不在乎水，而是不愿看到镜子里烧伤的身体。植皮的地方还是婴儿皮肤似的粉红色，那些已经烧坏，但还并非无可救药的地方显得红红的、热乎乎的，有的地方好像已经融化似的。没有烧伤的皮肤却是白色的，毫无血色。我浑身的皮肤就像经过补缀、样子怪异的破棉被。成片的头发也被烧焦，余下的头发剪得长短不一，就像狗啃的。这就是凯特尼斯·伊夫狄恩，燃烧的女孩。如果仅仅是难看，也就罢了，关键是我的这副狼狈样让我想起自己所遭受的痛苦和这痛苦的根由，以及之前发生的一切。它使我想起了我是怎样眼睁睁地看着自己的妹妹变成了火球。

闭上眼睛也无济于事，火焰在黑暗中越加夺目。

奥里利乌斯有时会来看我。我对他印象不错，他不会说些愚蠢的话，诸如，我现在安全啦，总有一天会快乐起来啦，甚至是帕纳姆国一切都会好转啦之类的话。他只是询问我是否感觉想说话，如果我不搭腔，他就坐在椅子上睡着了。我猜他来看我主要是为了打个盹。这种安排对我们俩都合适。

虽然我说不出具体时间，但斯诺总统行刑的时间却越来越近了。他遭到审判，被判了死刑，这是黑密斯告诉我的。我在走廊里也听到士兵们的议论。我的嘲笑鸟服装出现在我的房间，还有我的弓。这弓挂在身上倒挺威风，只是没有箭。也许早就毁掉了，更大的可能是不允许我持有武器。我心里琢磨着是否该为那个场合做些准备，可终也没想起什么。

一天傍晚，我躲在一个漂亮的屏风后面，在窗台前一张带软垫的椅子上坐了很长时间。之后，我从那里出来，向左转，而不是向右转。我发现自己来到一个奇怪的地方，马上失去了方向感。这里和我居住的那块地方不一样，好像也没人可以问路。可我很喜欢这地方，心想很快就会找到方向的。这里很安静，厚厚的地毯和挂毯吸收了声音。灯光也很柔和，色彩淡雅，一切显得那么宁静平和。但是我却闻到了玫瑰的气味。我赶紧躲在窗帘后面，抖得厉害，根本跑不动了，我等着变种动物的出现。最后，我意识到根本没有变种动物。那么，我闻到的是什么气味？是真的玫瑰？我是不是靠近了那邪恶生物生长的花园？

我蹑手蹑脚地往前走，气味越来越浓烈，简直让人受不了。这气味也许没有变种动物身上的那么浓烈，但更纯，也许是没有和下水道和火药混合的缘故吧。我走过一个转角，与两个吃惊的卫兵迎面相遇。他们当然不是治安警，治安警已经不存在了。但是也不是穿整洁的灰军装的十三区士兵。这两个人，一男一女，穿着破烂的反抗军的服装，打着绷腿、面色憔悴，正守护着通往花园的大门。当我要进去时，他们把枪交叉成×。不准我进入。

"小姐，你不能进。"那男的说。

"这位战士，"那女的纠正他道，"伊夫狄恩战士，你不能进去。这是总统的命令。"

我耐心地等着他们放下枪杆，我不说，要让他们慢慢明白，在那门后有我需要的东西。只是一枝玫瑰，一朵花。我要在杀死斯诺之前，放在他的上衣兜里。我贸然出现似乎让两个士兵很担心。他们讨论着是不是要叫黑密斯，这时一个女人在我身后说："让她进去吧。"

这声音很耳熟，但我一时说不上是谁。不是"夹缝地带"的口音，也非十三区口音，当然更不是凯匹特口音。我扭过头来，发现八区的指挥官佩拉就站在我身后。她看上去比在医院见到她时更加憔悴。但谁不是呢？

"是我的命令，她有权知道那扇门背后的一切。"这些都是她的士兵，不是科恩的。他们立刻放下武器，让我进去了。

在走廊的尽头，我推开玻璃门，走了进去。一股浓烈的气味扑鼻而来，以至于我觉得自己的鼻子已经不管用了。这里潮湿、温和的空气让我灼热的皮肤感觉很舒服。那些玫瑰真是太漂亮了，一排排的花朵绽放出艳丽的色彩，有娇艳的粉色、日落的橘黄、甚至还有淡蓝色。我在精心修剪的玫瑰花丛中穿行，只是看，而不去触摸，因为我知道这些美丽的花朵可能是很危险的。当我在一个花丛里看到那即将开放的白色花朵时，我更清楚这一点。我把左边的袖口往下拉拉，这样就不会让皮肤接触到它，我拿起一把剪刀，刚要把那枝花剪掉，这时我听到了他的声音。

"那朵花不错。"

我的手一抖，剪刀合拢，剪掉了那枝花。

"那颜色很可爱，没有比白色更完美的了。"

我还是看不见他，那声音似乎是从红色玫瑰花床的对面传来的。我小心地把花枝子穿透袖口的衣服纤维，别在那里。然后慢慢地走过转角，结果看到他坐在靠墙的一张凳子上。他的衣着如平时一样地整洁，只不过手腕和脚腕上都戴着镣铐，身上还有追踪器。在明亮的光线下，他肤色惨白，甚至透着病态的铅灰色。他手里拿着一块白手绢，上面沾着点点的鲜血。即使在这种狼狈不堪的境地，他的蛇一样的眼睛仍放着犀利的寒光。"我正在想你可能会找到我住的地方。"

他住的地方。我已经踏入他的住处，正如他去年悄无声息地闯入我的家，带着他那血腥的、玫瑰花的气息，不动声色地威胁我一样。这个温室是他的房间之一，也许是他最喜欢的；弄不好在他闲暇时，还会自己照料这些植物。但现在这里成了囚禁他的地方，这就是士兵拦住我的原因。也是出于同样的原因，佩拉让我进来了。

我本想他会被关在凯匹特最深的地牢里，而不是环境奢华的房间。但科恩却把他放在这里。这确实是开了一个先例，我猜。这样，如果以后她失去了原来的地位，人们也会认为总统——即使是最可鄙的家伙——也会受到特殊待遇。无论怎样，谁知道她什么时候会失势呢？

"我觉得咱们有很多事要讨论，但我有种感觉你在这儿待得不会太长，那么咱们就说最主要的吧。"他开始咳嗽，当他把手绢拿开时，手绢更红了，"我想告诉你我为你妹妹的事感到非常遗憾。"

虽然我现在一直在服用镇静剂，但他的话仍让我感到一阵刺痛，这使我想起他的残忍是没有极限的，他在进坟墓之前一定还要伤害我。

"太可惜，太没必要了。任何人都看得出那时游戏已经结束了。事实上，他们放下降落伞时，我正准备签署正式的投降书。"他用眼睛死死地盯着我，眼睛连眨都不眨，恐怕错过我脸上的每一个细微反应。但他说得没有道理。当*他们*放下降落伞时？"哦，你不会以为是我下的命令，是吧？你忘了一个显著的事实，如果我有直升机，一定用它来逃跑。除此之外，它还能干什么？我们都知道，我并非不会杀死孩子，但我是不会浪费的。我夺取生命是有特殊原因的。我没有理由杀死一群圈起来的凯匹特的孩子。根本不会。"

我纳闷他是不是又要咳嗽，这样可以给我一点时间，让我可以好好想想他的话。他在撒谎。他当然在撒谎。但他的话似乎也耐人寻味。

"然而，我必须承认科恩干得很棒，炸死我们的孩子，让凯匹特公民对我的最后一点忠心都烟消云散。在那之后，就基本没有什么人抵抗了。你知道那个场面已经被直播了吗？那是普鲁塔什的功劳。降落伞的事也有他的份。哦，饥饿游戏组委会主席的思维方式你是知道的，不是吗？"说到这，斯诺擦擦他的嘴角，"我肯定他并不是针对你妹妹，可是事情就这么发生了。"

我的思绪已经离开斯诺，回到十三区的**特制军械部**，当时盖尔和比特正在研究基于盖尔的圈套原理设计的新武器。他们利用了人类的同情心，第一颗炸弹炸死受害者，第二颗炸弹炸死企图救他们的人。我仍记得盖尔说的话。

"比特和我设计武器的规则和斯诺劫持皮塔的规则是一样的。"

"我的失败就是没能及时掌握科恩的计划，"斯诺接着说，"去让凯匹特和各辖区相互残杀，最后十三区可以毫发无伤地夺取政权。如果我没说错的话，从一开始她就计划代替我的位置。我并不感到吃惊。不管怎么说，正是十三区策动的反叛才导致**黑暗时期**的来临，然后在大势已去时，又抛弃了其他的辖区。但我的注意力不在科恩身上，而在你嘲笑鸟的身上。而你的注意力也都在我身上。恐怕我们两个人都让人耍了。"

我拒绝承认这是事实。有些事情难免会发生在你身上，连我也不能幸免。我说出了自从妹妹死后的第一句话，"我不相信你。"

斯诺失望地摇摇头，用讽刺的语气说道："噢，我亲爱的伊夫狄恩小姐。我想我们早已达成协议，不对彼此撒谎。"

26 ▶ 复仇之箭

　　走出大厅，我发现佩拉仍然站在原地。"你找到要找的东西了吗?"她问。

　　我举起白玫瑰，作为对她的答复，然后跌跌撞撞地从她身边走过。我一定是自己找到了回去的路，因为等我的思维回到现实中来时，我正在往玻璃瓶里灌水，把花插在里面。我跪在冰冷的瓷砖地面上，眯起眼睛仔细地看着这朵花，在光线充足的白天，盯着白色花朵的眼睛很难聚焦。我把手指伸到手环的里面，把它像止血带一样地使劲拧着，希望疼痛可以帮助我抓住真实的现实，就像皮塔一样。

　　尽管有关的细节会有所不同，但我想这件事有两种可能。第一种可能，凯匹特派来了直升机，扔下了降落伞，牺牲了他们自己孩子的性命，因为他们知道反抗军会派人来帮助他们脱离危险。这是我一直相信的。这种推断有相关的证据。直升机上有凯匹特市徽，飞机没有与敌方交战，而且凯匹特惯于利用孩子作为他们对付各辖区的手段。第二种可能，正如斯诺所说的。由反抗军控制的直升机炸死了孩子们，好使战争尽快结束。但如果是那样的话，凯匹特军方为什么不向敌方开火？是因为他们太吃惊了？还是他们没有抵抗能力了。在十三区，人们对孩子是非常珍视的，至少看上去一贯如此。也许，我不包括在内。人们很长时间以来，已经不把我当孩子看了。对于他们来说，我一旦失去利用价值，就可以舍而弃之了。他们明知自己的医务人员会来救援，而第二颗炸弹还会爆炸，他们为什么还要这样做呢？他们不会。他们不可能这么做。斯诺在撒谎。他像以前一样在利用我。希望我能与反抗军对抗，消灭他们。是的，肯定是这样。

可是什么在我的心头纠结，挥之不去呢？首先，那些能响两次的炸弹。并不是说凯匹特不会拥有同样的武器，而是我十分肯定反抗军有这样的武器。这是盖尔和比特的智力产儿。接下来的问题是，斯诺并没有乘飞机逃跑。我知道他是一个生存欲望极强的人，很难相信他没有一个合适的藏身之处，比如地下的掩体，那里储存了足够的食物，可以让他度过可怜可鄙的余生。最后的问题是他对科恩的评价。不可辩驳的事实是，她的所作所为正如他说的那样。让凯匹特和各辖区展开激战，然后在合适的时机从容地夺取政权。即使她的计划确实如此，也不能证明降落伞就是依照她的命令扔下来的。她已经胜利在望，一切都在她的掌控之中啊。

但我除外。

我回想起和博格斯的谈话，当时我们说起了科恩的继任者，我坦承没想过她的下一个继任者是谁。他说：*"如果你的第一个答案不是科恩，那你就是一个威胁，你的脸上就刻上*

了反对派的烙印。要知道，你个人的影响力可是比别人都大啊。"博格斯说，"从目前的情况看，你对她所做的一切就是容忍她。"

突然，我又想起了波丽姆，她还不到十四岁，还够不上一个士兵的资格，但却阴错阳差，跑到了前线。这一切是怎么发生的呢？我的小妹妹肯定愿意去，这点毫无疑问。她比许多年龄比她大的人还能干，尽管如此，那也需要官职相当高的人去批准一个十三岁的孩子到战场上去。是科恩批准的吗？这样做的目的是希望在我失去波丽姆后会完全疯掉？或者，让我信心坚定地站在她身边？这点我完全可以想象出来，甚至不必去亲眼目睹。到那时，许多摄像机会对准城市中心广场，永远铭记这一刻。

可是，我现在陷入胡乱猜疑的疯癫状态，都快要疯了。知道这项任务的人可能有很多，也可能会把有关情况泄露出去。这可能吗？除了科恩、普鲁塔什和少数几个忠诚、但很容易摆脱的小分队成员，又有谁会知道呢？

我需要把这一切想清楚，可我信任的人都死了，西纳、博格斯、芬尼克、波丽姆。再有就是皮塔，而他也只能猜测，而且，天知道他的精神状态如何。这样的话，就只有问盖尔了。他现在在很远的地方，即使他此时在我身边，我能信任他吗？我该怎么跟他说才能既让他帮我，又不会暗示是他的炸弹杀死了波丽姆？这是不可能的，这也就是斯诺可以向我撒谎的最主要的原因。

最后，只有一个人可能知道事情的原委，同时我又可以信任。提起这个话题本身就是很危险的，但既然黑密斯在竞技场可以把赌注压在我身上，我想他是不会把我出卖给科恩的。无论我们之间曾有过什么样的隔膜，我们还是喜欢在两个人之间当面解决问题。

我吃力地从地上站起来，出门，穿过大厅，来到他的房间。我敲门没人答应，所以就推门进去了。唷，他怎么这么快就能把一个地方弄得一团糟，真不可思议。盛着剩饭的餐碟、酒瓶子、醉酒后打碎的家具，弄得屋子里极为脏乱。他也没有洗澡，浑身脏兮兮的，躺在揉成一团的被单子里，已经人事不知了。

"黑密斯。"我边叫他，边摇他的腿。跟以往一样，这样根本就叫不醒他。我又摇了他几下，没办法，最后只好拿起水壶把水浇在他脸上。他猛地大吸了一口气，手里的刀子在空中乱舞。显然，斯诺的倒台并没能结束他内心的恐惧。

"噢，你。"他说。听他的声音，还没有完全醒酒。

"黑密斯。"我开口说道。

"听听吧，嘲笑鸟终于开口说话了。"他大笑着说，"哈哈，普鲁塔什这回该高兴了。"说完，他拿起瓶子来咕咚咕咚地大口灌着酒，"我怎么浑身都是湿的？"我怯生生地把水壶扔在身后的一堆脏衣服上。

"我需要你的帮助。"我说。

黑密斯打了个嗝，喷出了一口酒气，"什么事，亲爱的？又遇到男孩子的问题了？"不知道为什么，黑密斯的这句话伤害了我，以前他很少能这样。我对这话的反应肯定已经露在脸上，黑密斯虽然醉醺醺的，但似乎仍想收回他的话。"好吧，这并不可笑。"这时，我已经走到门口了。"不可笑！回来！"

接着，我听到他的身体重重地摔倒在地上的声音，他肯定是想追上我，但却是徒劳的。

我在大房子里绕来绕去，最后找到一个挂满真丝衣服的柜橱。我把衣服从衣架上拽下来，堆成一堆，然后钻到衣服堆里。我在衣兜里找到了一片以前揣起来的吗啡药片，干咽了下去，把我快要发作的歇斯底里压制下去。可这并没有真正解决问题。我听到黑密斯在远处喊我，可以他现在的状态，他是不会找到我的，特别是我又找到了这个新的藏身之处。我把自己裹在衣服里，觉得自己像一个即将出茧的毛虫，我总觉得这种状态是最宁静的。是的，开始是这样，但是到了夜里，我被箍得越来越难受，那些光滑的衣服简直让我窒息，我觉得自己要变成美丽的昆虫才能破茧而出。我局促不安地扭动身体，极力想摆脱束缚着我的茧壳，解开长出美丽翅膀的秘密。尽管我拼命挣扎，还是一个丑陋的昆虫，我被炸弹里冒出的熊熊火焰烧成现在这副丑陋的形态。

与斯诺的相遇又把我带回到噩梦连连的过去。就好像又被杀人蜂蜇了一样。一个个可怕的影像出现在我的梦里，只有暂时的停歇，我以为已经醒了，但另一些可怕的影像又接踵而至。当卫兵最终找到我时，我浑身绞缠着好多衣服，正坐在衣橱里不停地尖声喊叫。他们来扶我时，我还拼命反抗，直到最后他们设法让我相信他们是在帮我时，才停了手。他们把我身上绞缠的衣服扒下来，陪我回到了房间。在回房间的路上经过一扇窗，我发现天已经蒙蒙亮了，雾霭笼罩着凯匹特城，天上还飘着雪。

因为宿醉而很难受的黑密斯在等我，面前放着一堆药片和一餐盘食物。我们俩都没胃口吃饭。他试着跟我说话，看到我不愿开口，就让我去洗个澡。浴缸很深，要走三个阶梯才能下到底。我泡在水里，泡沫没过脖颈，我希望药片尽快发挥药力。我的眼睛盯着那朵玫瑰，一夜之间花瓣已经脱落，蒸汽熏腾的浴室里充满了它扑鼻的香气。我起身，拿块毛巾，想挡住那股味道。这时我听到轻轻的敲门声，接着浴室门开了，露出三张熟悉的面孔。他们正要冲我微笑，可是看到我疤痕累累的身体，即使维尼娅也掩饰住一脸的惊诧。"太让人吃惊了！"奥克塔维亚尖叫着，接着便大哭起来。我正在为他们的出现感到惊讶，继而想到今天一定是那个重要的日子，审判斯诺的日子。他们是来给我收拾，好上镜头。看来他们又要费劲把我恢复到"基础美容状态"了。难怪奥克塔维亚在哭，这是不可能完成的任务。

看到我被烧得片片结疤的皮肤，他们连碰都不敢碰，生怕弄疼了我，于是我就自己打浴液，然后自己擦干了身子。我对他们说，我几乎已经感觉不到疼痛了，可是弗莱维把长袍披在我身上时，还是缩手缩脚的。到了卧室，我又吃了一惊。她正身板挺直地坐在椅子里，从泛着金属光泽的假发，到招牌式的高跟皮鞋，无一不是干净利索。她手里拿着一块记事板，除了眼神有些空茫之外，几乎没有任何变化。

"艾菲。"我说。

"你好，凯特尼斯。"她站起来，在我的脸颊上吻了一下，好像自我们最后一次在世纪极限赛前分手之后，任何事情都没有发生过，"噢，看来非常、非常、非常重要的一天在等着我们。所以，你干吗不赶快准备，我也开始行动，看看是否一切能按计划进行。"

"好的。"我对着她的后背说。

"大家都说普鲁塔什和黑密斯费了好大劲儿才让她活下来，你逃跑后她被关进了监狱，这才算没死。"维尼娅压低声音说。

艾菲·特琳奇，反抗者。这么说有点牵强，可我不想让科恩杀死她，所以我在心里暗暗记下了，一旦被问起，我就说她是反抗者。"普鲁塔什绑架了你们三个，看来还真不错啊。"

"所有参加世纪极限赛的化妆师，只有我们几个活了下来，其他人都死了。"维尼娅说。她并没有特别说明是谁杀死了他们，可我在想谁杀死他们也无关紧要了吧。她小心翼翼地把我满是伤疤的手放在她的手里，举起来仔细地看着。"嗯，你觉得指甲应该涂什么颜色？红色还是黑色？"

给我弄头发时，弗莱维展示了高超的技术，他把前面的头发帘修剪整齐，利用后面较长的头发把疤痕盖住。我的脸，因为没有被火烧到，化妆还不算是很大的挑战。我穿上西纳设计的嘲笑鸟服装后，露出伤疤的地方就只有脖子、脑门和手。奥克塔维亚把嘲笑鸟胸针别在我左胸的位置，然后大家退后一步，看看镜子里的效果。我真不敢相信，尽管我身上的皮肤像一片火烧后的荒原，但从外表看，他们已经把我打扮得和正常人无异了。

有人敲门，之后盖尔走了进来。"能占用你几分钟吗？"他问。我在镜子里看到化妆师们在盖尔进来后一副无所适从的样子，他们不知道该上哪儿，扭头要走却彼此撞了个满怀，最后他们躲到了浴室。盖尔站到我身后，我们看着镜子里的两个人。我试图捕捉那对五年前在林子里相遇，之后又成为不离不弃的好朋友的男孩和女孩的身影；我在想，要是那个女孩没有被选去参加饥饿游戏，他们之间又会发生什么。她是否会爱上这个男孩，甚至和他结婚。也许将来有一天，等他们的弟弟妹妹都长大成人，她会和他一起逃到林子里，再也不回十二区了。他们在林子里是否会幸福地生活？抑或，即使没有凯匹特，他们之间也会充满令人无法释然的痛苦和忧伤？

"我给你拿来了这个。"盖尔举起一个箭袋说。我接过来，发现那里面只有一支普通的箭。"只是象征性的，你射出这场战争的最后一支箭。"

"我要是射不中怎么办？到时是科恩把箭给我拿回来，还是由她亲自把箭射到斯诺的脑壳里。"我说。

"你不会射不中的。"盖尔把箭袋在我的背上背好。

我们面对面站着，却避开了彼此的眼睛。"我在医院时，你没来看我。"他没有回答，所以我干脆直接问了，"那是你发明的炸弹吗？"

"我不知道，比特也不知道。这有什么关系吗？你总想着这事。"他说。

他等着我来否认，我也想否认，可这是事实。即使是现在，我仍能看到她被火舌吞没的样子，能感觉到那火焰的灼热。而我永远不可能把这一刻与盖尔分开。我的沉默就算我的回答了吧。

"我心里只有一个想法，那就是保护你的家人。"他说，"一定要射中，好吗？"他摸了摸我的脖子，然后就离开了。我想把他叫回来，告诉他我错了，我会想办法让自己想通的，我要记住他是在什么情况下发明那种炸弹的。在这件事上，我也有不可饶恕的罪过。我会查出投炸弹的元凶。证明那些炸弹不是反抗军投下的。我会原谅他。可我没能把这一切说出口，痛苦只会一直压在我的心底。

艾菲进屋来，叫我去开会。我背上弓，临出门又想起了插在瓶子里漂亮的玫瑰。我打开浴室门时，发现我的化妆师们正一字排开坐在浴缸边上，蔫头耷脑，神情沮丧。我意识到，生活的世界被打破的不仅仅只有我一个人。"走吧，"我对他们说，"观众都等着呢。"

我原以为召集我们开会，是因为普鲁塔什要指示我站立的位置，提示我怎样向斯诺射箭。可是，我却被送到另一个房间，房间里六个人围桌而坐：皮塔、约翰娜、比特、黑密斯、安妮和伊诺贝丽。他们都穿着十三区反抗军的军装。大家看上去都不怎么精神。"这是要干什么？"我问。

"我们也说不好，好像是幸存胜利者的聚会。"黑密斯回答道。

"我们是所有幸存下来的人？"我问。

"这就是出名的代价。我们两面受敌，凯匹特杀死胜利者是因为这些人有反叛嫌疑，而反抗军杀死胜利者是因为他们认为这些人和凯匹特沆瀣一气。"

约翰娜怒视着伊诺贝丽，说："那她在这里干什么？"

"她是受到所谓'嘲笑鸟协议'保护的人。"科恩边往屋子里走，边说道，"凯特尼斯·伊夫狄恩曾把赦免被捕的胜利者作为支持反抗事业的交换条件。而凯特尼斯一直信守诺言，所以我们也要守信用。"

伊诺贝丽冲着约翰娜笑了笑，约翰娜却说："别得意，反正我们也会杀了你。"

"请坐，凯特尼斯。"科恩边说，边把门关上。我在安妮和比特中间的位子坐下，小心地把斯诺的玫瑰放在桌子上。和往常一样，科恩单刀直入，"我要你们来是为了平息一场争论。今天，我们就要处死斯诺。前几周，好几百个和他一道欺压帕纳姆国人民的同党已遭到审判，现在正等待着被送上断头台的命运。然而，各辖区人民苦难深重，这样做似乎不足以平民愤。眼下的情况是，很多人要求将所有拥有凯匹特公民身份的人一律处死。然而，为了维持人口的平稳发展，我们无法这样做。"

透过水杯的水，我看到皮塔的手已经变形了。他的手上也有烧伤。这么说我们都被烧伤。我循着他的手向上看，看到了他额头上火舌舔过所留下的痕迹，眉毛已经烧没了，但眼睛却幸免于难。正是这双蓝眼睛，在过去的日子常常凝视着我，在学校时羞涩地垂下，正如现在一样。

"因此，我们还有另一个选择。鉴于我和我的同事无法就此事达成一致，因此大家一致同意由胜利者来决定此事。只要四个人通过，就可以生效。任何人不得弃权。这项建议是，再象征性地举办一次饥饿游戏，选手就是那些原当权者的子女，而不是消灭所有的凯匹特人。"科恩说道。

我们七个人一起转向她。"什么？"约翰娜说。

"我们让凯匹特的孩子再举办一次饥饿游戏。"科恩说。

"您在开玩笑吗？"皮塔说。

"不。我还需要告诉你们，如果真的举办饥饿游戏，公众必须知道这是经过你们同意的。当然，对于谁投赞成票，谁投反对票，出于安全考虑，我们会对此保密。"科恩对我们说。

"这是普鲁塔什的主意？"黑密斯问。

"是我提出的。这是以最小的生命代价，满足人们复仇的欲望。你们现在可以投票了。"

"不！"皮塔大喊道，"我当然投反对票！我们不能再举办饥饿游戏了！"

"为什么不？"约翰娜反唇相讥，"在我看来这很公平。斯诺甚至还有个孙女。我投赞成票。"

"我也是。"伊诺贝丽说，表情很淡然，"让他们也尝尝自己酿的苦果。"

"我们就是为了这个才反抗的！还记得吗？"皮塔看着所有的人，"安妮？"

"我和皮塔一样投反对票。芬尼克要是在这里，他也会投反对票的。"安妮说。

"可是他不在这里，因为斯诺的变种动物杀死了他。"约翰娜提醒她道。

"不，这样就会开一个不好的先例。我们不能彼此仇视。目前，团结是我们生存下去的前提。不。"比特说。

"那么就剩下凯特尼斯和黑密斯了。"科恩说。

大约七十五年前是不是也出现了同样的情况？是不是也有一些人坐在桌旁为饥饿游戏投票？当时也有意见分歧吗？是不是也有人要求赦免那些反抗者，而有人呼吁要以各辖区孩子的死来补偿？斯诺的玫瑰花香飘到我的鼻子里，接着顺喉而下，挤压着我的喉咙，使我绝望地透不过气来。我爱的人都已死去，而现在我们却在以减少生命代价为名，讨论举办另一届饥

饿游戏。一切都没有改变，永远不会改变。

我仔细地衡量着自己该如何决定，试图把一切都想得透彻明了。我的眼睛盯着那朵玫瑰，一字一句地说道："我投赞成票……为了波丽姆。"

"黑密斯，到你了。"科恩说。

皮塔很气愤，他猛踢黑密斯，提醒他他可能成为一种暴行的参与者，可我感觉黑密斯的眼睛在盯着我。现在到了关键时刻，我就会知道我们俩有多么相像，在多大程度上理解彼此。

"我站在嘲笑鸟一边。"他说。

"很好，这样就有结果了。现在大家要各就各位，准备参加斯诺的行刑仪式。"

当她经过我身边时，我举起插着玫瑰的水杯，"您能让斯诺戴上这个吗？就在他左侧心脏的位置？"

科恩笑了笑，"当然。而且我会让他知道要举办新的饥饿游戏的事情。"

"谢谢。"我说。

接着，一群人拥到房间，又给我最后补了补妆，普鲁塔什又对我交代了最后几句话，然后在卫兵的引领下，我走到大门口。城市圆形广场上挤满了人，许多人都站到了旁边的马路上，其他人站在远处。卫兵、官员、反抗军首领、胜利者。科恩走上露台时，人群里发出了阵阵欢呼。接着艾菲轻轻敲敲我的肩膀，于是伴着震耳欲聋的欢呼声，我走出大门，站到自己的预定位置。天气晴朗，但空气仍然是冰冷的。按照指示，我转过身，把自己的形象完全展示在观众面前，然后静静地等待着。当斯诺被押解出来时，人群已经疯狂了。卫兵把他的手绑在一根柱子上。这么做已经没有必要,他跑不掉,哪里也去不了。这不是训练中心前宽阔的前台,而是总统府邸前的狭窄的街道。难怪也没人叫我练习,他离我只有十码远。

我感觉手里的弓已经在轻轻地颤动。我伸出手,抓住箭,搭在弓上,瞄准了那朵玫瑰,眼睛却盯着他的脸。这时他咳嗽了一下,血顺着他的下巴滴下来。他用舌头舔去他肥厚嘴唇上的血滴。我盯着他的眼睛,想在那里找到些什么,恐惧、懊悔、气愤。但我看到的只是我们上次谈话结束时那种嘲讽的表情。他好像在说着那同一句话,**"噢,我亲爱的伊夫狄恩小姐,我想我们早已达成协议,不对彼此撒谎。"**

他说得对。我们都不对彼此撒谎。

我的箭指向上面,射了出去。科恩总统从露台上倒了下来,栽在地上。死了。

27 春天的蒲公英

在接下来的一片混乱中，我只听到了一个声音，那就是斯诺的笑声。他咯咯地笑着，随即一阵咳嗽，一股带白沫的血从嘴里冒出来。我看见他身体前倾，血从嘴里哇哇地吐出来，直到卫兵挡住了我的视线。

当一群穿灰军装的士兵向我拥过来时，我在想杀死帕纳姆国的新总统会带来怎样的后果。审讯、拷打、公开审判。不幸的是，我又要跟那些我爱的人道别了。我还要面对妈妈，她现在在这世界上已经完全是孤独一人了。

"晚安。"我轻声对我手里的弓说道，我感觉它已经归于平静。我举起左臂，扭过脖子，想去咬住袖子里的药片。但我的牙却咬在肉上，我猛地抬起头来，与皮塔的目光相遇，他定定地看着我。血从印在他手上的牙痕里流出来，他的手却抓住我的药片不放。"放开我！"我冲着他咆哮，扭动胳膊想从他手里挣脱出来。

"我不能。"他说。当人们把我从他身边拽走时，我觉得袖子上装药的小兜被扯了下来，看到深紫色的药片掉在地上，看到西纳送给我的最后一件礼物踩在一个卫兵的脚下。当人群向我拥来时，我变成了疯狂的野兽，又踢、又抓、又咬，总之尽一切可能从紧抓着我的无数双手里挣脱出来。卫兵把我举起来，越过愤怒的人群的头顶向外走，但我仍在不停地踢打，我开始大喊盖尔的名字。我在人群里没有找到他，可我想他知道我想要什么。给我一箭，干净利索地结束这一切。只是我现在没有箭，也没有子弹。他会不会看不见我？不，在我们头顶，在城市广场周围的大屏幕上，每个人可以看到正在发生的一切。他看到了，他也知道，但他没出现在现场。就如同他被抓时我没能救他一样。猎人之间、朋友之间也有遗憾。我们两个都是。

我完全是孤独一人。

到了总统府邸，卫兵把我铐起来，给我戴上眼蒙子。我被半拖半拽地穿过了长长的走廊，上了电梯，最后被扔到地毯上，之后，有人给我去掉手铐，大门砰的一声在我身后关闭。当我摘掉眼蒙子时，我发现自己被扔到了我原来在训练中心的房间。就是在这个房间，我度过了参加饥饿游戏和世纪极限赛前那宝贵的几天。床上只剩下床垫，衣柜大开着，里面空荡荡的，可无论怎样我都能认出这个房间。

我吃力地站起来，又费了好大力气脱掉嘲笑鸟服装。我浑身青紫，也许有一两个指头已经断了。可在与卫兵的争斗中，损伤最厉害的是我的皮肤。新长好的粉嫩的皮肤像纸巾一样被撕扯开，血从精心呵护后长出来的细胞里渗出来。可是，没有医生过来，我做得太过火了，已经不值得医治。我蜷缩在床垫

上，希望自己在血流不止中死去。

没这样的好运。到了晚上，血不流了，我感到浑身僵硬、疼痛、黏糊糊的，可还活着。我一瘸一拐地来到浴室，依照记忆，把水调到最柔和的一挡，不要泡沫和洗发露，然后胳膊肘放在膝盖上，手抱着头，蹲在那里，让暖暖的水流冲着我的身体。

我的名字叫凯特尼斯·伊夫狄恩。我为什么没有死？我应该已经死了。我死了对大家都最好……

我走出浴室，站在门垫上，热风把我满是疤痕的皮肤吹干。没有干净的衣服可穿，甚至一条裹身体的毛巾都没有。回到卧室，我发现嘲笑鸟服装也不见了，在原来放衣服的地方放着一件纸质长袍。来自一个神秘的厨房的饭食摆放在那里，还有一个小盒，里面盛着需要我饭后服用的药品。我吃了饭和药片，把药膏抹在皮肤上。接下来，我就要好好想想该如何给自己做个了断。

我蜷缩着躺在沾满血迹的床垫上，并不觉得冷，可是身子光光的，只有一张纸盖着自己片片嫩肉的肢体。死并不是件容易事——窗户的玻璃足有一英尺厚。我倒是会打绳结，可是却没有地方吊绳子。我也可以把药片积存起来，然后吞下足以致命的剂量，但可以肯定，我是二十四小时受到监视的。就我所知，此时此刻我肯定出现在电视屏幕上，而评论员正在分析我杀死科恩的真正动机。在严密的监视下，自杀几乎是不可能的。这一次，凯匹特再次掌握了生杀予夺的大权。

我能做的只有放弃。我决定躺在床上不吃饭、不喝水、不吃药。去死，我也能做到。可是还有吗啡的脱瘾过程在拖我后腿。我现在不像在十三区的医院那样一点一点地减量，而是突然断药，我感到极为痛苦。以前的服用量一定很大，当毒瘾发作时，我浑身颤抖，感到钻心的疼痛，难以忍受的寒冷。我的决心就像脆弱的蛋壳一样被击碎了。我跪在地上，指甲在地毯上抓趴着，寻找着我在意志力未被击垮时扔掉的药片。我继而改变了自杀的计划，我要让吗啡把我慢慢毒死。到时因吗啡上瘾，我会变得骨瘦如柴、脸色蜡黄、眼窝深陷。这项计划我实施了几天，取得了不错的进展，可是意想不到的事发生了。

我开始唱歌，无论是站在窗边时，洗澡时，还是在睡梦中，我一直不停地唱，民谣、爱情歌曲、歌颂大自然的歌曲，不一而足。所有爸爸过世前教过我的歌我都唱。当然，自从他过世后，我的生活里已经很少有音乐。可令人吃惊的是这些歌我都能清楚地记得，那曲调、那歌词。我的声音开始是沙哑的，唱到高音的地方就会唱破，但经过练习，声音也变得优美起来。我的声音可以让嘲笑鸟静下来听，然后慢慢地跟我学起来。几天过去了，几个星期过去了，我看着雪花落在外面的窗台上。在这段时间里，我听到的唯一的人声，是自己的声音。

他们究竟在干什么？还在拖延什么？对一个杀了人的女孩实施判决究竟有多难？我继续着自我毁灭的计划。我的身体越来越消瘦，有时我太饿了，身体内的动物本性不受使唤地渴望着黄油面包和烤肉。可是，我还是赢了。有几天时间，我感觉很不舒服，觉得自己的生命就要终结了。可我发现吗啡在减量。他们正在试图让我慢慢脱离吗啡的影响。可是为什么？肯定，一个上了毒瘾的嘲笑鸟在观众面前更容易处理。之后，一个可怕的念头袭击了我。他们要是根本没打算让我死怎么办？要是还有更多的计划怎么办？他们会再次将我包装、训练而后加以利用？

我不会听他们的了。如果我在这间屋子里无法将自己杀死，那么出去后一旦有机会我就会结束这一切。他们可以把我养肥，可以给我全身的皮肤整形，可以给我穿上漂亮衣服，可以把我打扮得光鲜漂亮。他们也可以设计梦幻武器，在我的手里活灵活现，但是他们永远都不可能再给我洗脑，让我使用这些武器，我永远都不会再效忠于这些被称作人类的魔鬼，尽管我自己也是其中之一。我想皮塔也已经明白了我们是在自相残杀，希望更体面的物种来代替我们。因为一个物种要靠牺牲自己的孩子来解决分歧，无论以任何借口，这显然是不正常的。斯诺认为饥饿游戏是控制反叛者的有效办法。科恩认为那些降落伞能结束战争。可到了最后，谁会受益？任何人都不会。事实是，生活在这个世界上的人，只要有此类事件发生，都不会受益。

我躺在床垫上，在两天时间里不吃、不喝，甚至不吃吗啡，我房间的门终于打开了。一个人走到我的床边，走进我的视线。是黑密斯。"你的审判已经结束。走吧，咱们回家。"他说。

家？他在说什么呢？我的家已经没了。即使我能够回到那个想象中的地方，我的身体也太虚弱了，动弹不得。这时来了几个陌生人。他们给我补液、喂食，洗浴、穿衣。其中一个人像拎破布娃娃似的把我抱到楼顶，送到一架直升机上，给我系上安全带。黑密斯和普鲁塔什坐在我对面。不一会儿，我们的飞机就升空了。

　　我还从没见过普鲁塔什情绪这么高涨。他红光满面，志得意满。"你肯定有一万个问题要问！"看到我没有回答，他就自顾自地说了起来。

　　在我射死科恩之后，在人群中引起了骚乱。骚乱过后，人们发现了斯诺的尸体，他仍被绑在柱子上。有人说他因大笑而咳嗽不止，从而导致死亡，也有人说他是被人群挤死的。事实上，也没人在乎这些了。科恩死后，马上进行了紧急选举，佩拉当选了新总统。普鲁塔什被任命为宣传部长，负责广播电视领域的相关事务。他上任后第一件事就是负责对我的审判进行全程电视转播，他也是目击证人之一。当然，他是会为我辩护的。但我之所以被宣判无罪，主要还应归功于奥里利乌斯大夫的努力，他将我诊断为一个因战争的可怕经历而无可救药的精神异常者。我获得了释放，但条件是在他的看护之下。当然，这一切只能靠电话来进行，因为他不可能在荒凉破败的十二区生活。而我在得到新的通知之前，不得离开十二区。实际情况是，战争已经结束，没人知道该如何处置我。如果战争再次爆发，普鲁塔什肯定会为我找到相应的角色。接着，普鲁塔什哈哈地大笑起来。对于普鲁塔什来说，没人欣赏他的幽默从来都不会令他不安。

　　"你又在为另一场战争做准备吗？"我问。

　　"噢，现在还没有。目前我们正处于和平时期，大家都希望以前那些可怕的事件不要再重演了。但是，所有的人想法一致，这种情况总是不会长久的。人类是多变、愚蠢而健忘的动物，在自我毁灭方面倒是才智出众。谁知道呢？也许就这样了，凯特尼斯。"普鲁塔什说。

"什么?"我问。

"时间在流逝,也许我们正亲眼目睹人类的进化发展。好好想想吧。"接着,他问我是否愿意参加他数周后即将启动的一个新的歌唱节目。他们认为也许我应该做点让自己高兴的事。他会让摄制组到我家里去拍摄。

我们在三区稍作停留,普鲁塔什在那里下了飞机。他将在那里和比特见面,讨论广播系统的技术更新问题。他最后对我说的一句话是,"常联系,别让大家成了陌生人。"

我们再次起飞之后,我看着黑密斯,"哦,你干吗也要回到十二区?"

"在凯匹特,他们好像也没有适合我的位置。"他说。

一开始,他这么说我也没多想。可是,过了会儿,我开始疑心他为什么这么说。黑密斯又没有刺杀任何人,他应该哪里都可以去。他要回到十二区,那是因为他接到了有关命令。"你必须要照看我,对吧?做我的指导老师?"他耸耸肩。这下我明白了,"我妈妈不回来了吧?"

"是的。"他说。他从夹克兜里掏出一封信,递给了我。我凝视着信封上娟秀整洁的字体。"四区要新建一家医院,她要去参加援建工作。她要你一到家就给她打电话。"我的手指在那优雅的斜体字下面划过。"她为什么不回来,你是知道的。"是的,我知道为什么。因为在十二区的废墟里,承载着太多有关爸爸和波丽姆的痛苦回忆,令她不能忍受。她不回来显然不是因为我。"你想知道还有谁不能回来吗?"

"不,我宁愿到知道时,来个意外。"我说。

就像一个好的指导老师,黑密斯哄着我吃了一个三明治,然后，一路上他都装作他以为我已经睡着了。他在各个包厢串来串去，把所有的酒都揣在他的袋子里。我们到达胜利者村的绿色草坪上时，已经到了晚上。胜利者村有一半的房子里都亮起了灯，包括黑密斯家和我家，但皮塔的家却没有光亮。有人已经在厨房生起了火。我坐在壁炉前的椅子上，手里仍捏着妈妈的信。

"好了，明天见。"黑密斯说。

随着酒瓶子的叮叮当当的声音，黑密斯走远了。在他走远后我低声说了一句，"我看是见不着。"

我坐在椅子上不愿意动。屋子里冰冷、昏暗，而且空荡荡的。我拽过一条旧围巾披在身上，盯着面前的火苗。就那样睡着了。醒来时，已经到了早晨，我听到格雷西·塞在火炉边忙碌的声音。她给我做了煎鸡蛋、土司，然后坐在旁边看着我吃完。我们俩都没说多少话。她的小孙女自顾自地玩着，从我妈妈的编织篮里拿出一个鲜艳的蓝色线球在玩。格雷西·塞让她把线球放回去，我说让她玩吧。这屋子里已经没有会织毛衣的人了。吃完早饭，格雷西·塞收拾了碗碟，就离开了。但是到了中午，她又来给我弄午饭，让我吃了。我不知道她仅仅是出于邻居的关心，还是政府给她开了支，但她每天两次都会来。她做饭，我吃饭。我试图想出下一步该干什么，现在我可以自我了断，已经没有障碍了。可我似乎还在等待着什么。

有时，电话响个不停，可我从来不接。黑密斯再也没露过面。也许他改变了主意，离开了，可我怀疑他只是喝醉了。除了格雷西·塞和她的小孙女，再也没有其他人来了。对我来说，在经过几个月与世隔绝的生活之后，屋子里仅有她们俩就足够热闹了。

"今天真有点春天的味道了，你应该出去走走。去打猎。"
她说。

除了几步之外的小浴室，我还从来没走出过这屋子，甚至
没走出过厨房。我身上还穿着离开凯匹特时的衣服。我就那么
一直坐在壁炉边，看着壁炉架上渐渐堆积起来的、从未打开的
信件。"我没有弓箭。"

"去客厅找找。"她说。

她离开后，我本想到客厅去，但又打消了这个念头。几个
小时之后，我还是去了。我穿着袜子，轻手轻脚地走过去，免
得惊醒了鬼魂。在我和斯诺喝过茶的书房桌子上，我看到一个
盒子，里面放着爸爸打猎时穿的夹克、家传的植物书、爸爸妈
妈的结婚照、在竞技场时黑密斯送来的插管、皮塔送给我的纪
念挂坠、在十二区着火的那晚盖尔抢救出来的两张弓和箭袋。
我穿上爸爸的夹克，其他东西都没动。后来我就在起居室的沙
发上睡着了。噩梦也接踵而至，我躺在一个很深的坟墓里，每
一个我叫得上名字的死人都来了，他们把一锹锹的灰土倒在我
身上。我认识的死人那么多，因此梦也特别长。我被埋得越
深，就越喘不上气来。我想喊，求他们停下来，可灰土却填满
了我的嘴和鼻子，我一点声音也发不出来，同时一锹锹的灰土
还是不停地落下来……

我从梦中惊醒。昏黄的晨曦已经从百叶窗的缝隙里透射进
来。铁锹铲土的声音犹在我耳畔回响，梦还没完全醒，我就穿
过大厅，跑出前门，绕着屋子转了一大圈，此时已经十分肯定
我可以对着那些死人大声喊叫了。当我看到他时，猛然停住了

脚步。他的脸因为一直在窗下挖土而显得红扑扑的。在手推车里，横七竖八地放着五株花木。

"你回来了。"我说。

"直到昨天，奥里利乌斯才允许我离开凯匹特，顺便说一句，他要我告诉你，他不能永远装作在给你看病，你得接电话。"皮塔说。

他看上去很好。虽然人很清瘦，身上也和我一样布满了烧伤疤痕，但他眼神里的痛苦和忧愁已经消散。当他把我扶进屋子时，眉头却微蹙着。我无意中把遮住眼睛的头发拂开，却发现我的头发成了鸡窝。我马上又自我保护似的问："你在干吗?"

"我今早去了林子里，挖了这些。为了**她**。我想可以把这些小树种在房子边上。"他说。

我看着那些花木，根上还带着土块。一想到**玫瑰花**这几个字，我呼吸立刻急促起来。我正要拿恶毒的话去骂皮塔，可我突然想起了这种植物的名称。那不是普通的花，而是樱草花，波丽姆的名字正是取自这花。我对皮塔点点头，表示同意他的话，然后赶紧进屋，把门锁上。可那邪恶的东西不在屋子外面，而在里面。我虚弱又焦虑，浑身发抖。我赶快上楼，上到最后一个台阶时脚底绊了一下，摔倒在地。我强迫自己站起来，然后进了自己的房间。那股味道很淡，但仍飘散在屋子里。它还在那，那朵白玫瑰夹在一堆干花里，虽然花瓣已经干枯，但斯诺的花房培育出的这朵花仍带着那股不自然的芳香。我抓住花瓶，跌跌撞撞地走到厨房，把那堆干花扔到了炭火里。当花朵燃烧时，蓝色的火苗包裹住了那朵玫瑰，把它吞没，继而化为灰烬，接着我把花瓶在地上摔得粉碎。

回到楼上，我把卧室所有的窗户都打开，好把斯诺留下的气味通通放出去。可那股味始终难以去除，仍留在我的衣服上、毛孔里。于是我脱掉了衣服，像扑克牌那么大的一块块脱落的皮肤粘在衣服上。我不敢照镜子，而是径直走到浴室，使劲冲洗着自己的头发、身体、嘴巴，好摆脱掉那股味道。直到身体都搓红了，轻微有些刺痛，我才罢手。我穿上了干净的衣服。又用了半个小时的时间去梳头发。这时格雷西·塞打开门，进了屋子。在她做早饭的时候，我把脱下的衣服都扔到了火里，又用剪刀修剪了指甲。

我一边吃鸡蛋，一边问格雷西·塞："盖尔去哪里了？"

"二区。他在那有份挺露脸的工作，我经常在电视上看到他。"她说。

我琢磨着她话里的味道，本以为会激起我内心的气愤、嫉恨或渴望，但我感觉到的只是一份释然。

"我要去打猎。"我说。

"好啊，给午餐来点野味也挺不错。"她说。

我带好弓箭就出发了，准备从"牧场"那边出去。快到广场时，我看到很多人戴着口罩手套，正在掏挖积雪下面的东西，旁边是马拉的车。一辆马车停在市长家的旧址前。我认出来那是索姆，盖尔的工友，他不时地用一块布在擦头上的汗。我记得曾在十三区见过他，那他肯定是回来了。他对我热情问候，我也鼓起勇气来问他："他们在那里找到什么人了吗？"

"全家人，还有两个在家里干活的人。"索姆告诉我。

马奇，那个文静、善良、勇敢的女孩，那个送给我胸针的女孩，我的名字便是由她的胸针而来。我难抑心中的悲愤，我不知道今晚她会不会来到我的梦里，把一锹锹的灰土倒在我的嘴里。"我原以为他是市长就……"

"市长的头衔也没让他沾上什么光。"索姆说。

我点点头，继续往前走，不敢看车子里装的东西。包括"夹缝地带"在内的整个城镇都是一个样子，都在掏挖死者。当我经过原来的家时，路上的马车多了起来。"牧场"已经不见了，或者说发生了很大的改变。那里挖了一个深坑，里面摆满了尸骨，这是一个可以埋许多人的大坟墓。我绕过大坑，在通常进入林子的地方钻了进去。这回不会有事了，隔离网已经不再通电了，上面支着很多树枝，以便挡住那些食肉动物。老习惯不容易改，我还想去湖边，可我身体太虚弱了，连平常和盖尔约会的地方都差点没有走到。我坐在当时克蕾西达给我们拍录像的地方，没有他在身边，这里显得空荡荡的。有几次，我闭上眼睛，数到十，希望他会像以前一样悄声无息地出现在我面前。可我又不得不提醒自己，盖尔正在二区从事一项很露脸的工作，也许正在亲吻另一个女孩的嘴唇。

现在已经到了初春，要是在过去，这是凯特尼斯最喜欢的天气。林木在经历了漫长的冬季后，渐渐苏醒，刚才因着樱草花而迸发出的热情与力量现在已消耗殆尽。等我走回到隔离网时，已是疲倦乏力，头晕目眩。索姆不得不用他装死人的车子把我送回家，然后扶我到客厅的沙发上躺下。躺在沙发上，我看到灰尘在午后一道道稀薄的阳光下飞舞。

我听到了咕噜声，赶紧扭过头。过了好一会儿，才相信这是真的。它怎么到了这里？我开始以为那爪子印是野兽的。它的后爪轻轻抬起，脸上的骨头瘦得都出了棱角。它完全是靠步行走回来的，从十三区走回来。也许是有人把它扔了出来，也许它受不了没有她的日子，所以它就一路找来了。

"你白走了这么远，她不在这里。"我对它说。毛茛花呜呜地叫着。"她不在这里。你愿意叫就叫吧。你找不到波丽姆。"听到她的名字，它一激灵，竖起了它的扁耳朵，开始满怀希望地喵喵地叫起来。"滚出去！"它躲开了我扔向它的枕头。"走开！你在这里什么也找不到！"我开始发抖，对它很生气。"她不会回来了！她永远、再也不会回来了！"我抓住另一只枕头，站起来，想扔得更准些。可不知怎的，我的眼泪哗哗地流下来。"她死了。"我抓住胸口，好抑制住那难以抑制的痛苦。我颓然倒在地上，摇晃着枕头，哭喊道："她死了，你这蠢猫。她死了。"说完，我拉长了声音，号啕痛哭。毛茛花也跟着呜呜地叫起来。无论我怎么做，它都不肯走。它在我够不着它的地方绕着我转圈。我控制不住地悲啼着，到最后我昏了过去。它一定也明白了，也知道发生了一些不可思议的事情，它要用以前难以想象的方式活下去。几个小时后，当我醒过来时，月亮已经升起来了。它卧在我身边，眼神很警惕，在这漆黑的夜里它守在我身边，保护着我。

到了早晨，我给它清理伤口，它只是坐着，一声都没叫。但当我把刺从它的爪子里拔出来时，它疼得喵喵叫了几声。结果我们又都哭了起来，不同的是，这次我们是互相安慰。借着这点力量，我打开了由黑密斯转交的妈妈的信件，拨通了她的电话号码，这次是我和妈妈一起哭。这时，皮塔拿着一块刚烤好的面包，和格雷西·塞一起出现在门口。她为我们做了早饭，我把所有的培根都喂给了毛茛花。

　　时间一天天过去，我也慢慢恢复过来。我听从了奥里利乌斯医生的建议，克服了自己的不良情绪，终于又感到了生活的意义，这真是太令人吃惊了。我告诉了他要继续编书的计划，于是很快一大箱羊皮纸就从凯匹特运了过来。

　　我是从家传的那本植物书里得到了灵感。在一些地方见过的人、发生的事是不能光靠记忆的。于是，书先从一个人的照片开始，我们尽力找到照片，如果找不到，就由皮塔画一幅素描。然后，我凭借记忆把所有的细节都记下来，忘掉这些事情就如同犯罪。于是，书里出现了许多有趣的照片和素描，夫人在舔波丽姆的脸颊，爸爸在笑，皮塔的爸爸拿着甜点，芬尼克色彩漂亮的眼睛，西纳用一块丝绸布料在裁剪衣服，博格斯在使用霍罗，露露踮着脚尖、爹着两只胳膊，好似欲飞的小鸟，等等，等等。我们用盐水把画页封住，并且承诺一定不能让他们白白死去。黑密斯最后也参加进来，他贡献出二十三年以来指导过的"贡品"的照片。能加入的素材在渐渐减少，但一段过去的记忆又会带来新的素材，甚至晚开的樱草花都夹进了书里，算作书的一部分。还有幸福的点点滴滴，例如芬尼克和安妮新出生的儿子的照片。

　　我们又都让自己忙碌起来。皮塔烤面包，我打猎，黑密斯喝酒，直到所有的酒都喝光后，就去养鹅，一边等着下一列送酒的火车到达。好在，那些鹅也不用多管，能很好地照顾自己。我们不再孤独。又有几百人回到了家乡，无论发生什么，这里是我们的家。矿井已经关闭，于是人们开垦土地，种植粮食。从凯匹特运来了机械设备，我们这里又新开了一个制药厂。尽管没人打理"牧场"，但它重又恢复了生机。

皮塔和我都在渐渐恢复。有时，旧病发作，他还需要抓住椅背，直到一切过去。我会因梦见可怕的变种动物或者那些死去的孩子而尖叫着醒来，可皮塔总在我的身边，伸出臂膀，给我以温暖。最后，他的臂膀变成了嘴唇。一天晚上，我又感到了那种奇妙的感觉，在沙滩上曾有过的那种感觉。我知道这一切迟早是会发生的。我活下去所需要的不是盖尔裹挟着愤怒和仇恨的火焰，我自己已经拥有了太多的火焰。我真正需要的是春天里的蒲公英，那鲜艳的黄色意味着重生而不是毁灭，无论我们失去了多少宝贵的东西，它确保生活能够继续下去，并告诉我们生活会好起来的。而只有皮塔能够给予我这一切。

　　所以，每当他在我耳边轻语："你爱我，真的，假的?"

　　我便告诉他："真的。"

 后 记

　　他们在"牧场"上玩耍。一个是黑头发、蓝眼睛、蹦蹦跳跳的小女孩，一个是金黄的卷发、灰眼睛的小男孩。小男孩跟在小女孩的后面，正迈开他的胖乎乎小腿蹒跚学步。我花上五年、十年、十五年的时间才最终同意了。皮塔太想要他们了。当我第一次察觉到她的胎动时，我感到很害怕，这种感觉是每个女人所拥有的，如同时间一样的古老。只有将女儿抱在怀里时，我才感到了快乐和宽慰。当我的腹中怀着儿子时，感觉要轻松一些，但也轻松不到哪儿去。

　　问题就要来了。竞技场已经彻底销毁了，纪念碑竖立了起来，再也不会有饥饿游戏了。但是，通过学习学校的课本，学生们还会知道饥饿游戏，女儿会知道我们曾经参加了饥饿游戏。儿子在几年以后也会知道。我怎样才能告诉他们这一切而不吓到他们？我的孩子们，他们认为这些美丽的歌词中的一切都是真的：

在那遥远的牧场，有一棵弯弯的柳树，

在那柳树的下面，是如枕头般柔软绿茵茵的草地；

轻轻地躺在牧场上，闭上你惺忪的睡眼；

当你睁开眼时，太阳就会升起。

这里平安又温暖，

这里的雏菊为你保家，

这里你的梦儿香甜，明天就成真，

这里有我对你的爱。

我的孩子们，他们不知道自己正在一个坟场上玩耍。

皮塔说一切都会好的。我们彼此，还有那书，我们会让孩子们明白，同时又让他们变得坚强。但也会有一天，我会给他们讲起我的噩梦，为什么做噩梦，为什么噩梦永远都不会消失。

我要告诉他们我是如何战胜噩梦的，我会告诉他们某天早晨我醒时会郁郁寡欢，因为我担心这一切会转瞬即逝。每当此时，我会记住每一个人做过的每一件好事。这就像一场游戏，不断重复的游戏，二十多年已经过去了，这游戏有点令人疲惫。

但是，这是一场更加艰难的游戏。

(京权) 图字：01–2010–7595

THE HUNGER GAMES：MOCKINGJAY by SUZANNE COLLINS
Copyright: © This edition arranged with INTERCONTINENTAL
LITERARY AGENCY (ILA) through Big Apple Tuttle – Mori
Agency, Inc. , Labuan, Malaysia. Simplified Chinese edition
copyright: 2014 THE WRITERS PUBLISHING HOUSE

图书在版编目（CIP）数据

饥饿游戏3，嘲笑鸟 /（美）柯林斯著；耿芳译.
-- 北京：作家出版社，2011. 3（2014.1重印）
ISBN 978-7-5063-5802-6

Ⅰ . ①饥… Ⅱ . ①柯… ②耿… Ⅲ . ①长篇小说 – 美
国 – 现代 Ⅳ . ①I712. 45

中国版本图书馆CIP数据核字（2011）第037296号

封面图片：gold bird pinand arrow © scholastic

饥饿游戏3——嘲笑鸟

作　　者：〔美〕苏珊·柯林斯
译　　者：耿　芳
策划编辑：王宝生
责任编辑：苏红雨　韩　星
装帧设计：视觉共振
出版发行：作家出版社
社　　址：北京农展馆南里10号　　　邮　　编：100125
电话传真：86-10-65930756（出版发行部）
　　　　　86-10-65004079（总编室）
　　　　　86-10-65015116（邮购部）
E-mail:zuojia@zuojia.net.cn
http://www.haozuojia.com（作家在线）
印　　刷：三河市北燕印装有限公司
成品尺寸：148×210
字　　数：240千
印　　张：11.25
版　　次：2011年4月第1版
印　　次：2014年1月第8次印刷
ISBN　978-7-5063-5802-6
定　　价：29.00元